『錬金真眼』
視力強化、透視、鑑定、
錬金アイテムレシピ化という能力を持つ
ユニークスキル。
これまで
生成不可能だったアイテムの生成を
可能にする規格外の力。

「おお、これは面白い感覚ですね。
でも確かに頭の中に
レシピとやらが入ってきました」

「錬金モノクルは装着者に簡易的な錬金眼スキルを付与できます」
「本当に私でも回復薬《ポーション》が作れるんですね……」
会社で錬金術の実践！

「水銃、発動」
その言葉と同時に
フラスコの中の液体が飛び出して
一つに集まっていくではないか。
『破魔の聖水による水の弾丸。
さしずめ聖水銃ってところか？』

隻眼錬金剣士のやり直し奇譚

片目を奪われて廃業間際だと思われた奇人が全てを凌駕するまで

2

黒頭白尾

Illustration
桑島黎音

口絵・本文イラスト　桑島黎音

2 CONTENTS

The story of
a one-eyed alchemical swordsman's fresh start
that surpasses all others.

プロローグ◆会談の続き

場所は社《やしろ》コーポレーションが経営しているダンジョン料理専門店。そこにかつてのノーネームのメンバー八名全員が勢揃《せいぞろ》いしていた。

議題は試練の魔物《まもの》との戦いの結果、消滅《しょうめつ》することとなったG級ダンジョンについて。その責任を取らされて探索《たんさく》者資格を剥奪《はくだつ》されかけている俺《おれ》への、ダンジョン協会からの理不《りふ》尽《じん》な処分をどうやって撤回《てっかい》させるかである。

（折角《せっかく》、錬金剣士《れんきんけんし》っていう他になく、そして途轍《とてつ》もない力を得てやり直せるんだからな。誰《だれ》であろうと、これから進む道を邪魔《じゃま》されてなるものかよ）

幸いにもノーネームの全員がこちらに協力してくれることになったので、改めて今後はどうしていくのか詳細《しょうさい》に話し合うこととなる。

俺が退院した後にダンジョン協会と話し合う場は設けられることになってはいる。だがこれだけ勝手なことを強引《ごういん》に推《お》し進《すす》めている奴《やつ》らが相手なのだ。このままではその決定が覆《くつがえ》ることなどあり得ないと思っておくべきだろう。少なくとも実際にその場にいなかった上、杜撰《ずさん》な調査で処罰《しょばつ》を決定しようとしている奴らに期待をするほど俺も間抜《まぬ》けではない。

だから何故《なぜ》そんなことになったのかについての調査を、諜報《ちょうほう》活動が得意な朱里《しゅり》と英悟《えいご》の双子《ふたご》に依頼《いらい》してあった。その結果が資料として目の前に広がっている。

そもそもどうしてダンジョン協会本部の実質的なトップである本部長ではなく、次点の副本部長がこの大事な決定を下したのか。それはどうやら本部長やダンジョン庁の長官などが海外で行なわれている世界ダンジョン機構の国際会議に出席しているからなのだとか。

そしてその重役たちの留守を預かっている森本恭吾《もりもときょうご》副本部長という奴が、今の日本のダンジョン協会の暫定的《ざんていてき》なトップとして君臨しているようだ。こいつは当初、G級ダンジョンが消滅するかもしれないという事態でも、どこかに姿を暗ましていたらしい。

「姿を現したのは、ダンジョンが消滅してから少し経《た》ってからでした。やけに動きが遅《おそ》いと思いましたけど、どうやら隠《かく》れて愛人と海外旅行《バカンス》に行ってたみたいですよ」

英悟が非常に悪い笑《え》みを浮《う》かべながら、単なる推測ではないことを証明するように写真付きの資料を提示してくる。こいつの愛人は複数いるという、要《い》らないオマケ情報付きで。

「こいつに愛人が何人いようが、どの愛人と旅行に行こうが、俺には心底どうでもいいことだな。だけどそんな奴がどうしてこんな遅いタイミングで口を挟《はさ》んでくるんだ？　下手に騒《さわ》いだら自分に注目が集まって、この醜聞《しゅうぶん》だって人の耳に入りやすくなるだろうに」

「いや、こいつは何とかしてここで口を挟んでおかないと色々と不味《まず》いんですよ。だってダンジョン消滅なんてかなり大きな事態に対して、留守を預かっている身で何の対応もしてなかったのがバレたら、いったいその間に何をしていたのかっていう話になるでしょう？」

トップの立場を預かっていた身として、この事態に何か関わっていたことにしないと不味い。だが連絡《れんらく》が取れて不倫《ふりん》旅行から急いで戻《もど》ってきた時には、既《すで》にG級ダンジョンは消滅して粗方《あらかた》の問題も片付いた後だった。そんな中でも残っていたのは、ダンジョン消滅後に正式に決めようとしていた人物の処罰くらいのもの……ということか。

「愛人との旅行の件は権力を使って揉《も》み消して、夜一《よいち》さんの処罰を重くして仕事をしていたことにする。実際に罰金《ばっきん》で取る額が増えれば、その分だけ本部は資金的には潤《うるお》いますからね。その金で賄賂《わいろ》でも贈って色々と誤魔化《ごまか》したり裏金作ったりするってとこでしょう」

「つまりあれか、俺はこいつが仕事していたアリバイを作るためとかいう、実にくだらない理由で都合の良いように利用されようとしてるってことだな？」

「それ以外だと、どうもこいつは半年くらい前から子飼いの探索者に試練の魔物を見つけて、可能なら討伐《とうばつ》するように指示を出してたそうなんです。狙《ねら》いは試練の魔物が落とすレアなドロップアイテムでしょうね。んで、今回の件で試練の魔物が強化されたことに大変ご立腹だそうですよ。あっちは夜一さんが既に倒《たお》した後だなんて知らないでしょうからね」

半年前ということは俺達《おれたち》ノーネームが試練の魔物と戦った時くらいか。その時に試練の魔物の存在を知って、誰よりも先んじて倒せれば、奴がドロップするレアアイテムを独占《どくせん》できると踏《ふ》んだ訳だ。だが今回の俺の行動のせいで試練の魔物は強化されたということになっており、邪魔されたと思って逆恨《さかうら》みでもしていると。

「余計なことをした夜一さんに対する嫌《いや》がらせ。あとはやたらと試練の魔物と遭遇《そうぐう》する夜一さんを警戒《けいかい》しているんでしょう。先を越《こ》されるかもしれないって」

「……そんな私利私欲のためだけに探索者資格を剥奪しようってのか？　日本ではトップ層に入るC級探索者に対して、探索者を管理する組織の副本部長が？　おいおい、正気かよ」

こんなのを放置しているなんて、政府やダンジョン庁はいったい何をしているのやら。それともダンジョン庁やその関連組織では、探索者からどうにかして金を巻き上げることができる奴こそが有能という扱《あつか》いなのだろうか。

こんなことだから日本にはA級がいない、正確にはいなくなってしまったのだろうに。

「これが普通《ふつう》のC級探索者なら、流石《さすが》にここまではなかったかもしれないですね。だけど夜一さんは世間からは怪我《けが》でほぼ引退してるって見られてますから」

「どうせ引退しているも同然の奴だから、ここで消えても然《さ》したる問題でないってか?」

「だとしてもぶっ飛んでることをしてるとは思いますけど、こんなことを実行しようとする時点で超《ちょう》ド級《きゅう》のアホなんで考えても無駄《むだ》っすよ。それにこいつの後ろ盾《うしだて》が与党《よとう》の大物議員とかで、今までも不祥事《ふしょうじ》を揉み消して結構な悪さを何度もしてきたみたいです」

その権力を笠《かさ》に着て今まで好き勝手やってきたからこそ、今回も大丈夫《だいじょうぶ》だと高を括《くく》っているのか。一般的《いっぱんてき》には探索者は好き好んで魔物を討伐している野蛮人《やばんじん》という印象が強いので、こいつもそういった風に俺を含《ふく》めた探索者全般《ぜんぱん》を舐《な》め腐《くさ》っているのだろう。

「それとこいつの後ろ盾の議員と、そいつらと癒着《ゆちゃく》していると噂《うわさ》されている幾《いく》つかの企業《きぎょう》が先輩《せんぱい》の所属する社コーポレーションのことを良く思ってないって話も掴《つか》んでます」

「それはあり得ない話じゃないな。ウチの会社は五年前に出来てから急成長した反面、周りからかなり妬《ねた》まれているって聞くし。ちなみにその企業とやらの目星はついてるのか?」

「確実なのは帝命《ていめい》製薬って製薬会社で、ここは傷薬《きずぐすり》とか回復薬《ポーション》のせいで結構な損害を被《こうむ》ったって話です。それもあって探索者関連の事業にも否定的だとか」

傷薬や回復薬は使用すれば傷が治るのが目に見えて分かるくらいには回復力がある。そんな魔法《まほう》のような薬の出現によって、これまでの市場に流通しているような生半可な薬では太刀打《たちう》ちできないケースがあるとは聞いていた。それによって一部の製薬会社などが作っている薬は、回復薬以下という扱いになってしまって苦戦しているとも。

「でも市場に流通している傷薬や回復薬の数なんて高が知れているだろうに」

「確かに制作可能になった傷薬はともかく、回復薬はダンジョンでドロップさせる以外に入手は不可能でしたからね。でも傷薬が薬師のジョブで制作できると判明したことで、他の回復薬などもすぐに量産されるのではないかって噂された時期もありましたから」

それで従来の薬の価値が下がりかけて、帝命製薬だけでなく世界中の製薬会社や医療《いりょう》関係会社の株価にかなり影響《えいきょう》が出たのだったか。と言っても中には傷薬と従来の薬を掛《か》け合わせて、画期的な効果のある新薬の開発に成功した企業が業績を爆発的《ばくはつてき》に伸《の》ばすケースなどもあり、悪いことばかりではなかったはずだが。

「なんにせよ大体の事情は分かった。あとで社長《オヤジ》にもそういう情報がないか聞いてみる」

とにかくこの副本部長は俺のことを陥《おとし》れたい理由があるみたいだ。それも複数。

「さてと……大まかな原因が特定できたところで、どう対策するべきかだな」

この副本部長を物理的に始末するのは簡単だ。英悟や朱里に頼《たの》めば、それこそ一瞬《いっしゅん》で片付くだろうし、殺すだけなら俺自身の手でも十分に可能だ。だが仮にこいつの背後で糸を引く黒幕がいるのなら、副本部長を始末しただけでは意味がない可能性があり得てしまう。

「繋《つな》がっているという議員とやらも含めて、裏で糸を引く奴らはなるべく同時に片付けるに越したことはないでしょう。ただその前に大事なことを決めなければいけないですね」

「大事なこと？」

勘九郎《かんくろう》の言葉に哲太《てった》が疑問を示す。他の椎平《しいら》や優里亜《ゆりあ》なども発言をしてはいないものの表情を見る限りでは同じ意見のようだ。

「朱里君や英悟君の集めてくれた証拠《しょうこ》がこれだけある以上、資格剥奪《はくだつ》の処罰を撤回させること自体はそこまで難しくないでしょう。だから考えるべきことは今後の夜一君の行動方針。もっと分かり易《やす》く言えば、夜一君がこれからどうしたいのかです」

「俺がどうしたいのか、か。それなら既に決まっているよ」

何も難しいことではない。俺にとっての最優先事項《じこう》など決まり切っているのだから。

「俺の目的はいつでも変わらない。探索者としての腕《うで》を磨《みが》いて高みを目指す、それだけさ。幸いにして、そのための条件は整っているからな」

圧倒的《あっとうてき》な補正値を誇《ほこ》る錬金剣士という固有職《ユニークジョブ》があれば、この発言は決して夢物語ではない。それはランクが一桁《けた》でも異常なステータスを実現できていることからも明らかだった。

「君ならそう言うと思っていました。……それならば提案ですが、資格剥奪の処分は絶対に撤回させるとして、代わりに別の処分を受け入れる形で収めるのはどうでしょう？」

「夜一は悪くないのに、処罰されるのを受け入れろって言うの？」

「そもそも不当な罰《ばっ》な上に、脅《おど》しの道具もこっちにはあるんだから相手の要求を呑《の》む必要なんてないだろ。それにこういうカスみたいな輩《やから》は、一度でも要求を呑むと図に乗って追加で何か寄越《よこ》せって強請《ゆす》ってくるぞ」

椎平や朱里があまり気乗りしない様子で反対意見を表明する。だがそれでも勘九郎はそれで構わないのだと言う。

「確かに弱腰《よわごし》の態度を見せれば、相手が調子に乗ってくるのはほぼ間違《まちが》いないでしょう」

だがこちらとしても回復薬の量産が可能になるまではまだまだ時間が必要であり、その時まで絶対にこれらの情報を周りに知られてはならないという事情がある。仮に知られれば、また何を仕掛《しか》けてくるか分からないからだ。

だからその時間を稼《かせ》ぐためにも、相手の思惑《おもわく》通りにことが進んでいると思わせて油断していてもらうのだと勘九郎は語る。こちらが取るに足らない奴だと相手に思わせることで。

「それは構わないけど、本当に相手がこっちの思惑通りに動いてくれるもんかね？」

「安心してください。そこは私が敵の動きをコントロールしてみせます。何しろ妻が回復すれば、私が自由に動ける時間が増えますからね」

勘九郎が探索者をやっている理由は、意識不明となっている妻を治療《ちりょう》する方法を見つけるため。俺が提供する中級以上の回復薬によってその望みが叶《かな》ったのなら、探索者として活動していた時間を全てこちらのサポートに回しても問題ないとのこと。
そこから俺達のパーティの参謀役《さんぼうやく》であった勘九郎の、悪辣《あくらつ》な作戦が語られるのだった。

勘九郎《かんくろう》を始めとしたノーネームの面々とダンジョン協会や副本部長への対策を練ったその数日後。俺はまたしてもグリーンゴブリンが出現するG級ダンジョンにやってきていた。

ただし今回の訪問者は俺だけでないが。

「さてと、これからこのゴブリンダンジョンを攻略《こうりゃく》するが、その前に何か質問はあるか？」

「それじゃあ遠慮《えんりょ》なく……先輩はゴブリン退治なんてしていて大丈夫なんですか⁉　探索者資格剥奪の件で、もうすぐ協会本部と話し合う予定でしたよね？」

そんなことを悲鳴交じりに尋《たず》ねてくるのは隣《となり》にいる愛華《あいか》である。そう、今回のダンジョン攻略には彼女《かのじょ》も半ば強引に連れてきているのだった。

「心配するなって。その件については心強い代理人に任せてあるし、色々あって俺はその場に居ない方が賢明《けんめい》ってことになったんだよ」

それもあって俺は処分が決定するまで大人しく待機している予定だったのだが、ただ単に待っているだけでは暇《ひま》だったので、こうして愛華を連れてダンジョンに来ている訳だ。

これから俺がやろうとしていることを考えれば、可能な限りランクアップによるステータスの上昇《じょうしょう》をしておいた方が良いのは間違いないし。

「本当に大丈夫なんですね？　それなら構わないですけど……てかダンジョン攻略するのに、なんで私も連れて行くんですか？」

「なんでって言われてもな、会社の後輩《こうはい》であり、有望な探索者でもある愛華を鍛《きた》えるため以外にないだろ。探索者として稼げるようになるには、ある程度の実力は必要不可欠だからな」

それに偶然《ぐうぜん》とはいえ色々と秘密を知ってしまった愛華が、いざという時に自分の身を守れるようになっておくに越したことはない。いずれ回復薬《ポーション》量産の話が表に出た時に、その中心人物である俺と近しいと分かったら、愛華も周りから目を付けられるに決まっているのだから。そして最悪の場合、製法の秘密を聞き出すためなどで愛華が狙われることもあり得るだろう。だからこそ最低限の自衛手段を確保させておくに限るというもの。

朱里《しゅり》や英悟《えいご》にも愛華とその周囲の守りを頼んではいるが、それで絶対大丈夫という保証もないのだし、最低でも自分の身くらい自分で守れるようにしておかなければ。

「いえ、分かってはいるんですよ。あんな話を知って関わると決めた以上は逃《に》げられないって。むしろ下手に逃げようとしたらどうなることか、恐《おそ》ろしくて考えたくないです」

「大丈夫だって。余計なことを言わなければ、始末されることもないはずだから」

「始末って言った！　現代の日本で聞くことのない物騒《ぶっそう》なワードが飛び出てましたよ！」

物騒な発言なのは認めるが、だからと言ってここで何もしないと嘘《うそ》を言っても信用しないだろうに。こんな感じで不満そうにギャーギャー騒いでいる愛華だが、その説得の仕方は心得ていた。と言うか、ここに来るのもこの方法で説得したのだ。

「安心しろって。俺だって偶然とはいえ愛華を巻き込《こ》んだ責任は感じているからな。だから後悔《こうかい》させないようにしっかりと鍛えて、たんまり稼がせてやると約束するよ」

「これから協会に重い処分を下されそうな人の発言とは、とてもじゃないけど思えないんですけど……。本当に大丈夫なんですよね？」

「ああ、その証拠に、今からこのダンジョンでしっかりと証明してみせるよ」

「……分かりました。そこまで言うのなら今は騙《だま》されたつもりで、その証拠を見させてもらいます。嘘だったら末代まで呪《のろ》ってやりますからね」

金に目がない愛華に呪われたら、それこそ金運が壊滅《かいめつ》しそうだと笑いながら答える。

「その時は俺のことを副本部長にでも売ればいいさ。ただしあいつは折を見て徹底的《てっていてき》に破滅《めつ》させる予定だから、関わると巻き込まれて痛い目を見るって点だけは気をつけろよ」

仮に愛華がこちらを裏切って副本部長側についた時は容赦《ようしゃ》なく叩《たた》き潰《つぶ》すつもりだし。いくら可愛《かわい》い後輩だとしても、こちらの敵に回るなら話は別というものだから。

「……少し前からそうじゃないかって思ってたんですけど、先輩って結構……いや、かなりぶっ飛んでるよね？」

「そうか？　そんなことないと思うけどな」

「いやいや、だってダンジョン協会の副本部長なんて、かなりの地位にある人じゃないですか。普通の探索者がそんな政府関係者、しかもその中でもお偉方《えらがた》を敵に回すとは思えませんよ。それどころか破滅させようとするなんて、どう考えても絶対におかしいです」

気を使って忠告しただけなのにドン引きされてしまったようだ。だが心配はご無用。

「安心してくれ。俺は魔物でも人でも、敵対する相手は容赦なく叩き潰すだけだから」

「だけってレベルじゃないし、そもそもそれのどこに安心できる要素があるんですか⁉」

そんな風に楽しく会話をしながら先に進んでいくが、ダンジョンでこれだけ騒いで何も起きないはずがない。いつの間にか通路の先でゴブリンが集まってきているではないか。

と言ってもだからどうしたという話なのだけれど。

「俺の狙いはボスだから、そこまでの道中は愛華を鍛えるのを重点的に行なうぞ。それが一段落したら金稼ぎの方法について改めて説明するから」

「でも先輩はランク1に戻っているんですよね？　その状態で本当に大丈夫なんですか？」

「大丈夫、大丈夫。弱くなってもここのボスに負けるほど落ちぶれてないし、そもそも勝ち目のない戦いをするつもりはないさ。それにランクも3にはなっているからな」

本来ならランク1が3になったとしてもステータス的には誤差でしかない。なにせその段階ではジョブの補正値など高が知れているものばかりだからだ。だけど第六次固有職《ユニークジョブ》の錬金剣士《れんきんけんし》を持つ俺だけは、一つのランクアップでステータスが劇的に変わるのだった。

「いやそうじゃなくて、そもそもそんな低いランクでボスの前の魔物を相手にして大丈夫なのかって意味だったんですけど。初心者の私っていう足手纏《あしでまと》いもいるし、弱くなった状態で集団にでも襲《おそ》い掛かってこられたら、いくら先輩でも危ないんじゃないかって……」

「え、何だって？」

目の前に迫《せま》っていたゴブリン十数体を斬撃《ざんげき》で次々と一撃《いちげき》で切り伏《ふ》せていく。その最中に後ろで愛華が何か言っていたが、最後の方は言葉になっていなくて聞き取れなかった。

「いいえ、何でもないです。……どうやら無駄な心配だったみたいなので」

何を言ったのかは分からなかったが、問題がないのなら構わないだろう。それよりも反射的に襲って来たゴブリンを倒してしまったが、これでは愛華を鍛えられないではないか。

（研修の時みたいに数体だけ残す感じで調整して、基本的には愛華に戦わせるのが最善かな）

そんな反省をした俺は新たな集団を見つけると、ある程度までゴブリンの数を減らすのに留《とど》めるのだった。

◆

そうして基本的には愛華にゴブリンとの戦いを経験させながら、自分もちょくちょくはゴブリンを倒していたらランクが4に上がった。これだけ早くランクアップしたのは、恐らく前に一人で来た時にランク3になってからもしばらく経験値を稼いでいたおかげだろう。

（うん、これで身体の調子も大分元に戻ったな）

それで流石に元通りとまではいかないが、たった一つの上昇にしてはあり得ないほどの違《ちが》いが肉体には起きていた。

第六次職だからなのか、それとも固有職《ユニークジョブ》だからなのか、錬金剣士の補正は非常に高くて全てに9も付いている。つまりランクが一つ上がるたびに、ランクアップ分と合わせて全てのステータスが10も上昇するのだが、恩恵《おんけい》はそれだけではなかった。

その別の恩恵とは、ランクアップと同時にどこからともなく頭の中に浮かぶ錬金《れんきん》アイテムのレシピだ。そう、今の俺はランクアップすると新たな錬金アイテムのレシピを手に入れられるようになっているのである。

これは錬金術の秘奥《マスターアルケミー》というスキル効果であり、なんとこれにはランクが一つ上がる度にランダムで未所持のレシピが一つ入手できるという能力があるのだ。

（だけど残念。素材が足りなくてこれも今は作れそうにないな）

手に入ったレシピ名は低位錬金武器というもの。それが錬金術によって剣《けん》や槍《やり》のような武器であることと、制作に必要な素材も不思議と理解できてしまう。まるで頭の中に直接レシピに関連する情報が流《なが》し込まれるかのような、言葉にできない奇妙《きみよう》な感覚だ。

（必要な素材は分かっているし、地道に集めていくしかないか。それにしてもやっぱりステータスの伸びは異常の一言だな。ＬＵＣに至ってはあと少しで全盛期《ぜんせいき》の時を追い抜《ぬ》くし）

ランク４
ステータス
ＨＰ　54
ＭＰ　46
ＳＴＲ　42

VIT　37
INT　39
MND　55
AGI　40
DEX　41
LUC　32
スキル　錬金レベルⅠ　錬金素材生成レベルⅠ　錬金真眼《れんきんしんがん》レベルⅠ（固有）　霊薬《れいやく》生成
レベルⅠ　アルケミーボックス　錬金術の秘奥《マスターアルケミー》　剣技覚醒《かくせい》
ジョブ　錬金剣士レベルⅠ（固有）

またしても全盛期に一歩近づいたステータスを確認《かくにん》して、俺は薬師ブーストを超《こ》える錬金剣士ブーストの効果に満足する。

ランク一桁の今でさえ、これだけ大きな恩恵を得られるのだ。これが10や20と上になればなるほど、普通のジョブの奴との差は如実《にょじつ》に大きくなる。

そんな未来を思《おも》い浮かべながら、俺は倒したゴブリンの素材をアルケミーボックスに回収する。今までだったら回収しなかった素材だが、今ならそういうものでも分解すれば錬金素材になるので使い道は幾らでもあるので。

「あの、先輩。さっきからゴブリンの死体を回収してますけど、何か意味があるんですか？」

それを目ざとく見逃《みのが》さなかった愛華が尋ねてくる。

確かに前の研修の時では同じG級のビッグラットの死体を放置していたのに、今回のゴブリンだと徹底《てってい》して回収しているとなれば変に思ってもおかしくはないか。

「実はこれもある意味で大金を稼げるようになる準備なんだ。それも回復薬とは別口で」

「ゴブリンの素材で、ですか？　でもゴブリンの素材は使い道がないこともあって売っても二束三文にしかならないって聞いてますけど……」

その情報と認識《にんしき》は間違ってはいない。実際にゴブリンの素材だけでは、どれだけ量産しても大金を得ることは不可能と言ってよいのだから。

ゴブリンの素材は魔物の素材の中では入手し易くて価値の低いものばかり。それだけで大金を得るためには膨大《ぼうだい》な量を売却《ばいきゃく》しなければならず、それだけの素材が市場に溢《あふ》れれば値崩《ねくず》れだって起きるに決まっている。

そして今より更《さら》に安くなったそれらの素材で大金を稼げるとは俺も思ってはいなかった。

「俺が新しく手に入れた能力の中には、倒した魔物の素材などをある一定数まで分解しておくと、それらを錬金スキルで作れるようになるっていうものがあるんだ。そしてそれも極《きわ》めれば、最終的には俺のＭＰだけで解析《かいせき》した素材を全て作れるようになるらしい」

「つまりゴブリン素材を回収しているのも、自分でそれらの素材を作れるようになるためってことですね」

理解が早くて助かる。だがそれでも愛華はまだ納得《なっとく》がいかないようだ。

「それって凄《すご》いことなんでしょうけど、やっぱり回復薬生成の方が凄いし稼げる金額も大きいような気がします。だってどれだけゴブリン素材があっても回復薬を販売《はんばい》した額に届くとは思えませんから」

「それは否定しないけど、現状だと回復薬の量産はまだ足りないものがあるからな。だけどどこっちはすぐに実行できるんだよ」

そう言いながら俺は解析を終え、幾らでも生成可能となっているゴブリンの血や皮などの素材を作り出して愛華に見せる。

「安いゴブリン素材じゃ幾らあってもピンとこないかもしれないな。だけどこれが貴重な素材、それこそドラゴンとかから入手できる素材だと仮定したらどうなる？」

ここで愛華はハッと息を呑む。どうやら気が付いたようだ。

「えっと、確か解析が進んだ魔物の素材は先輩のＭＰだけで作れるようになるんでしたよね？　だとしたらそういった貴重で高価な上に入手困難な素材も、いずれは先輩のＭＰだけで大量生産できるようになるってことですか……？」

「大正解」

最初の内はよく分からないという顔をしていた愛華が、段々とこのヤバさに気付いたようだ。そう、これが示すところは完全に解析が完了《かんりょう》した素材なら、どれだけ貴重な物であろうともほぼ無限に作り出せるようになるということ。それもわざわざダンジョンに潜《もぐ》って該当《がいとう》の魔物を討伐する必要などもなく、だ。

「しかも錬金系のスキルの大半はレベルが上がれば上がるほど、作れるアイテムの質が良くなったり量が増えたりするんだ。実際に錬成《れんせい》術師の時に錬成素材生成レベルⅤまで上げたことで、俺一人で会社の回復薬研究部門の素材を賄《まかな》っていたことからも証明されている」

更に錬金剣士は剣豪《けんごう》などとは違ってＭＰに関してもランクが上がるごとに10も上昇していくのが確定しているときた。前衛職でＭＰの伸びが悪かった前とは比較《ひかく》にならないＭＰになるのもそう遠い話ではない。そうやって力を付けていけばいくほど、高品質で大量の素材を作れるようになるのが確定しているのである。

「仮に何か予想外のことが起きて回復薬量産計画が頓挫《とんざ》しても、俺という存在が力を付けていれば大金を稼ぐことは不可能じゃないんだ。どうだ？　金の匂《にお》いがプンプンするだろう」

「……最高です。私、先輩のことを誤解してました。先輩はぶっ飛んでる変人だけど、そんなことがどうでもよくなるくらいの莫大《ばくだい》な富を生み出す人だったんですね」

「誉《ほ》めてくれてるつもりなんだろうが、その評価は素直《すなお》に喜んでいいものなのか？」

「先輩は錬金術師《れんきんじゅつし》。錬金術とは金を生み出す術のこと。先輩は金を生み出す術を使う人。つまり先輩は金そのもの」

（こいつ、頭の中が金の一文字で支配されてやがる）

金に目が眩《くら》んでいるとはこのことを言うのだろう。目の前の愛華はそう思っても仕方のない状態だった。だが乗り気になってくれているのなら下手に邪魔はすまい。それになんならこの方が面白《おもしろ》い気がするので、むしろ更に背中を押《お》してみるか。

「ついでに補足しておくと、スキルレベルが上がれば俺以外が錬金術を使えるようになる錬金アイテムを作れるみたいだぞ。もし愛華がもっと俺に協力してくれるのなら、その際には一番にそのアイテムを与《あた》えると約束するがどうする？」

いずれは愛華も俺と同じような手段で金を稼ぐことが可能になるかもしれない。そんな極上《ごくじょう》の美味《うま》い話を聞いたお金が好きな愛華が出す答えなど一つだけだった。

「先輩、決めました。私、五十里《いそり》愛華は先輩に一生ついていきます」

「よし、良く言った！」

金に目が眩んだ愛華はいとも簡単にこちらの誘《さそ》いに乗ってくれた。これは決して嘘でも詐欺《さぎ》でもないし騙そうともしていないから、彼女を利用しようとしている点については目を瞑《つぶ》ってもらうとしよう。しっかりと稼がせてあげるのは本当のことなので。

◆

愛華のやる気が爆上《ばくあ》がりしたこともあり、更に調子を上げてマンションの廊下《ろうか》のような通路をどんどん進んでいく。

その過程で現れる余分なグリーンゴブリンは全て一閃《いっせん》で切り伏せながら。ただ流石にG級の雑魚《ざこ》を幾ら倒しても中々ランク５には上がらなかったが。

（そろそろここの雑魚程度の経験値だと物足りなくなってきてる感じだな、これは）

普通ならランク一桁がここまで連続して魔物を相手にしたら体力が持たない。疲労《ひろう》を考えれば適度な休憩《きゅうけい》が必要になるし、そもそも安全を考えるならソロで連続して戦い続けること自体があまりに無謀《むぼう》と言えるだろう。だが俺はゴブリン相手なんて慣れている上に体力もランクが上がれば上がるほどに増えて、むしろ楽になっていく。

あとは同じことの繰《く》り返しになること、また魔物という危険な相手との命を懸《か》けた戦いにおける精神的疲労が難点となるのかもしれない。だが俺は割とそういう精神的な面はタフなのか、長時間の戦闘《せんとう》も苦にならないので全く問題なく殲滅《せんめつ》と探索を継続《けいぞく》できていた。

「よし、ここからは数を減らすのも止めて愛華だけで戦闘をしてもらおう」

雑魚敵以外で経験値を稼ぐことにした俺は、その経験値全てを愛華に譲《ゆず》ることにした。

「え、私だけで戦うんですか？」

「俺はここの雑魚ゴブリン相手だと経験値が物足りなくなってきてるからな。それに今後のことを考えれば、愛華が戦闘経験を積んでおくことに損はないさ」

魔物から得られる経験値は基本的に最後の一撃《ラストアタック》を行なった者にしか入らない。そこまでどれだけダメージを与えていても、最後に止めを刺《さ》した人物が総取りすることになる。ならばステータスも安定してきてボスを倒して経験値を稼げる目途《めど》の立った俺よりも、まだ雑魚敵相手にも不安が残る愛華をこの場で優先した方が賢《かしこ》いというものだろう。

「とりあえずの当面の俺達の目標はランク10になることだな。そこまで行けば普通の奴でもG級ダンジョンのボスくらいなら、相手によってはどうにか戦えるくらいにはなるし、他にも色々と役に立つスキルやジョブも手に入るからな」

そうして本格的なグリーンゴブリンとの戦い方の指導に入る。これもビッグラットと同じで、そう難しいことではないので指導自体は簡単に済んだ。

「よいしょっと！」

愛華の得物はメイスだ。それをステータスで強化された身体能力のおかげで軽々と振《ふ》りかぶる。対する残った最後のゴブリンはその動きを見て、持っていた刃《は》こぼれした剣で防ごうと頭の上でそれを横に構えた。

それを待っていた愛華は、振りかぶったメイスをそのままに前蹴《まえげ》りを放つ。その蹴《け》りで腹を蹴られたゴブリンは不意を打たれたこともあってか、あっさりと後ろにひっくり返った。

戦いの最中にそんな隙《すき》を晒《さら》せばどうなるかは言うまでもない。

「そこ！」

今度こそ容赦なく振り下ろされたメイスがゴブリンの身体を打ち据《す》える。そしてそのままゴブリンは滅多打《めったう》ちにされて戦いは終了となった。

「ゴブリンはＩＮＴが低く、ビッグラットと同じで頭が悪い。だからフェイントを仕掛ければほぼ確実に引っ掛かる。しかもあいつらは頭が重くて体のバランスが悪いから、一度でも倒れると中々起き上がれないんだ。だからそこを突《つ》ければ初心者でも楽勝って寸法だな」

ただしＳＴＲはそこそこで単純な腕力《わんりょく》はＧ級にしてはそれなりに強いので、今の愛華が攻撃《こうげき》を受けるのは避《さ》けた方が無難だろう。少なくとも集団相手なら、もう少しランクが上がってからでないと何かイレギュラーな出来事が起こった時に危ない。

もっとも今は俺《おれ》がいるから大抵《たいてい》のイレギュラーにも対処できるので心配ないが。だから愛華には体力が続く限り狩《か》りをしてもらうとしよう。

（この感じだと問題になりそうなのは25層以降に出てくるゴブリンの亜種《あしゅ》だろうな）

俺のような反則技を使用しない限り、ランク一桁でここの中ボス及《およ》びボス戦に挑《いど》むのはどうやっても命懸《いのちが》けになる。優秀《ゆうしゅう》な後輩をこんなところで無駄に危険に晒すつもりもないので、そいつらの相手は俺が担当することになるだろう。

ここまでの話から分かる通り、単にランクを上げるだけなら俺が弱らせたボスを愛華に倒してもらうのが一番手っ取り早いのだ。それなら愛華でも大量の経験値を簡単に稼げることだろう。だが生憎《あいにく》とまだそれを行なうつもりはなかった。

何故《なぜ》ならあまりに早い段階でそれをやってステータスだけを上げてしまうと、戦闘経験を積むという点から宜《よろ》しくないからだ。加減を誤った促成栽培《そくせいさいばい》で完成するのは、バランスの悪い歪《いびつ》で脆《もろ》い探索者《たんさくしゃ》だけである。

そもそもそんなやり方で腕の立つ探索者が量産できるのなら、どこの企業でもとっくの昔に行なっている。そうでない時点でその促成栽培が良くないのは察せられるというもの。

（中にはそういった方法で探索者育成を行なっているところもあるにはあるが、その大半が探索者を使い捨てのように考えている質の悪いところばかりだからな）

色々と厄介《やっかい》な面倒《めんどう》事に巻き込んだ手前、愛華についてはしっかりと育てる責任があると考えている。だから本人のやる気がある内は探索者として一人前になれるようにするつもりだった。

幸いにも愛華にはその資質や才能があって鍛え甲斐《がい》のある人物のようだし。

その道が楽だとは口が裂《さ》けても言えない。けれどその苦労に見合う成果は出せるようにするので、それまでは辛《つら》くとも我慢《がまん》してもらえればと思う。

「そう言えばゴブリン素材って二束三文って話ですけど、どれくらいで売れるんですか？」

そう思ったのだが、こうやって金のこととなると疲労なんて感じさせずに目を輝《かがや》かせる余裕《よゆう》があるみたいなので、案外そこまで辛いことにはならないかもしれない。

（魔物《まもの》とは言え、生物を仕留めることに嫌悪《けんお》感を覚える奴《やつ》も結構いるもんなんだけどな）

こういうところから察するに、愛華が探索者に向いているのはやはり間違いないようだ。

「グリーンゴブリンの魔石《ませき》は一つ百円に届かないくらいで買取されてて、他の肉や骨はもっと安かったはず。なんで稼ぎとするには大分効率悪い部類だわな」

「一番価値のある魔石でも百円にもならないって本当に稼ぎにはならないいんですね。じゃあ先輩にあげます」

こいつ、堂々と稼げないなら興味ないと言わんばかりに押し付けてきやがった。俺もここまでの道中でグリーンゴブリン素材の解析が完了している。だからそういう意味ではゴブリン素材は必要ではないのだが、血肉は錬成水、骨は錬成砂になるようなので分解して素材をストックしておくとしよう。

有《あ》り難《がた》いことに錬金素材は特別枠《とくべつわく》となっておりアルケミーボックスの容量を圧迫《あっぱく》せず無限に収納できるようだし。

「普通のゴブリン相手は問題ないし、このまま25階層まではサクッと進んでしまおうか」

「分かりました」

グリーンゴブリンメイジなどの少し変わった奴が出てくるようになるのは、中ボスを越えた26階層以降だ。今の愛華でも普通のゴブリンなら問題なさそうなので、ここは早めにそういった通常個体以外との戦闘もこなしてもらうとしよう。

そうしてサクサク進んで辿《たど》り着いた25階層。そこで登場するこのダンジョンの中ボスはホブゴブリン、ゴブリンの強化版みたいな奴で大抵はF級ダンジョンに出てくる魔物だ。

たかがゴブリンの強化版と侮《あなど》ることなかれ。チビでバランスの悪かった体型は改められており、成人男性並みの大きさとそれなりの知性まで手に入れたホブゴブリンは、初心者相手には相当な難敵となり得るのだから。

恐らく今の愛華が戦えば、あっという間にボコボコにされて大した抵抗《ていこう》も出来ずに殴《なぐ》り殺されることだろう。ランク一桁の探索者にとっては一つの難関に値すると言っても過言ではない相手。

だから普通なら、しっかりとランクを上げて装備も整えてから挑むべき油断ならない相手である。そんな本来なら難敵であるはずのホブゴブリンに対して俺はスタスタと無造作に近寄っていき、

「ギアアア！」

吠《ほ》えながら突っ込んでくるそいつの首に剣を奔《はし》らせると、俺の横を通過していった奴の胴体《どうたい》と首が見事に分かたれた。

この結果は当たり前だ。

既《すで》に俺のステータスはG級ではあり得ない数値となっている。そんな相手に突っ込んでいけばカウンターの餌食《えじき》になるのも当然の帰結というものだろう。

「随分《ずいぶん》とあっさり終わっちゃいましたね」

「これでも元ランク34だからな。幾らリセットしているとは言え、この程度の相手に苦戦

するほど耄碌《もうろく》はしてないさ。リセットした当初ならともかく、今ならF級の魔物を相手どれるステータスもあるし」

中ボスはボスと同じように魔石以外の死体が消えてしまう上にリポップには時間経過を待つしかない。だからさっさとホブゴブリンの魔石をアルケミーボックスに収納して解体を選択《せんたく》する。こんなのは序の口なので先を急ぎたいのだ。

ホブゴブリンはG級ダンジョンにしては経験値的にそれなりに美味《おい》しい相手だが、ここでのんびり再出現を待っているのは時間の無駄《むだ》でしかないから。今日の俺の狙《ねら》いは、先日に満喫《まんきつ》できなかったボス部屋なので、こんなところでチンタラしていられないのである。

「ここから上の階層にはグリーンゴブリンの亜種が出てくる。遠距離《えんきょり》から魔法を放ってくるゴブリンマジシャンとか、近接打撃《だげき》が得意なゴブリンファイターとかだな。愛華にもそいつらの相手をしてもらうからそのつもりで。そんで今日中にボス部屋に辿り着くぞ」

なお、辿り着くのが最終目標ではなく、そこから更にやりたいことがあるのだが。

「私、まだランク2なんですけど大丈夫《だいじょうぶ》ですかね？」

「かなり苦戦するし怪我《けが》もするだろうけど、本当に危ない時は俺がすぐに助けるさ。勿論《もちろん》愛華《あいか》が怪我するのが嫌《いや》だって言うのなら強要はしない。だけど一人前になって稼げる探索者になりたいのなら、これは絶対に避けてはいけない場面だ」

「……分かりました。先輩《せんぱい》が一対一でフォローしてくれる機会なんてそうないでしょうし、覚悟《かくご》を決めて頑張《がんば》ります」

「良い覚悟だ。大丈夫、その苦労が報《むく》われるように鍛えてやるから」

金の為《ため》だろうがこのやる気があるのはこちらとしては指導のしがいがあるというものだろう。やる気がないよりは百倍マシだし。ちょうど中ボスがリポップするまでは安全だから休憩を挟《はさ》むか聞いたが、本人がまだ大丈夫だと言うのでこのまま休憩はなしで先に進む。

「それじゃあ後半戦を始めるとしますか」

26階層へと続く階段を俺達《おれたち》は登っていった。

幕間◆後輩への指導

いくら先輩とはいえ、同じランク一桁になって弱体化した今なら動きが鈍《にぶ》るのではないか。そんなことを考えていた少し前の自分の浅はかさが思い出される。

（ステータスもリセットされて以前よりずっと弱体化したって言ってた。それなのにゴブリンの集団を相手にしても傷一つ負わないで圧倒《あっとう》するってどういうことなの？）

ただそれでも前よりも随分と遅《おそ》くなってはいるのだ。現に時折、前よりも体が重そうでやり難《にく》そうにもしている。だけどそれでやられるほど先輩は柔《やわ》な人ではなかったらしい。

相手の動きを瞬時《しゅんじ》に見極《みきわ》めて、僅《わず》かな身体の動きや視線のフェイントなどで敵を誘導《ゆうどう》する。そしてその間に急所に一撃を入れて仕留める。

その無駄のない動きの滑《なめ》らかさは、単純な速さとはまた違う巧さというものがあるのを私に理解させてくれた。そして恐らく先輩が私に教えたいのはこれなのだろう。ステータスに頼《たよ》ってばかりではいけないと再三言われていたが、これを見て少し理解できた。

（確かに鳳《おおとり》とかでもゴブリンを倒《たお》すことはできそうだけど、高いＶＩＴに頼って攻撃をど

れだけ受けても問題ないとか考えていたら、こういう動きは学べなそうよね）

今は昔と違ってある程度までの回復アイテムや装備も金を払《はら》えば手に入れられる。それらがあればランクを上げるという点で言えば、昔よりも段違《だんちが》いにやり易《やす》いと聞いたことがあった。でもだからこそ凰のような本当の意味で強くない探索者が、ある程度までランクを上げてしまえるのだろう。

目の前の光景と合わせて、そういう探索者は歪であり大成は望めないと先輩が懸念《けねん》するのも納得させられた。そしてそうならないよう指導してもらえる自分の幸運を噛《か》みしめる。

（誰《だれ》かに漏《も》らしたら殺されるかもしれない情報を知ってしまった？　そんなのは先輩達《たち》を裏切らなければ何も問題にならない。だったら今の幸運な状況《じょうきょう》を最大限活用しなきゃ）

ランクが下がっても、そして再度そこから上がって力強さや速度が増しても、先輩の動きは滑らかなままであり、淀《よど》みなくゴブリンを狩り殺していく。それは先輩が自分の力のコントロールが完璧《かんぺき》なことを証明していた。

そして実際にその内の一体と戦ってみて、先輩の異常さが嫌というほど身に染《し》みた。

メイスという鈍器《どんき》で必死に何度も殴って、ようやく仕留められる相手であるゴブリン。小さなミスから攻撃を受けた時は、その思わぬ力強さに怯《ひる》みかけた。私がこの相手を瞬殺《しゅんさつ》できるようになるのはいつになることやら。

そんなこちらの呆《あき》れと尊敬を足して二で割ったような感情を知ってか知らずか、先輩は中ボスのホブゴブリンもたった一撃で終わらせてしまった。それどころか今日はボス部屋まで行きたいという始末。

こんなG級が居てたまるか。きっと他の普通《ふつう》のG級探索者が見たら、そんなことを言うだろう。そのくらいに格が違う。しかも三時間近くダンジョンを探索しっぱなしだ。

それも休憩を挟むことなく敵を見つけ次第《しだい》狩るという、ほぼぶっ続けで戦いをしているのに一切《いっさい》疲《つか》れた様子を見せることがない。体力だけでなく気疲《きづか》れなども全く起こしていないではないか。これがライバルとかだったら私の心は折れていただろう。絶対に敵《かな》わない相手に対して対抗心《たいこうしん》を抱《だ》くなんて辛いだけだったに違いない。幸いなことに先輩は私の師《し》匠《しょう》のようなものなので、元々勝てるなんて欠片《かけら》も思っていないからその心配は無用だけど。

その師匠である先輩が26階層以降では更に厳しい指導を課してきた。まずはアドバイスなしで、自分で考えて戦ってみろとのお達しである。

そうして遭遇《そうぐう》したのが遠距離から魔法《まほう》を放ってくるゴブリンマジシャンという魔物だった。本来ならその手前に壁《かべ》となる他のゴブリンがいるはずだったが、それらは既に先輩によって片付けられているので一対一。

「ギギギギ、ググギ……ギグア！」

（思っていたよりも魔法の詠唱《えいしょう》が終わるのが早い！）

それなりに距離《きょり》があるので近づく前に魔法の詠唱が終わってしまった。ゴブリンマジシャンの周囲の空中に現れた三個の火の玉の一つがこちらに飛んでくる。

それに当たったら大火傷《おおやけど》間違《まちが》いなしなので横に跳んで避けた。だが地面に当たった火の玉は周囲に炎《ほのお》を撒《ま》き散らすようにして炸裂《さくれつ》してその熱が私を襲う。

「熱《あつ》っ⁉」

傷を負った訳ではないが、思わぬ背後からのその熱量に注意がそちらに向いてしまった。

（感じる熱からして、私のステータスじゃ受けるのは危険ね）

そう考えているこちらの隙を狙ってゴブリンは第二、第三の火球を連続で放ってくる。それを避けながら前進するなんて芸当は私にはできないので、必死に後ろに下がって回避《かいひ》に専念するしかない。だがこれでまた距離ができてしまった。

（これじゃあまた接近する前に魔法を唱えられる）

このままじゃ一方的に攻撃されるだけだ。しかもここはマンションの廊下のような、広くない通路なので回避できる場所も限られている。

（敵のＭＰが尽《つ》きるのを待つ？　いや、先輩ほど早く倒すのは無理でもそんなゆっくり戦っていられるとは思えない。その間に援軍《えんぐん》が来たら更に状況は悪くなる）

だったらここは一《いち》か八《ばち》かに賭《か》けるしかないか。そう思って今度はゴブリンが詠唱を完了しても、立ち止まらずにそのまま突き進《すす》むことにする。

「ギギギ、ググギ……」

詠唱に集中しているゴブリンはこちらに意識を割《さ》く余裕はないようだ。それを見ながら必死に前へと足を動かす。だがやはり間に合わずに敵の詠唱が完了してしまった。

「ギグア！」

（ええい、こうなったら突撃《とつげき》よ！）

もう引き返せない距離まできてしまっている。だから私はそのまま前に足を踏《ふ》み出すと、ゴブリンはそこでようやく思っていたよりも私が接近していることに気付いたようだ。

「ギグア⁉」

思わぬ突貫《とつかん》にゴブリンマジシャンも焦《あせ》ったのか、生み出した三個の火の玉を同時に放ってきた。ただ焦っていたせいかその狙いが甘《あま》い。

私は咄嗟《とっさ》に身を低く屈《かが》めて倒れるように前に跳ぶと、その身体の上を全ての火の玉が通過していったのが熱で伝わってきた。そこで倒れたままだと隙だらけなので、そのまま前転する要領ですぐに体勢を立て直して敵へと迫る。

逆に魔法を回避されたゴブリンマジシャンは慌《あわ》てて再度の詠唱に入ろうとしているが、

それが間に合うような距離ではない。いや、私が間に合わせはしない。

「そこ！」

詠唱で無防備な相手の頭部に容赦なく手にしたメイスを振り下ろした。その一撃がクリティカルヒットしたのか集中が途切《とぎ》れた敵の詠唱が中断される。

これが勝敗を決した。そのままフラフラしている相手に時間を与えることなく、メイスで滅多打ちにして勝利をもぎ取ることに成功する。

「はあ、はあ、……危なかった」

「本当だよ。まさかあそこで突っ込《こ》むとは思わなかったぞ」

先輩がそう言いながらも笑っていた。

「根性《こんじょう》は認めるけど、あれは結構危ない賭けだったな。ゴブリンマジシャンが焦ってくれたから良かったけど、そうじゃなかったら火の玉をくらって重傷か、最悪はお陀仏《だぶつ》だったぞ」

「うぅ、自分でも後から考えると無謀だったと思います」

敵に近付けない状況に焦ってしまった。こちらは何もできずに相手から一方的に攻撃されるだけの状況は思っていたよりも精神的に堪《た》えて、何とかしたいという気持ちが先走ってしまったようだ。

「それを自覚して反省できたのならいいさ。探索者の中にはそれが出来ずに攻撃《こうげき》を受けて、死ぬ間際《まぎわ》になって後悔《こうかい》する奴もいるってこともちゃんと理解しておけよ」

「だから一人でダンジョンに潜るのは推奨《すいしょう》されていない。こうして実際に経験してみないと本当の意味で分からないことも多いですね」

単独でのダンジョン攻略《こうりゃく》の危険性。後発組の私のような素人《しろうと》が企業《きぎょう》や先輩などの先達者から何らかの指導やサポートを得ることの大切さ。

これまでも分かっていたつもりだったが、それは言葉の上でだけだったみたいだ。

「ちなみに正解はなんですか？　私のように遠距離《えんきょり》攻撃がない場合は、あの状況はどう打開するべきなんでしょう？」

「すぐに改善策を知ろうとするその向上心は素晴《すば》らしいな。その熱意に応えて俺が実演してみせよう。それと自分に遠距離攻撃がないってのは愛華《あいか》の勝手な思い込みだぞ」

先輩は私からメイスを借り受けると次の獲物《えもの》と対峙《たいじ》する。わざわざ壁となるゴブリンを始末した後にゴブリンマジシャンと距離を取って。

「愛華と同じくらいの速さでやるからよく見てろよ」

そう言って先輩はあえて私と同じくらいの速さで敵に迫っていく。だがそれでは相手の詠唱完了《えいしょうかんりょう》までに間に合わないはず……と思ったら、

「あ⁉」

敵が詠唱をするべく集中したその瞬間《しゅんかん》、手に持っていたメイスを相手目掛《めが》けて投げつけた。その速度も私に再現できるようなものであり、

「ギギギ、グググ、グギャ⁉」

集中していたゴブリンの顔にメイスがぶつかって詠唱が中断される。しかもそこまでの速度が出ていなかったはずなのに敵はフラフラとふらついていた。

その隙を逃《のが》さずに先輩は敵に近付くと、落ちていたメイスを拾ってそれで止めを刺した。

「魔法などの詠唱は集中が必要なこともあってか、慣れていないと無防備になり易い。そこに外部から攻撃などの邪魔《じゃま》が入ると、見ての通り魔法の発動が不発に終わってしまうんだ」

そう言われて以前の鳳とボスであるジャイアントラットの戦闘を思い出した。確かにあの時も鳳の攻撃を受けたボスが魔法の発動を中断していることがあったっけ。

「と言っても流石《さすが》に一つしか持っていない武器を手放すのはお勧《すす》めしないがな。だから適当に投擲《とうてき》できる装備を揃《そろ》えておくのが無難だろうよ」

最悪その辺りに転がっている石ころでも代用可能らしいが、威力《いりょく》が低いと妨害《ぼうがい》が失敗に終わることもあるので、当たった際にしっかりと相手のＨＰにダメージが入る物が望まし

いと先輩は教えてくれる。何ならダンジョン産のアイテムの中にはそういった妨害に特化した特性を持ったアイテムも存在しているのだとか。

「魔物とか探索者のことは自分でも色々と調べたつもりだったんですけど、まだまだ知らないことばかりなんですね」

「本来はダンジョン協会が率先《そっせん》して初心者のためにこういう情報を発信するべきだと思うんだが、あんな副本部長がのさばっているところから察するに期待薄《きたいうす》だな」

その後のゴブリンファイターとの戦いの際には、素早《すばや》い身のこなしに対応できず攻撃を受けて後ろに倒されてしまった。一人だったらそのまま馬乗りになられて、私にとっては脅威《きょうい》となるＳＴＲによる拳《こぶし》で殴り殺されていただろう。

だけどそうなる前に先輩が助けてくれる。

未熟で魔物との戦い方を一から学習している新人探索者の私でも先輩という先達者がいることで、本来は戦えないはずの強さを持つ魔物との戦いの経験が積める。それを幸運と呼ばずして何と言うのか。

（ただし攻撃を受けた箇所《かしょ》は泣きたいくらい痛いんだけど……）

すぐに先輩が用意している傷薬《きずぐすり》で回復しているので傷も残らないが、それでも攻撃を受ければ痛いものは痛い。

だけどそれも稼《かせ》げるようになるためだと思って我慢するしかないだろう。私のような特別な取り柄《え》もない凡人《ぼんじん》が大金を稼ぐためには、無茶《むちゃ》の一つや二つは必要になるのだから。
その後も私は先輩の指導の下で戦闘を続けて、ボス部屋に辿り着く少し前には遂《つい》にランク3に上がるのだった。

五十里《いそり》　愛華
ランク3
ステータス
HP　21
MP　30
STR　9
VIT　10
INT　18
MND　14
AGI　11
DEX　17

ＬＵＣ　10
スキル　なし
ジョブ　薬師（ＭＰ２　ＩＮＴ２　ＤＥＸ２　ＬＵＣ２）

ゴブリンダンジョンは全50階層とG級にしては広いため、一日で踏破《とうは》するものではない。大抵は五階ごとに存在するセーフエリアで休憩を挟んで何日か掛《か》けて攻略するのだ。

だから半日も掛けずにボス部屋まで辿り着いた俺達は新記録を樹立したとみて間違《まちが》いないだろう。もっとも誰もそんなものを目指してないし記録してもいないだろうけど。

「さてと、最初のボスは何が出るかな」

「あれ？　ここのボスって何が出るかは決まってないんですか？」

「ゴブリン系の何かが出るとは決まってるよ。ただその中でも幾つか種類があって、おまけに複数出現する場合もある。と言ってもどれだろうと問題ないから誤差の範囲《はんい》だけどな」

「そう言えるのは先輩だからですよね？　今の私とかが複数のボスなんて相手にしたら、絶対にあっという間に蹂躙《じゅうりん》されるのが目に見えてますし」

確かに今の愛華《あいか》ではそうなるだろう。だがこの調子なら、意外と早くG級ダンジョンのボスくらいとなら戦えるようになるのではないだろうかとも思っていた。

（傷薬《きずぐすり》で治療《ちりょう》しているとはいえ、あれだけ何度もダメージを受けても音を上げない根性を持っているしな）

あれから想像以上にガッツのある愛華の指導に比重を割いたこともあって、俺のランクは上がっていない。そうなることは予《あらかじ》め分かっていたことではあるが、早めにランクを上げておいて損はない以上、このボス部屋でその遅《おく》れを取り戻《もど》すとしよう。

ボス部屋に入ると戦闘に参加させられない愛華には壁際に下がっていてもらう。

（ゴブリンキングが一体だけか……ハズレだな）

視線の先で待つボスは主にF級のダンジョンで現れる魔物だった。ホブゴブリンのように人間に近い体型ではなく、姿形はバランスの悪いゴブリンのまま二メートル超《ご》えに巨大《きょだい》化《か》したような奴である。それもあってバランスの悪さは通常のゴブリンと一緒《いっしょ》。

もっともステータスはただのゴブリンとは比べ物にはならないので、力が強くなっていたり賢くなっていたりなどの強化はされているが。それでも今の俺の脅威になるかと言われれば答えはこれまでと変わらない。時間を掛ける必要もないので一直線に敵に迫《せま》ると、それに反応して殴ってくる敵の拳を紙一重で躱《かわ》す。

（流石に一撃《いちげき》では終わらないか）

それと同時に持っていた剣《けん》で相手の身体を薙《な》ぐと腹部にそれなりの傷が生まれて、そこから緑色の血が溢《あふ》れ出す。人間だったら血と一緒に臓物も溢れ出て死にそうなものだが、それなりにＨＰの高いゴブリンキングはこの程度で即死《そくし》とはならない。

「グオオオ！」

傷の痛みに吠えている隙をついて終わらせても良かったのだが、一つ確認《かくにん》してみたいことがあった。だからあえて次の一撃を防御《ぼうぎょ》せずに受けてみる。

「先輩⁉」

その結果、ゴブリンキングから繰り出された拳が腹部に容赦《ようしゃ》なく叩《たた》き込まれて、俺は衝《しょう》撃《げき》とダメージを感じながら吹《ふ》き飛ばされる。そしてそれを見た愛華が驚愕《きょうがく》の声を上げていた。

「ああ、心配しなくていいぞ。今のはわざと受けただけだから」

倒れることなく着地してそうは言うものの、内臓が傷ついたのか口から血が零《こぼ》れている状態では心配にもなるか。モロにくらったのでそれなりのダメージは入っているだろうし、その分の痛みもかなりある。それ以外でも衝撃で胃の中身が出てきそうだ。

だが逆に言えば、その程度でしかない。

（防具なしの状態でゴブリンキングの攻撃をまともに受けてもこれだけか）

錬金剣士《れんきんけんし》ではなかった頃《ころ》のランク４の俺なら、それこそ骨が砕《くだ》けた上で幾つもの内臓が潰《つぶ》れて確実に死んでいた。その前にゴブリンキングの動きについていくのも難しいだろう。

「ああ、やっぱり最高だな！」

そのことを自覚して、思わず笑《え》みがこぼれる。

「感謝するよ。お前のおかげでより一層、実感できた。俺は強くなれる。世界中に存在するどんな探索者よりもな」

これまでよりも強くなれると実感が湧《わ》いて楽しくてしょうがない。そのことを確かめさせてくれたゴブリンキングに改めて感謝を捧《ささ》げよう。

そしてもう用済みなので、さっさと終わらせてやろうではないか。

なにせ次も控《ひか》えていることだし。

「グオオオオ⁉」

俺はギアを上げて一気に攻《せ》める。その結果ゴブリンキングの攻撃は、先ほどまでと違《ちが》ってこちらに掠《かす》りすらしない。

（そんな大振《おおぶ》りの攻撃を二度も三度もくらうかっての）

それどころかゴブリンキングは攻撃を回避される度にこちらの反撃《はんげき》で切り刻まれて、着実にダメージを蓄積《ちくせき》していた。その状況に攻めるのを躊躇《ためら》って守りを固めようとするゴブリンキングだったが、もはやそれでどうにかなる問題でもない。

何故ならランク4になったことで10ずつ上昇《じょうしょう》したステータスの暴力が、少し前まで戦いになっていた俺とゴブリンキングの間に決定的な差を生み出してしまったのだから。

「じゃあな」

こちらが決めようとしているのを感じ取ったのだろう。反射的に下がろうとしたその隙を逃さず俺は加速して前に踏み出すと、その首に剣を滑《すべ》り込ませる。

流石にサイズ的に一刀両断とはいかなかったが、それでも深い切れ込みが急所に入ったことで勝負は決した。首から大量の出血をしながら倒れていくゴブリンキングは、そのまま魔石だけを残して消えていく。

それと同時にダンジョンコアも出現していた。以前のように試練の魔物が現れるなんてイレギュラーが起こることもなく。

「先輩、殴られたお腹《なか》は大丈夫なんですか？」

「問題ないさ。内臓が幾つか潰れかけているかもしれんが、回復薬《ポーション》があるから治療できるし」

「いや、その時点で全然大丈夫じゃないと思うんですけど」

確かに普通の人間なら重傷だし、なんなら痛みで悶絶《もんぜつ》して動けなくなっているだろう。

「探索者ならこの程度の怪我は、ある意味では日常茶飯事《にちじょうさはんじ》さ。それに低位体力回復薬《ローライフポーション》でも

多少の肉体の損傷なら治るのは先行組が検証しているからな」

でなければ試練の魔物の最期《さいご》の攻撃で潰されかけた目が回復薬で治りはしない。あれも直撃《ちょくげき》を受けて完全に潰されていたら治るか分からなかったことを考えると、そこでも割と危ない橋を渡《わた》っていたことになる訳だ。

「何にしてもこれでこのゴブリンダンジョンもクリアしたし、今日の目的は達成ですね」

愛華がやり切った感を出してそう呟《つぶや》いている。だがいったい何を言っているのだろうか。

「おいおい、これからが本番だろうに」

「え？」

「ん？」

お互《たが》いに困惑《こんわく》した声を出している辺り、どうやら認識《にんしき》の齟齬《そご》が発生しているらしい。

「ああ、なるほど。愛華はここまでゴブリン共と連戦してたし、疲《つか》れが溜《た》まっているから先に帰って休みたいってことだな。それなら先に戻ってくれて構わないぞ」

ここのように階層が多いダンジョンだと、ダンジョンコアが出現したと同時に帰還《きかん》ゲートが現れることが多い。その帰還ゲートに入れば、ダンジョンの入口まではあっという間だ。

「いや確かに疲れたには疲れましたけど、そうじゃなくて。そもそもこのダンジョンのボスも倒したっていうのに、先輩は残ってこれから何をするつもりなんですか？」

「そんなの決まってるだろ。周回だよ」

「しゅ、周回？」

　信じられない単語を聞いたと言わんばかりの愛華だが、何をそんなに驚《おどろ》いているというのか。そもそもこのボスと一戦するためだけに俺がダンジョン攻略する訳がないだろうに。

「そもそも俺が何故《なぜ》このゴブリンダンジョンを選んだと思う？　G級の割に階層が多くて、しかも現れるのがゴブリンという売れない魔物ばかり出てくる割と不人気なダンジョンを」

「それは……他に探索者がいないからですか？　人気《にんき》がないなら私達が何をしていても見られる心配がないでしょうし」

「その通り。だからこそ人目にも付かずに愛華を鍛《きた》えられて、俺も自身の力をこっそりと確認できる。なによりボス部屋を長時間占領《せんりょう》しても何も問題ない訳だ」

　下手に人の多いダンジョンだとこんなことはできない。他にもボス戦を行なおうとしているパーティが居たら、その度に譲《ゆず》らなければならなくなるからだ。

　だがここならその心配など皆無《かいむ》。それゆえ思う存分、ボス周回を行なえるというもの。

「前に鳳《おおとり》にやらせようとしていた拷問《ごうもん》みたいなことを、あえて自分でやるつもりってことですか。やっぱりおかしいって、この人。……ところでその周回とやらは、どのくらいやるつもりなんです？」

「正確に決めてないな。だけどとりあえず丸一日くらいはやると思うぞ」

「ま、丸一日⁉」

「本当はもっと上の級のダンジョンでボス周回するのが経験値効率だけ考えれば最高なんだぞ。だけどリセットした現状だと、どこまで無理できるか不透明《ふとうめい》だからな」

以前よりずっと強くなる可能性は秘《ひ》めているとは言え、これまで持っていたスキルを失った上にランクが一桁《けた》になったことで弱体化したのは間違いないのだ。

だからここは安全面も考えて、このG級ダンジョンで経験値を稼ぐつもりである。そしてこのボス周回で十分な経験値稼ぎが出来ると踏んでいたからこそ、ここまでの道中は愛華の鍛錬《たんれん》の方を重点的に行なってきたのだ。

「それとも愛華もまだ訓練を続けたいか？　流石に疲れてるかと思ったから今日はここまでのつもりだったが、もしまだやる気なら今から1階層まで逆走してもいいけど」

「いや、結構です！　私はもう疲れました！」

必死になって首を振《ふ》って拒否《きょひ》してくる辺り本気で嫌なのだろう。ここで無理強《むりじ》いしても良いことはないだろうし、俺は素直《すなお》にそれに頷《うなず》いておいた。

「だよな。肉体の疲労《ひろう》はともかく、精神的な疲弊《ひへい》は回復薬じゃどうしようもないみたいだから、しっかりと休んでおくといい」

俺《おれ》は良いのかって？　この程度で疲れるような柔な精神《MND》はしていないので大丈夫。むしろ最高効率でボス戦の周回を行なって、早くランクを上げたくてウズウズしてるくらいだ。

「……丸一日は付き合えないので先に戻ります。だけどその前に見学してもいいですか？」

「別に構わないぞ。そっちに攻撃《こうげき》が逸《そ》れることはないからな」

それでも万が一の時のために避難《ひなん》できるように転移石を渡しておいて、それでは開始するとしよう。

「お、今度はアタリだな」

出現したダンジョンコアにボスであるゴブリンキングの魔石を返還《へんかん》すると、それによってエネルギーが満たされたのか新しいボスがダンジョンコアから生み出される。その結果、新たにゴブリンキングが二体現れてくれた。

単純計算で先ほどよりも経験値が倍である。それにここからはあえて攻撃を受けるつもりはないので、先ほどよりも早く終わるだろう。というか効率を考えれば、そうすればするほど経験値を稼げるのだ。だったら最短での攻略を狙わない手はないではないか。

（意味のないタイムアタックかもしれないけど、割とこういうの嫌《きら》いじゃないんだよな）

そんなことを考えながら獲物である二体のゴブリンキングへと飛び掛かっていった。

◆

しばらく俺の戦闘《せんとう》を見学していた愛華が帰った後も、俺は只管《ひたすら》にボス周回を行ない続けた。その成果がステータスカードに示されている。

八代《やしろ》　夜一《よいち》
ランク7
ステータス
HP　84
MP　76
STR　72
VIT　67
INT　69
MND　85
AGI　70

DEX 71
LUC 62
スキル 錬金《れんきん》レベルⅠ 錬金素材生成レベルⅠ 錬金真眼《れんきんしんがん》レベルⅠ（固有） 霊薬《れいやく》生成レベルⅠ アルケミーボックス 錬金術の秘奥《マスターアルケミー》 剣技覚醒《かくせい》
ジョブ 錬金剣士レベルⅠ（固有）

これが丸一日、ほとんど休むことなくボス周回を続けた成果である。

一見するとこれだけの時間を掛けても、たった3ランクしか上がっていないように思えるかもしれない。しかしかつての俺がランクを34まで上げるのに五年も歳月《さいげつ》が必要だったことからも、たった一日でこの上がり具合は驚異的《きょういてき》なものと言える。

普通なら一桁ランクでボス周回なんて、いくらG級ダンジョンだとしても自殺行為《こうい》でしかない。それこそ俺の錬金剣士のような規格外の例外でもなければ。

もっともランクは高くなればなるほど必要経験値が増えるので、ここのボス周回だけでは、いつまでもこの調子でランクアップとはいかないだろうが。

（ランク7になってから大分経《た》つし、そろそろ8になっても良い頃だと思うんだけどな）

まだ時間はあるので、もう少し粘《ねば》ってもいいかもしれない。ただ二十四時間近く戦いっぱなしは流石の俺でも気疲れするので適度に休憩《きゅうけい》を挟んではいた。

その休憩中に考えるのはランクが上がる度に得られているレシピやこれまでに習得したスキルについてだった。

（今後のことを考えるなら、ランクアップでステータスを増加させるのと同時に錬金系のスキルも上げておかないとだからな）

錬金するための素材は揃えられたのに、肝心《かんじん》のスキルレベルが足りなくて錬金できない、なんて事態は御免《ごめん》だ。そうならないためにも今の内から準備をしておくに限る。

錬金素材生成のスキルのスキルレベルを上げる条件は、使うことでスキル経験値が溜まっていき、それが一定まで溜まると自動的にレベルアップするというものだった。これは錬成《れんせい》素材生成の時も同じだったし、何度も使用することが条件のスキルは割と多いので珍《めずら》しいものではない。

ただそれ以外の錬金や錬金真眼は、前者に加えて所有しているレシピや自身のスキルを使用して生成したことのある錬金アイテムの種類などを一定数以上にしないといけないという特殊《とくしゅ》な条件が存在しているのだ。

これから察するに錬金関係のスキルは、レシピという名の知識をどれだけ有しているのかと、その知識《レシピ》を使いこなせているか、この二点が重視されるようだ。

スキルの使用回数に関しては、こうして休憩時に地道にこなすことでどうにかなる。現状では錬金で作れるのは解析《かいせき》に成功したゴブリンの血などの素材くらいなので役立つアイテムを作り出せる訳ではない。だが単純にスキル経験値を稼ぐだけならこれでも問題はない。

問題があるとしたら、それはレシピの数などの方だった。今の俺のランクは7なので錬金術師《マスターアルケミー》の秘奥の効果により六つの新たなアイテムのレシピを手に入れている。

（初めの内はランクも上がり易いし、スキルレベルⅡやⅢくらいまでなら必要なレシピをランクアップだけで揃えることはできるだろう。でもそこから先だと他にレシピを手に入れる手段がないと本格的に詰《つ》みかねない）

レシピがなければ正しい素材を集めて錬金スキルを発動してもアイテム生成は失敗に終わる。つまりスキルレベルアップのためには、どうあっても多くのレシピが必要な訳だ。

現状で判明しているレシピを手に入れる手段は二つ。一つは今述べた通りのランクアップによる自動習得であり、もう一つは錬金真眼が錬金アイテムを見ることだ。

ランクアップによる自動習得では限界があるのなら、もう一つの錬金アイテムを錬金真眼で見ることで手に入れるしかないと思うだろう。だが残念ながらそれが成功したのは今のところアマデウスからドロップした件のアイテムだけだったのだ。

試練の魔物討伐《まものとうばつ》のために俺は自分のこれまで稼いだ金だけでなく、会社のコネまで利用して本当に様々な種類のアイテムを集めていた。

（だけど結局、低位の回復薬以外からレシピが手に入ることはなかった。ってことは恐《おそ》らくそれ以外の錬金アイテムは、この世界に流出していないと見るべきだろうよ）

魔物の素材やドロップアイテムなどの種類に限らず、それ以外では何を見ても錬金真眼がレシピを手に入れてくれることはなかった。そうなると現在のダンジョンから流出しているアイテムのほぼ全てが錬金アイテムではないということになる。

（錬金真眼系のスキルを手に入れるために必要な錬金を司《つかさど》る神の神殿《しんでん》とやらも、世界のどこにも存在を確認できてない。これが偶然《ぐうぜん》じゃないとすれば、この状況は異世界の残党が意図的にそうしているってこともあり得るのか）

この錬金スキルなどが特別な力であり、それらを現地住人である人間に渡さないようにしている。そのためにそれらの錬金アイテムなどの流出を最低限にしている、とかだ。

実際にそうなのかは分からないが、何にしてもこのままでは必要なステータスやスキル使用回数が揃っても、レシピ不足でスキルが上げられないかもしれない。

「……とは言え今はどうしようもないし、それについては後々考えるしかないか」

錬金アイテムを見ただけでレシピが入手可能な眼があっても、物自体がなければどうしようもないのだから。

あるいは最悪、他の試練の魔物のドロップアイテムを狙《ねら》う必要もあるかもしれない。アマデウスが特別だったように、他の個体も同じように特別な何かを残す可能性に賭けて。

もっとも試練の魔物は出現するのが稀《まれ》な上にどこに現れるか分からないので、狙うと決めても結局は現れるまで待つしかないのだが。

「さてと……そろそろ休憩は終わりにするか」

休憩の度にMPが枯渇《こかつ》するまで錬金素材の生成や、解析が完了《かんりょう》したゴブリンの素材を作るなどでスキルレベル上げも同時に行なっている。と言うかMPがある程度回復するまで戦い続けて、そうなったら素材生成と休憩を挟《はさ》むというヘビーローテーションである。

（会社に顔を出さなきゃいけない時間までに、もう二つほどはランクを上げておきたいな）

そのためにも素早く効率的に敵を殲滅《せんめつ》しなければ。

「お、大当たり」

その願いをダンジョンも叶《かな》えてくれようとしているのか、あるいは上昇したらLUCの値がそいつらを引き寄せてくれたのか、目の前には四体のゴブリンキングと一体のゴブリンエンペラーというこのダンジョンで考《かんが》え得《う》る最高の集団が現れてくれているではないか。

普通の探索《たんさく》者ならG級には不釣《ふつ》り合いな多数の強敵の出現に嘆《なげ》くべきところだろう。だがこと俺にとって、この状況《じょうきょう》は幸いでしかない。

だからまずは突《つ》っ込んで、先頭のゴブリンキングを容赦なく斬《き》り捨てる。最初の内は一撃で倒《たお》すことは難しかったが、ここまで上昇したステータスがそれを可能にしてくれていた。

「さあ、遊ぼうか」

もっとも既《すで》にF級の魔物では相手にならないステータスになっている以上、その遊びもすぐに終わってしまうのは決定しているのだが。そうしてゴブリン達の断末魔《だんまつま》の悲鳴は誰《だれ》にも届くことなく、あっさりと闇《やみ》に掻《か》き消えていくのだった。

◆

「……無念」

「何が無念よ。それよりもまず呼びに来てあげた私に感謝しなさい」

あれからも嬉々《きき》として周回を行なっていた俺だったが、ある人物によってそれに待ったが掛けられてしまった。その人物とは目の前の元パーティメンバー、畔川椎平《あぜかわしいら》である。

「私が呼びに来なかったら、あのまま会社へ出社する予定もすっぽかしてたでしょうに。

てか、なんでこんな短期間に二度も呼び出しをしなければいけないのかしら？」

「えーと、それは……すみませんでした」

どう考えてもこちらが悪いことが否定できないので、ここは目を合わせずに謝《あやま》っておく。

そう、調子に乗ってあれから時間も忘れて狩《か》りを続けていたら、遂には椎平がその場にやってきたのである。そうしてくれなかったら出社予定をすっぽかしていたに違いないので助かったのは間違いない。

設定したランク10という目標には残念ながら届かなかったけど。と言っても流石にゴブリンキングだと経験値が足りなくなってきた感じはあったので、ある意味では丁度良いタイミングだったかもしれない。

（ステータス的にもF級ダンジョンくらいなら余裕《よゆう》でイケるようになったしな）

あるいは他のG級ダンジョンを巡《めぐ》って素材集めに奔走《ほんそう》するのも悪くないか。役に立ちそうな素材をMP消費で無限に作れるようになっておいて損はないだろうし。

「なんにせよ助かったわ」

「ったく、本当に仕方のない奴《やつ》ね。……それで進捗《しんちょく》の方はどうなの？」

「ん」

言葉で説明するよりも分かり易《やす》いだろうとステータスカードを投げて渡すと、それを見て椎平は絶句していた。

八代　夜一
ランク8
ステータス
HP　94
MP　86
STR　82
VIT　77
INT　79
MND　95
AGI　80
DEX　81
LUC　72
スキル　錬金レベルⅡ　錬金素材生成レベルⅡ　錬金真眼レベルⅡ（固有）　霊薬生成レベルⅠ　アルケミーボックス　錬金術の秘奥《マスターアルケミー》　剣技覚醒

ジョブ　錬金剣士レベルⅡ（固有）

　このランクで、ほぼ全盛期《ぜんせいき》に近いステータスなのだからその驚きも分かる。というか一部に至っては既に超《こ》えているし、探索者の常識からすれば絶対にあり得ないステータスだ。

「これだけのステータスがあれば、一先《ひとま》ずは洗脳や読心系のスキルへの抵抗《ていこう》も問題ないだろ。ああ、それと錬金真眼とかがレベルⅡになったことで自動再生機能が追加されたぞ。これでこの右目を何者かに潰されたとしても、生きてさえいれば右目だけは元に戻るらしい」

　ちなみにこれも本来なら発動するのにそれなりのＭＰを必要とするはずだったが、例の如く錬金術の秘奥《マスターアルケミー》というスキルのおかげで消費するＭＰは１になっている。なお破壊《はかい》ではなく摘出《てきしゅつ》した場合でも、取り出した眼球は消滅《しょうめつ》して俺の右目に戻ってくるようだ。

　もはや明らかに人間離《ばな》れした機能だが、便利な機能ではあるので利用しない手はない。

「それも十分に異常だけど、ランク８でこのステータスは圧巻ね。それと同時にたった数日で、ここまでランクを上げたことも同じくらいにおかしい気もするけど」

「照れるな。そんなに褒《ほ》めるなよ」

「褒めてないわよ。それでレシピとやらも上がったランクと同じ数だけ手に入ったんでしよう。どんな物があったの？」

「ああ、それな。残念ながら今の俺に作れるのは二つだけだな」

そう言いながらも手に入れたレシピを書き出して渡す。

低位錬金武器、性転換《せいてんかん》ポーション、低位ＳＴＲアップポーション、マジックコンテナ、錬金術師の外套《がいとう》、緑小鬼《グリーンゴブリン》の仮面、破魔《はま》の聖水。この中で作れるのは今のところ緑小鬼《グリーンゴブリン》の仮面だけだった。なお、これ以外の保有レシピは試練の魔物のドロップアイテムとなる。

具体的に挙げると以下の通り。

中位《ミドル》と高位《ハイ》の体力回復薬《ライフポーション》と魔力回復薬《マナポーション》と異常回復薬《キュアポーション》と霊薬《れいやく》の素《もと》。

中位《ミドル》と高位《ハイ》の各種ステータスアップポーション。

ランクアップ、スキルレベルアップ、ジョブレベルアップの各種ポーション。

ランク経験値倍増ポーション、スキル経験値倍増ポーション、ジョブ経験値倍増ポーション、レアドロップ確定ポーション。

リセットポーション。

空白の錬金レシピ表、空のスキルオーブ、空のジョブオーブ。

赤と青と黄と緑と白と黒と無色の錬金結晶《れんきんけっしょう》と原型《アーキタイプ》ホムンクルス。

これらが全て五つずつ。ここにレシピが手に入らなかったアマデウスの御霊石《みたまいし》を一つだけ加えたのが、あの場で手に入れた物の全てになる。

今のところ勘九郎《かんくろう》に渡した中位体力回復薬《ミドルライフポーション》、そして自分で回復薬を作るために使用した霊薬の素が一つだけ減っており、それ以外は手付かずの状態となっている。どれも現状では再入手する目途《めど》が立っていない物ばかりだし、錬金結晶やホムンクルスなどに至っては御霊石同様にどうやって使用するのか不明な代物《しろもの》だ。なにせ錬金真眼を使ってもスキルレベルが足りてなくて詳細《しょうさい》不明としか出てこないので。

だから無駄遣《むだづか》いはできない。

(効果の詳細や使用方法も分からなくても、アイテムのレシピは手に入ってるからな。いずれ錬金レベルを上げて素材を集めたら作れるようにはなるはず)

竜《りゅう》の血の結晶や世界樹の枝などの、C級探索者だった俺でも聞いたこともない素材を求められるアイテムもあるが、それらはB級以降のダンジョンで手に入ると思うしかないだろう。

「ちなみにこれが試《ため》しに作った緑小鬼《グリーンゴブリン》の仮面な」

「……何これ？　見た目は屋台で売ってる玩具《おもちゃ》のお面みたいじゃない」

「それは俺がそういう風になるように調整《チューニング》したからな。錬金術師《マスターアルケミー》の秘奥のおかげか錬金でアイテムを作る際に、ある程度までそういう幅《はば》を持たせられるみたいなんだ」

その気になればもっと本格的にゴブリンの頭部を模した仮面を作ることもできる。というかそっちの方が本来のゴブリンの仮面なのだろう。だがそれだと使い辛《づら》そうだったから可能な限りデフォルメしてみようとしてみた結果が、目の前の玩具のようなお面である。

「もっとも変えられる幅にも限界がある上に、本来の形からあまりにかけ離《はな》れると効果の減少や無効化、あるいは耐久性《たいきゅうせい》の減少とかのデメリットが発生するみたいだ。とは言え効果が変わらずにゴツイ仮面から、このくらいのお面に変化させられるのは助かるだろ」

「確かにこれならコスプレの類だと見られても、ダンジョンアイテムだと思われることはまずないでしょうね。それで肝心の効果は？」

「これを装備している間はグリーンゴブリンの言語が理解できるようになるのと、相手が同族だと勘違《かんちが》いしてくれる。と言ってもそれも万能《ばんのう》じゃなくて、こっちから攻撃を仕掛《しか》けたりすれば反撃されるけどな」

言語についても流暢《りゅうちょう》な会話ができるほどではなく、あくまで発する単語が分かる程度だった。これはゴブリンという種族の知能的な問題の可能性もあるから、別の仮面が手に入った際にでも検証してみる必要があるだろう。

それに同族と見られることと無条件に友好的になることは同義ではないという点にも注意が必要だ。試しにグリーンゴブリンキング相手にこれを使ってみたら、配下のゴブリンにしようとでも思ったのか従うように高圧的に命令してきたし。しかも拒否したら殺そうとしてきたので、これがあればグリーンゴブリン相手なら安全なんてこともないようだし。

「それでも特定の魔物の言葉が分かるのは、使い道が色々と考えられるアイテムじゃない」

「まあな。他の種類の仮面もきっとあるだろうし、色んな魔物の素材集めは必要不可欠だな」

極《きわ》めれば自分が作り出す錬金素材で全てを賄《まかな》えるようになるはずだが、初めの内は材料が必要となる。使えるレシピが手に入ったのに素材がなくて作れないという事態はなるべく避《さ》けたいので、そうならないための準備はしておかなければ。

「とりあえず今後しばらくはG級ダンジョン巡りをして、地道に素材回収に勤《いそ》しむつもりだよ。予定通りにことが進めば、それが一番効率的になるだろうからな」

「その過程でスキルレベルも上げて、各種回復薬の量産体制も順次整えていくって訳ね」

「その通り」

とりあえず低位の回復薬なら錬金素材生成レベルⅢになれば量産が可能になるので、まずはそれを目指すとしよう。そうなれば回復薬を使い放題になるし、ダンジョン協会にどれだけの罰金《ばっきん》を背負わされても問題になることはないのだから。

そこまでに気を付けなければならないのは回復薬量産などの情報を協会の副本部長を始めとした、こちらの邪魔《じゃま》となる相手に知られないようにすることだ。そうなった際にまた適当な理由をでっちあげて妨害《ぼうがい》されたら堪《たま》ったものではないし。

「って、肝心なことを聞いてなかったな。それで俺に下される処分はどうなった？」

勘九郎に任せていた協会本部との話し合い。それが上手《うま》くいかなかったのなら俺の探索者資格も剥奪《はくだつ》されることになり、予定していた計画も大幅《おおはば》に修正を余儀《よぎ》なくされることになるのだから。

もっともあの先生ならそんなことは万に一つもないと思うが。

「ああ、それはこれに書いてある通りよ」

そう言いながら椎平は書類を取り出す。渡されたそれにはG級ダンジョンを無許可で消滅させてしまったとあるC級探索者、そう、俺こと八代夜一への正式に決定した処分内容について書かれていた。

「……該当《がいとう》のC級探索者のこれまでの功績を全て剥奪。G級探索者への降格処分とする。更《さら》にそれとは別で罰金二十億円とは、これまた随分《ずいぶん》と吹っ掛けられたもんだな、おい」

罰金に関しては回復薬の量産に成功すれば幾《いく》らでも稼《かせ》げる目途があるので、どれだけ重くなっても構わないと伝えてはいた。だが流石《さすが》にこの額は笑うしかないだろう。

C級のままならともかく、最も低いG級になれば稼げる金額など高が知れている。そんな状態でこの額の罰金を背負わされるのは絶望するしかないだろう。

だが、

「どうやら勘九郎は上手くやってくれたみたいだな」

「ええ、こちらの目論見《もくろみ》見通りにことが進んでいるみたいでなによりね」

降格処分を含《ふく》めて何一つ問題ないと俺と椎平は不敵に笑い合うのだった。

幕間◆英悟の見守る処分交渉と将来展望

全ての準備を整えてから勘九郎《かんくろう》こと先生が決戦の場所へと向かっているのをスキルで遠くから見守る。これから先生は夜一《よいち》さんの処分についてダンジョン協会と話し合うのだ。場所は相手側から指定された協会本部の応接室。今回の先生は体調不良で来られなくなった八代《やしろ》夜一の代理人という形で、協会副本部長と一連の件の処罰《しょばつ》についての話し合いをすることになっているのだった。

夜一さんでもこの話し合いはできなくはないだろう。だが万が一にでも真偽看破《しんぎ》などのスキルで嘘《うそ》を見抜《みぬ》かれる訳にはいかないことを考えると、貴重な情報を握《にぎ》っている夜一さんを今の状態で敵の前に出すのは躊躇われたのだ。

（リセットの影響《えいきょう》でステータスが低下していて耐性《たいせい》系のスキルも全て失っている今は、前よりそういう搦《から》め手《て》に対する抵抗力《ていこうりょく》も弱くなっているからな）

今の夜一さんが抱《かか》える情報はどれも影響力《えいきょうりょく》があり過ぎる。下手にその一端《いったん》でも漏《も》れれば、それこそ日本どころか世界中で大混乱が起こりかねないほどに。それを考えると少なくともランクアップなどでステータスをもう少し上げてからでないと危険だと判断したのだ。

だからこうして当事者ではなく、心を読まれるなどの心配がないC級探索者でもある先生が代理人として間に挟まって、本当に辿《たど》り着かれたくない情報は隠《かく》し通すのである。

(頼《たの》みますよ、先生)

そうして先生は応接室に通されたのだが、約束の時間になっても相手が現れることはなかった。それでも先生は焦《あせ》りや苛立《いらだ》ちを表に出すことなく、出されたお茶に口をつけながらその時がくるのをジッと待っている。

「待たせたね。それで君はいったい何の用かね?」

三十分以上も待たせておいた癖《くせ》にそのことを詫《わ》びるでもなく、待ち合わせの相手はそう宣《のたま》ってきた。背はそれほど高くないのに肥えて太った肉体から、明らかに不摂生《ふせっせい》な生活を送っているのが容易に見て取れる。実際に英悟達《たち》の調査でも裏で色々と悪さして稼いだ金で豪遊《ごうゆう》しているのは確定しているので、これは決して根も葉もない暴言ではない。

「事前に連絡《れんらく》していたと思いますが、私は中川原《なかがわら》勘九郎という者です。今日は体調不良で来られなくなった件の探索者である八代夜一の代理としてここに来ています」

「ふん! 代理を寄こすとは小賢《こざか》しい。だがその代理人も弁護士などではなく探索者のような野蛮人《やばんじん》しか見繕《みつくろ》えない辺り、そいつの程度も知れているというものだがな」

尊大な態度や侮蔑《ぶべつ》的な言葉からしてこちら、延《ひ》いては探索者を対等な相手と思っていないことは明らかだった。そもそも夜一さんの不当な処罰についての話し合いを行なう予定のはずなのに、何の用とはどういう意図があっての発言なのかというものだ。

「まあいい。とにかく私が言いたいのは、弁護士や代理人などを用意しても無意味だということだ。何をしようと私は下した決定を変えるつもりはない」

そんなことを言いながらも、先生と二人きりの話し合いに応じているのには理由がある。

「それではあなたが例の期間中に、どこへ出張していたのかが表沙汰《おもてざた》になっても良いということですか?」

「確かにそれをバラされたら面倒《めんどう》ではある。だがそのくらい揉《も》み消すことはいくらでも可能なんだよ、君」

こうして一対一で会えたので不倫《ふりん》旅行の写真という手札の効果はあったようだが、これだけでどうにかなるほど甘《あま》くはないらしい。あるいはこの話し合いまでの間に、その旅行の件を揉み消す算段が付いたか、周囲への根回しが終わったといったところだろうか。

「それよりも君。こんな写真で脅《おど》しを掛《か》けるなんて、どうなるのか分かっているのかね?」

「……分かっているとは、どういう意味ですか?」

本当は分かっている癖に、どこか惚《ぼ》けた様子で先生が問い返す。

「それも言わなければ分からないのか。これだから探索者は……。いいか、私はダンジョン協会本部の副本部長だぞ。その気になれば今回の様に探索者の一人や二人、資格を剥奪することなど造作もないのだよ。そんな私に逆らっておいて今後、日本で探索者としてやっていけるとは思わないことだね」

その言葉は暗に夜一さんだけでなく先生も標的になると告げていた。

「それにしても可哀《かわい》そうに。君が医者という立場を捨ててまで助けようとしている細君だが、君が探索者として活動できなくなったら、万が一にも目覚めることはないだろうね」

その瞬間《しゅんかん》、ほんの一瞬《いっしゅん》だが先生の表情に怒《いか》りの色が浮《う》き上がった。勿論《もちろん》、それを相手に悟《さと》られるへマはせず、すぐに表情を取り繕《つくろ》ったが付き合いのある俺には分かる。

あれはブチ切れている。それこそ結構長い付き合いの自分でも見たことが無いくらいに。

（うわ、怖えー！）

そのことに気付けず、自分の立場が上だと勘違いしたアホは脅しの言葉を止めることはない。だが生憎《あいにく》と、それらは全て無意味だった。だって先生の奥《おく》さんは、夜一さんが提供した中位の回復薬《ポーション》で既に意識を取り戻《もど》すことに成功しているのだから。

つまり目の前の相手がやっているのは、ただ単に火に油を注いでいるだけであり、死刑《しけい》執行《しっこう》の書類に自らサインをしているようなものでしかない。

（ご愁傷様《しゅうしょうさま》。これはどうあっても先生によって徹底的《てっていてき》に潰《つぶ》されるな。それこそ仮に夜一さんが興味を失って放置するとなっても）

実際には何の意味がなかったとしても、愛妻家の先生に対して妻を脅しに使ったことには違《ちが》いない。竜の逆鱗《げきりん》に無遠慮《ぶえんりょ》に触《ふ》れた奴がどうなるかなど言うまでもないことだろう。それにこんな奴が協会副本部長という地位に居座《いすわ》っているなど、日本のダンジョン探索において害悪以外の何物でもない。となれば早めに退場してもらうに限るというもの。

「それは困ります。私はそのために探索者になったのですから」

「残念だが私に逆らった罰《ばつ》だ。後悔《こうかい》しても遅《おそ》いよ」

「待ってください。私はあくまで薬の後遺症《こういしょう》で来られない彼《かれ》の代理で話をしに来ただけで、ダンジョン協会副本部長のあなたに逆らうつもりはありません」

そんな本心を隠して動揺《どうよう》している風を装《よそお》っている先生の演技は完璧《かんぺき》だった。なにせそれを見て奴はニタニタと笑って自らが有利な立場だと錯覚《さっかく》しているのだから。

「それじゃあ、その逆らうつもりがないことを実際に証明してもらおうか？」

「……私に何をさせたいのですか？」

「いいね、君。話が早くて」

自分が有利にことを運んでいると思《おも》い込《こ》んでいるのだろう。この男は余裕たっぷりに先生に命令している。

「君にはこれから八代夜一と社《やしろ》コーポレーションの関係者と仲を深めてもらって、そこで得た情報をこちらに流してもらう。それとこの余計な写真を撮《と》った奴についても、分かっていることがあるなら教えてもらおうか。今回の件で逆恨《さかうら》みされて、またこんなような写真を撮られたら面倒だからね」

仕事をサボッて不倫旅行をしていたのは事実なのに、逆恨みとはこれまた随分と勝手な言い草だった。だがそれを指摘《してき》しても逆上するのは分かり切っているので、先生もその点はスルーするようである。

「写真に関しては私には分かりません。恐らくは社コーポレーションと付き合いのある探《たん》偵《てい》などを使ったのでは？」

「ふむ、まあそうか。それで肝心な方の返答は？」

「それは私に彼を裏切れ、ということですか？」

「不満かね？　それとも妻よりも彼の方が君にとって大事なのかな？」

「……確かに彼は元パーティメンバーなので親交はありますが、妻と比較《ひかく》する対象ではない。分かりました、その条件を受け入れます」

「実に賢明《けんめい》な判断だ。昔から言うだろう？　長い物には巻かれろってな」

愚《おろ》か者が騙《だま》されていることに全く気付くことなく交渉の成功に喜んでいる。こちらとしてもその方が助かるが、それと同時にこんな人物が本部の副本部長という地位にいるなんて日本の省庁や政府は大丈夫《だいじょうぶ》なのだろうかと素直《すなお》に心配になってしまうくらいだ。

（あるいは恥知《はじし》らずに他人の足を引っ張れるからこそ、この地位になれたのかねえ）

世の中、実力や腕《うで》の良さが地位に比例するかと聞かれれば決してそうではない。派閥《はばつ》争いに長《た》けていたり他者に媚《こ》びを売るのが上手かったりなど、本来の実力や腕とは無関係の部分で得点を稼ぐ奴など幾らでもいるものだし。

そういう意味ではこんな奴が出世しているのも、ある意味では正しいことなのかもしれない。残念ながら世の中がそう回っている以上は仕方がない面もあるのだろう。

（もっともあの夜一さんの敵になった時点で、こいつの命運は尽《つ》きている訳だが）

相手と運が悪かったのだが、自業自得《じごうじとく》なので気にする必要もないだろう。仮に自業自得でなくても気にせず排除《はいじょ》するのだけれど。何故《なぜ》ならこいつは俺にとっても邪魔なので。

「スパイをすることは承知しました。ですがこのままでは難しいので、あなたには幾つかお願いを聞いてもらいたい」

「ふむ、言ってみたまえ」

ここで先生が仕掛けるべく、用意してあった写真を取り出してみせた。

「その前に信頼《しんらい》してもらうために幾つか情報をお渡《わた》しします。まず確認《かくにん》なのですがあなたの目的は八代夜一本人というより、その父親が社長を務める社コーポレーションで間違《まちが》いはないでしょうか？」

「まあそうだね。あの小僧《こぞう》も鬱陶《うっとう》しいから消えてもらいたいが、本丸はあの会社だ」

一介《いっかい》の探索者よりも自分と対立する企業《きぎょう》の方が目障《めざわ》りなのは明らかだったので、それ自体に驚《おどろ》きはない。となるとやはり夜一さんはその過程で巻き込まれた形になったらしい。

「どうやら社コーポレーションでは回復薬の生成ができないか研究しているようです」

「そういう噂《うわさ》は聞いていたが、やはりそうだったか」

「彼らは薬師で傷薬《きずぐすり》が生成できた経緯《けいい》から、何らかのジョブやスキルが回復薬生成に必要ではないかと考えたようです。その過程で探索者であった八代夜一が錬成術師となり、スキルで生成できる物質を使って研究を進めているとのことですね」

これらの情報は流して良いと許可を得ているので、ここで話しても問題はなかった。だがそれを知らない相手は重要な情報を知れたと思い考え込んでいる。

「やはりそうか……。くそ、こちらではまだ錬成術師の確保ができていない。万が一この考えが正しかった場合、帝命《ていめい》製薬は傷薬に続いて回復薬の分野でも他に後《おく》れを取ることになるではないか」

製薬会社が関わっていると聞いて予想していたが、この口ぶりからしてそこも回復薬関連で何かしようと考えているようだ。だからこそ自分達《たち》よりも先に行きそうなライバルと成り得る相手は叩《たた》いておきたいのだろう。

「錬成術師は第三次職なので、探索者の中でもなれる者は限られていますからね。ですがそれについてはご安心を」

そこで先生は先程《さきほど》取り出した写真を相手に渡す。そこにはある人物のステータスカードが写っていた。

「これは!?　いったいどういうことだ？」

「御覧《ごらん》の通り社コーポレーションの頼みの綱《つな》だった彼のスキルは、現状では使い物にならなくなっています」

その写真には八代夜一という名前とランク1という部分だけが写っていた。

「流石に堂々と写真を撮ることは出来なかったので一部しか写っていませんが、それでも十分でしょう。彼はランクが1に戻っている。つまり第三次職の錬成術師になるために必要なランク20という条件を満たせなくなっているのです」

「だが奴のランクは間違いなく30以上あったはず。いったい何があったんだ？」

「彼自身も詳《くわ》しいことは分かっていないようです。ですが試練の魔物と戦う際に強化薬を重複して使用した副作用ではないかと聞いています。そのせいで何日も体が重くて入院していたようですから。更にこの場に彼が来られなかったのはこれが原因だとか。ランクを元に戻せないか、そしてその原因特定のために色々と密《ひそ》かに研究をしているのでしょう」

嘘っぱちだが、夜一さんのランクが1に戻っていたのだけは嘘偽《うそいつわ》りない本当のことだ。もっとも今はゴブリンダンジョンで楽しんで鍛錬《たんれん》に励《はげ》んでおり、あの人のことだから既に5か6くらいにはなっているかもしれないが。

「これが本当なら奴は錬成術師ではなくなって素材を作ることもできなくなったと」

「疑うのならご自身でも確認をしてみてください。そしてこのことに嘘がなかったのなら私のことを信頼していただきたい」

「……良いだろう。だがこんな物を初めから用意していたところを見ると、君は元々彼を裏切るつもりだったのかね？」

「そんなことはありませんよ。ですが、いざという時に寝返《ねがえ》ることができるだけの準備はしていました。私の前職でもこういう汚《きたな》いやり方は往々にして行なわれていましたからね。身の振《ふ》り方《かた》については、それこそ常日頃《つねひごろ》から考えていますよ」

こういう時に先生の元医者という立場が思いのほか役に立つようだ。そんなことは全く考えたことがなくても、それっぽく言うだけで目の前のアホは信じているようだし。

「ははは！　いいね、君。立場を弁《わきま》えているところは気に入ったよ」

「ありがとうございます。それでこの件を踏《ふ》まえて先ほど述べたお願いですが、彼の資格剥奪は止めて降格処分にすることはできませんか？」

「剥奪ではなく降格だと？」

怪訝《けげん》そうな相手に先生はゆっくりと語りかける。

「あなたが心配している錬成術師《れんせい》としての彼はもう存在しません。ただ探索者資格をＣ級のままにしておくと、Ｃランクのダンジョンに潜《もぐ》れてしまう。そうなるとランク１の彼が、かつての仲間を頼《たよ》ってレベリングできてしまうかもしれない」

「確かに、上の級のダンジョンでは手に入る経験値も多いと聞くね」

夜一さんを知るのならそんなことをするような人物ではないのは分かるはず。だがこいつは碌《ろく》に情報集めもせず、愚かにも自分の物差しでしか人を測れない。だからこそ見誤る。

「ですがＧ級まで降格処分にしてしまえば、入れるダンジョンもＧ級までになります。こうなるとレベリングしようにも、魔物そのものが弱いため効率が悪くならざるを得ない」

「だがそれも他の者の協力があれば可能ではないかね？」

「それは確かにそうです。ですがそれを言うなら他のＧ級探索者でも同じことが可能でしょう。むしろ彼のようにランク１ではない、それこそランク５か10くらいの生活に困っている探索者を金で引っ張った方が効率的なはず。ですが社コーポレーションの社長は片目を失った息子《むすこ》に対して、会社で特別顧問《こもん》としての立場を与《あた》えた。それは彼がすぐに錬成術師となれる条件を満たしていたのもあるでしょうが、それと同時に親としての情があって、そうすることで息子である彼が会社に居られるようにしたようにも思えませんか？」

これも実際には全く違うのだが、会社内ですらこういう根も葉もない噂が出るくらい、人間は物事を自分の都合の良いように思い込む。当然、目の前の俗物《ぞくぶつ》もそれは同じである。

「確かにそれは分からなくもない話だね。私も子を持つ親として仮に息子が苦境に陥《おちい》ったのなら、手助けをしてやりたいという気持ちはある」

「仮に息子がランク1になってしまって、本人はそれでも探索者の夢を諦《あきら》められないとしたら？　多少は手間が掛かっても息子を支援《しえん》するかもしれません」

「そうなれば下手な奴を選ぶよりもずっと回復薬生成の研究を遅《おく》らせることができるかもしれない、ということか」

「あくまで可能性の話ではありますがね。それと資格剥奪《はくだつ》の場合、少なくとも日本での彼の探索者としての活動は終わります。そうなった時に息子に対してこれだけ情に厚いと思われる社長が何をするか予想できません。最悪の場合は、そうなるように仕向けた人物、つまりあなたやその関連会社に報復行為《こうい》をすることも否定はできないのではないでしょうか？」

「そ、そこまですると？　私はあくまで規則に沿って罰則《ばっそく》を決めただけだぞ」

「恐《おそ》らくはないと思います。ですが確実にないとは言い切れません。そしてもしその万が一の事態が起こった場合、どちらが勝っても大きな痛手を被ることになるでしょう。あるいはそれを狙って第三者が社コーポレーションとこちらが争い合うように煽《あお》るかもしれません」

「むう……」

帝命製薬には社コーポレーション以外のライバル企業が腐《くさ》るほどいる。その中で汚い手段を厭《いと》わない奴らであれば、折角《せっかく》の敵同士が潰し合ってくれるかもしれない好機を黙《だま》って見ているだろうか。自分も同じことをやるからこそ、こいつはその懸念《けねん》を捨てきれない。

「そうならないために最低限探索者として活動できる道は残しておいた方がいいと思います。またこうしておけば同じ探索者として、私が彼に手を貸すふりをする機会が得られるのも大きい。その機会を通じてあちらから情報を取ることも容易になるはずです」

「……まあ話は分からなくもない。だがここまでの話は出来過ぎているようにも思える。いざという時に君が私を裏切ってあちらに寝返る、あるいは初めからこの提案を通すために詭弁《きべん》を弄《ろう》しているとは考えられないかね？」

流石に気付いたか。と言ってもそんなことも分からない大間抜《おおまぬ》けでは、これまで他人を貶《おとし》めてきた際に手痛い反撃《はんげき》を受けているだろうから当然かもしれない。

だが残念ながらその返答もこちらの予想範囲内《はんいない》だ。

「妻のことだけでは心配だということですね。でしたら私が絶対に裏切らないという証明をさせてください」

「証明だと？」

「近い内にどうにかして社コーポレーションから回復薬研究のデータを一部だけでも盗《ぬす》んできます。もしその行ないが発覚すれば、私は完全に彼らからの信頼を失う。それこそ裏切り者となった私を、彼らは決して許しはしないでしょう。その証拠《しょうこ》をあなたが握っていれば、私が決して裏切らないと信じられるのではないですか？」

「ふむ、確かにそうだな。そこまでするのなら心配はいらないか。だが可能なのかね？あちらもバカではないから研究データの外部流出などには念入りに警戒《けいかい》しているだろう」

確かに社コーポレーションではそれらのデータの管理は厳重にされているし、そう簡単に外部が知れるようにはなっていない。そんな中で情報漏洩《ろうえい》を働くからこそ価値がある訳だ。もっともこいつに渡すのは流しても問題ない研究内容となっているが。もっと言うのなら、その内容には一片《いっぺん》たりとも嘘偽りはないが、下手に鵜呑《うの》みにすると痛い目を見るという罠《わな》のような内容であったりする。

だがそんなことをおくびにも出さずに先生は誠実そうに相手に語り掛ける。

「お忘れですか？　私は元医者です。そしてその気になればすぐに錬成術師になることが可能な腕を持つ探索者《たんさくしゃ》でもある。彼の推薦《すいせん》を受けて私が素材を提供するとしたら、あちらも快く受け入れてくれることでしょう。そうなれば潜り込むことは難しいことではない。勿論そうなった際にはあなたの方にもこっそりと素材は流させてもらいますよ。その際は無料とはいかないでしょうが」

「おいおい、君はこの状況《じょうきょう》を利用して、それで稼ごうという魂胆《こんたん》かね」

「どうせ私が妻のために回復薬などを活用した新しい薬の開発に投資していることなども掴《つか》んでいるでしょう？　それには幾ら金があっても困るものではないことも」

そうして黒い笑《え》みを浮かべた二人が、契約《けいやく》成立となる握手《あくしゅ》を交《か》わす。

「良いだろう、奴の処分については一先ず保留にしておこう。そして君が信用できる情報を手に入れて、こちらに流した際は君の言う通り降格処分にすると約束しようではないか」

「ありがとうございます」

「期待しているよ」

そんな形で先生と副本部長の交渉は完了《かんりょう》した。そしてこれでこちらの目的は達せられた。

夜一さんは罰金についてはどうでもいいと言っている。それこそ試練の魔物《まもの》からドロップしたアイテムをオークションにでも出せばすぐにでも返せるだろうし、それでなくても自力で稼いでみせるからと。

（回復薬を作って売るだけでも、大金を稼ぐのは簡単だからな）

だからこちらの狙《ねら》いは資格剥奪の撤回《てっかい》のみ。そしてランクがリセットされたことと、素材集めのためにG級ダンジョンからやり直したい夜一さんにとって、降格処分はむしろ好都合な罰となる面すらあるのだ。これなら周りから怪《あや》しまれずに弱い魔物のいるダンジョンに出向くことも出来るという意味で。

つまりこの交渉で決まったことは全てこちらの思い通りであり、有利になるものでしかないのだ。それを知らずに社コーポレーションにスパイを送《おく》り込めたと笑っている副本部長共が、果たしてどういう末路を辿るのかなど想像するまでもないだろう。

「さて……早速《さっそく》、偽《にせ》の研究データを横流しする準備を進めますかね」

それと同時に先生に伝えておきたいことがあるのだった。だから俺《おれ》は先生が協会本部を出て、しばらく歩いた辺りで電話する。

「あ、先生。今、大丈夫ですか？」

「大丈夫も何も、全て見ていて分かった上で電話してきているのでしょう？」

流石は先生。どうやら陰《かげ》から監視《かんし》していたこちらの存在もキッチリ把握《はあく》しているらしい。

「あはは、そこは建前というか一応確認しておいた方がいいかなって」

「まあいいでしょう。それで用件は何ですか？」

先生は無事に交渉を成功させてくれた。先生ならあの程度のことをやり遂《と》げるのは当たり前みたいなものだからそれ自体に驚きはない。ただそうなったからには全員が集まったあの場では言えなかった情報も伝えておかなければならないのだ。

話が早いのは助かるので、こちらも単刀直入に言うことにする。

「あの救いようのないダンジョン協会のアホに関連することなんですけど」

「そのアホとは森本恭吾《もりもときょうご》ダンジョン協会本部副本部長のことで合っていますか？」

余りのこちらの言い草に苦笑《くしょう》した様子の先生だが、否定せずに理解している時点で同じようなことを思っているのは間違いない。

「そうそう、あいつです。それであのアホの息子に修二《しゅうじ》って奴《やつ》がいるんですけど、驚くべきことにそいつは探索者なんです。しかも一応はD級の」

「あれだけ探索者を蔑《さげす》んでいた人物の息子が、まさかの探索者ですか。しかもD級ならかなり優秀《ゆうしゅう》なはず。だけれど——一応——という言葉の時点で宜《よろ》しくない気配しかしませんね」

「あはは、お察しの通り実際にはE級の実力もないゴミクズですよ。で、そのゴミなんですが非常に女癖《ぐせ》が悪くてですね。これまで父親の権力を使って、それはもう好き勝手やってきたみたいです。で、最近の狙いが俺らに関係ある人達でして」

そこで先生もピンときたらしい。

「ああ、分かりました。確かにあの場で言えませんね」

「ええ、それも夜一さんが嵌《は》められそうになった原因の一つみたいです」

そう、狙いの一人は椎平《しいら》さんだ。だが椎平さんが夜一さんにしか興味がないのは傍《そば》から見れば一目瞭然《いちもくりょうぜん》。実際にパーティが解散した際にそのゴミが何度か椎平さんに誘《さそ》いをかけても歯牙《しが》にもかけられずに断られているようだし。

「椎平さんがこんなこと知ったら一瞬でブチ切れて、それこそすぐにでもアホ共を血祭に上げかねない。ぶっちゃけると俺はそれでも別に構わないどころか、むしろ応援《おうえん》するくらいなんですけど問題はその後なんですよ」

「椎平さんの性格の場合、変に意識したり気を使ったりして、夜一君と一時的に距離《きより》を取るなんてことをしそうですね。彼女《かのじょ》は妙《みょう》なところで奥手《おくて》ですから」

「それはこっちとしては避けたい事態でして」

俺は椎平さんと夜一さんの仲を応援しているのだ。あの二人には上手くいってもらわないと困る。それも可能な限り早い方が良い。

「それは朱里《しゅり》さんのためですか？」

「あのガサツな上に変に捻《ひね》くれてる姉さんとまともに付き合える相手なんてそれこそ夜一さんくらいですからね。椎平さんには第一夫人、姉さんには第二夫人ってのが俺の理想です。本当は姉さんがガツガツ行ければいいんですけど、椎平さんの気持ちを知ってるから絶対に自分が抜《ぬ》け駆《が》けなんてしないだろうし」

　ノーネームの男の中で哲太《てった》さんと先生は妻一筋で他に目を向ける可能性は絶無と言い切れる。勿論弟の自分は端《はし》から対象外だ。ならば残るは一人しかいない。

　幸いなことに姉さんも夜一さんのことは満更《まんざら》ではないのは分かっている。というかあの男どころか人間嫌《ぎら》いの姉さんがあそこまで心を許している時点で、それこそ好意たっぷりなのは確定だ。双子《ふたご》の姉とは生まれた時からの付き合いなのでそんなことは嫌《いや》でも分かる。

「第一夫人と言いますが、日本は一夫多妻制ではありませんよ？」

「別に金を持ってりゃ愛人の一人や二人いて当然じゃないですか？　そもそもそれが完全に否定されるなら、俺も姉さんもこの世に生まれてきてませんって。幸いなことに姉さんはそういう境遇《きょうぐう》でも愛があればいいという、乙女心《おとめごころ》と寛容《かんよう》さを持っているんで大丈夫ですよ。あ、ちなみに夜一さんと椎平さんにも酒の席で酔《よ》ったふりして確認してます」

夜一さんは結婚《けっこん》なんて興味ないと言い出すかと思っていたのだが、本当に傍にいてほしいと思った相手なら何としてでも自分に振り向いてもらうように手を尽くすと言っていたから意外だったっけ。

もっともその後に「ただし少なくとも探索者として自分が最低限満足できるくらいになるまでは、恋愛《れんあい》事にうつつを抜かすつもりはない」と実にらしいことも言ってたけど。

「私は他人の恋愛事に首を突《つ》っ込むつもりはありませんし、あなたがそうするのを止めるつもりもありません。ただし弟とは言え、あなたは当事者ではない。部外者が本人たちの気持ちをないがしろにしてはいけませんよ」

「それはもう、重々承知してますよ」

「ならこれ以上は言いません。それで狙いが複数形だったということは、他にも粉を掛けられそうになっている人がいるのですか？」

本当にこの人は察しが良い。良過ぎて色々と警戒が必要になることもあるくらいに。

「全員です」

「はい？」

だが流石の先生もこの発言は予想していなかったのか、間の抜けた返事をしてきた。

「だからノーネームの女性陣《じょせいじん》、四人全員ですよ。全員を自分の物にしてやるって、例のゴミが今も命知らずに息巻いてますし、その父親もそれを応援してる始末です。控《ひか》えめに言って終わってますよ、このゴミ親子」

「……怖《こわ》いもの知らずというか身《み》の程《ほど》を知らないというか。そもそも優里亜《ゆりあ》さんに至っては既婚者《きこんしゃ》でしょうに。そこまで行くとむしろ感心しそうですよ」

「ね？　あの場ではこんなこと言えないでしょう？」

女性陣は疎《おろ》か哲太さんもぶち切れ確定。そうなったら数的に他のメンバーが止めてどうにかなるかも怪しい。あるいは薫《かおる》さんだけは怒《おこ》らずにむしろ面白《おもしろ》がるかもしれないが、そうなったらなったで、逆に周りを煽りかねないので別の意味で厄介《やっかい》だ。

「それに俺も結構ムカついてるんですよ。他人《ヒト》の大事な姉に対して舐《な》め腐ったことをしようとしたあげく、義兄《ぎけい》になってほしい尊敬している人物を下らない理由で陥《おとし》れようとしているんですから。そういう訳で今回は俺も先生と同じように全面的に協力する予定です」

「分かりました。あなたが積極的に協力してくれるのなら、この上なく心強いので歓迎《かんげい》ですよ。表沙汰にできない裏の仕事もあなたには頼めますからね」

「そういうのが俺の得意分野なんでドンドン任せてください。と、早速ですがあのアホとカスが連絡を取ったみたいです」

「おや？　確かゴミではなかったのですか？」

「どっちでも一緒《いっしょ》ですよ。最終的に綺麗《きれい》さっぱり処分されるんですから」

そんなことを言いながら奴らの通話を盗み聞きしていると、また碌でもないことを考えているようだ。こうして全て筒抜《つつぬ》けなので脅威《きょうい》でもなんでもないんだけど。

「息子のカスの方は夜一さんがランク1になった情報を知ったことで、どうもちょっかい掛けようとしているみたいです。ランクが敵《かな》わない内は手を出そうとしなかったくせに」

「そのちょっかいの内容は分かりますか？」

「いきなり殺そうとかは考えてないみたいですね。まずは椎平さんとかの前でボコボコにして、情けない姿を見せつけてやりたいみたいです。んで親の方は夜一さんが試練の魔物に執着《しゅうちゃく》している点に目を付けたのか、もう一度試練の魔物と対決させたいみたいですね」

「もう一度？　……ああ、そういう風に捏造《ねつぞう》するということですね」

あんな奴らにそんな都合よく試練の魔物との対戦の機会を作れるとは思えないので、大方そんなところだろう。

「詳細《しょうさい》はまだこれから考えるみたいですけど、時が来たら今回みたいな件をでっちあげて、夜一さんに全ての責を負わせるところですかね。その際にまた多額の罰金《ばっきん》をせしめようって魂胆だと思います」

本来は探索者を守ると同時に適切に管理する協会のはずなのだが、どうやらこの副本部長にそんな気は更々《さらさら》ないようだ。それどころか立場を利用して探索者から金を巻き上げようと画策するとか、本当に清々《すがすが》しくなるほどのカスである。

「確かに私との約束は今回の件で降格処分に留《とど》めることだけですからね。息子の恋愛のために別件で念入りに止めを刺《さ》そうということですか。随分と息子思いの親ですね」

「恋愛なんて綺麗なものじゃなくて、あれはただの性欲でしょう。それこそ下半身でしか物を考えられない頭すっからかんなんですから」

そしてその親もホームラン級のアホなのは間違いない。だからこそどちらも処分することに何の罪悪感も覚えない相手でいい。と言っても俺が罪悪感を覚える相手なら仕留めるのを止めるのかと聞かれたら、決してそんなことはないのであくまで誤差の範囲内だけど。

「大体の事情は分かりました。私も早めに情報を流して信頼を得ることにします。ここまで愚かだと抑《おさ》えが利《き》かなくて勝手な動きを仕出かしそうですから、早めにコントロールできるようにしておいた方が無難でしょう」

「そうそう、そんな自滅《じめつ》はさせたらダメですよ。せっかく先生と夜一さん監修《かんしゅう》のえげつない計画《プラン》があるんですから」

俺や先生が言えることではないだろうが、夜一さんも敵に対しては本当に容赦《ようしゃ》がない。流石《さすが》は俺が義兄になってほしいと思った数少ない一人だと思うくらいには。

そうして話すべきことも済んだので通話を終える。

（さてと、俺の方もこの状況を最大限に利用させてもらいますかね。俺の目的のために）

俺は夜一さんとは違って別に探索者としての立場に拘《こだわ》りはない。

それこそ探索者として一流になりたいと思ったことは一度たりともないし、目的のために探索者になることで得られる能力が有用だと判断したから探索者をやっているに過ぎない。ランクを上げてスキルを得たりしているのもそのためだ。

そして肝心《かんじん》のその目的だが、言葉にすると実に単純だった。

（この国の裏社会の一角は俺が牛耳《ぎゅうじ》らせてもらう）

俺と姉さんの父親は所謂《いわゆる》ヤのつく自由業の人だったらしい。そして母はそいつの愛人だった。別にそのこと自体は特に何も思っていない。

ある程度の年齢《ねんれい》になるまではそんなこと知らなくて、それまでは父親は俺達《たち》が幼い頃《ころ》に事故で死んだとしか聞かされていなかったから。

その上でダンジョンが出来る少し前に病床《びょうしょう》の母に本当のことを聞かされた俺が抱いたのは、敵対組織との抗争《こうそう》だかで死んだという父親が情けないという感情だった。

元々事故で死んだと聞かされていた人だ。今更《いまさら》死んだ本当の原因を聞いても悲しくもなんともなかった。だって俺からすれば会ったこともない赤の他人に等しいし。

でもそいつが死んだせいで母はたった一人で俺達を育て苦労した。少なくともそいつが生きて愛人を養うなりしていれば、母はもっと楽な生活が出来ていたはずだから。

そして俺にもっと力があれば病気になった母を救えていたはずだった。だが傷薬や回復薬などの現代の霊薬《れいやく》が見つかる前に母は病でこの世を去ってしまった。

それは本当に悲しかった。俺も姉さんも優《やさ》しかった母が大好きだったからだ。

そうして残った唯一《ゆいいつ》の肉親は双子の姉さんのみ。そして姉さんも俺と同じように深い悲しみの中であることを悟っていた。この世界は平等でもなければ優しくもない。弱ければ搾取《さくしゅ》されるだけで自分のことは自分でどうにかするしかないのだと。

だから俺達姉弟《してい》は力を求めた。

それは単純に力が強いというだけではなく、誰《だれ》かに利用されることがないような、自分だけで立って歩けるような、父のように鉄砲玉《てっぽうだま》か何かで使われて死ぬような目に遭《あ》わないような、そんな強さを。

それはこの五年間でそれなりに形になっている。ステータスによって強化された身体能力は様々な場面で役に立つ。

今回の様に強化された視力があれば相手から視認《しにん》できない位置からでも追跡《ついせき》できるし、聴力《ちょうりょく》があれば普通《ふつう》なら聞こえない会話も盗み聞きできる。それ以外でもスキルなどでどこにいても居場所が分かるようになるなど、その力の利用法は多岐《たき》に渡る。

そういった能力を利用して俺や姉さんは探索者稼業《かぎょう》とは別に汚い仕事を何度も請《う》け負ってきた。時たまそのことで恨《うら》みを買った相手に刺客《しかく》を送られたこともあるが、どいつもこいつもまともな探索者ではなかったので相手になる訳がない。何度か危ないこともあったが、それでも探索者として得てきた能力でどうにかしてきた。

そうして結果を積み重ねてきたこともあって俺は少し前に探偵事務所を立ち上げた。勿論これは表向きの姿であり、真の姿である諜報《ちょうほう》や暗殺などの表には出せない依頼《いらい》を請け負う裏稼業のための隠れ蓑《みの》に過ぎない。

そうして幾人《いくにん》かの部下も出来るなど、一定の目途《めど》が立とうとする辺りで気付いていた。姉さんが致命的《ちめいてき》なまでにこの仕事に向いていないことに。

忍者《にんじゃ》というジョブ的にも諜報活動などに適任なのは間違いない。だがその能力が必ずしも本人に適性があるとは限らないのだ。

人を殺しても悪い人物ではなかったのなら多少心が痛んでも何日もせずに立ち直る俺と違って、姉さんはずっとそのことを抱《かか》え込み思い悩《なや》んでいたのだから。

と言っても俺も無意識の内に姉さんに気を使っていたのだろう。自分でも後々になって気付いたが姉さんに対処させたのは、どうしようもない汚物《おぶつ》や救いようのない屑《くず》の処理ばかりだった。

我ながら偽善《ぎぜん》だが、姉さんが罪悪感を抱《だ》きにくい相手を無意識に選別していた訳だ。

それでも俺と違って密かに気を悩ませてしまう姉さんは、どう考えてもこの仕事に向いているとは言えない。早めに足を洗わせるのが本人のためだろう。

だからと言ってもう辞《や》めたから終わり！　となるほどこちらの世界も甘くなかった。俺としても姉さんは唯一人の大切な肉親であり、それは同時に弱点であることも意味している。仮に強引《ごういん》に引退させたとしても、それで腕が鈍《にぶ》った時に狙われたら不味《まず》い。

だから俺としては姉さんの結婚相手にそんな事情を知っても、あるいはそんな事情なんてものともしないで姉さんのことを守り切れる人物が現れてくれないものか、ついでに自分にとっても良い義兄となってくれて、有用で利用価値のある人物ならなお良しとか、我ながら都合の良いことを思っていたものだ。

そんな時だった。八代夜一《バケモノ》に邂逅《かいこう》したのは。

最初の印象はそこまで良くもなかった。むしろリーダーとして活躍《かつやく》していた哲太さんの方が頼りになりそうで使い物になりそうだという印象を覚えたくらいだったし。

だが付き合いが長くなるにつれて、それは間違いだったと嫌でも理解させられた。いや間違いではなかったのかもしれないが、些《いささ》か認識《にんしき》が甘《あま》かったのは確実だ。

哲太さんはあくまで非常に頼りになる、優秀で、信用できる、誠実な人だった。それは間違いない。

だがそれと同時に理解したのだ。

その親友である夜一さんが、絶対に敵対してはいけない、頭のおかしい、常識はずれの、イカれたバケモノだということを。

優秀で誠実な人間と常識外れのバケモノみたいな人間。

そのどちらが味方に欲《ほ》しいかの質問に対する俺の答えは決まっている。

（回復薬の生成なんて未《いま》だに世界の誰も成《な》し遂げてない偉業《いぎょう》だ。今回の件でたっぷりと恩を売って、そのおこぼれに与《あずか》らせてもらわないと）

姉の幸せを願う気持ちも本心からのもので決して嘘《うそ》ではないが、義兄弟になればあの人との関係が切れることもなくなるという打算も大きい。

今後のことを考えれば前回のようにパーティ解散のせいで、あの人との縁《えん》が薄《うす》くなる事態は絶対に避《さ》けなければならないのだから。

「ま、急ぎ過ぎても良くないか。何事も慎重《しんちょう》にほどほどに。夜一さんや先生の機《き》嫌《げん》を損《そこ》ねたくはないしな」

アホやクズなどはいずれ思い知るだろう。怒らせてはいけない相手の逆鱗という名の、触れてはいけない箇所《かしょ》に触れた者がどうなるかを。

その末路がどう考えても悲惨《ひさん》なものにしかならないことに思わず笑みを浮《う》かべながら、次の作戦としてカス共に被害《ひがい》を受けて恨みを持っている人達へと接触《せっしょく》するべく動くのだった。

世間での評価は当てにならないこともある

予定通り勘九郎《かんくろう》の抗議《こうぎ》を経ても、俺への罰《ばつ》はたいして変わらなかった。探索者資格剥奪《はくだつ》ではなくG級への降格処分に変わっただけであり、普通なら降格された上で二十億円という額の借金を背負うことは、人生崖《がけ》っぷちを通り越《こ》して既《すで》に崖下《がけした》に落ちているも同然の状態だろう。

流石に俺も対試練の魔物用の準備で資金が心許《こころもと》なかったので一括《いっかつ》返済は不可能。ダンジョン協会も全額を一気に回収するのは無理だと分かっていたから、借金の担保にこれまでのダンジョン攻略《こうりゃく》で集めてきたアイテムや装備の大半を預けることで今のところは話が済んでいる。

ちなみに当初はこれも中々認められなかったが、椎平《しいら》などがいざという時の保証人になることでどうにか認めてもらった話だった。なおここでいういざという時というのは、俺が夜逃《よに》げしたりダンジョンで死んだりして返済が不可能になった場合の話である。

無論のことそんなことには絶対にならないので椎平達に実際に迷惑《めいわく》を掛《か》けることはない

のだが、それを信じてくれてこちらに全面的に協力してくれることには感謝してもしきれない。この恩は倍以上にして返すことにしよう。

と、ここまで言っておいてなんだが、実はこの展開は全て俺の望み通りだ。二重スパイとなった勘九郎が、俺の復讐《ふくしゅう》計画のためにこうなるように副本部長などを誘導《ゆうどう》してくれたおかげである。と言っても奴らは誘導されたなんてこれっぽっちも思っていないだろうが。

奴らは担保として預けてある貴重なアイテムや装備などを、返済が一度でも遅れたら接収して自分達の資産にしようと計画しているのも知っている。そうするように進言したのは他ならぬ社《やしろ》コーポレーションから回復薬《ポーション》のデータを盗み出したフリをして信頼を勝ち得た勘九郎なのだから。

(ま、あいつらに痛い目を見せるのはもうしばらく後だ。精々今は幸福な未来を思う存分に思《おも》い描《えが》くといい)

その時間が長いほど、その描いた未来との落差が激しくなるほど絶望も大きくなるというものだ。俺を敵にしたことをしっかりと後悔《こうかい》してもらうためにもことはじっくりと進めていこう。なにより今は他にやらなければならないことが山ほどある。あんなのを始末するのは後で幾《いく》らでも出来るから今は放置だ。

そうして八代《やしろ》夜一《よいち》というC級探索者が降格処分を受けてG級に落ちた上に罰金が二十億

円であり、しかも熾烈《しれつ》な戦いの影響《えいきょう》でランク1になってしまった人物という情報は、すぐに会社でも広がっていった。

勿論《もちろん》わざわざ俺が自分で広めるはずもなく、それをやった奴がいるのである。それも会社の従業員の中に。

（残念だよ、鳳《おおとり》。あの騒動《そうどう》の直近は反省したのか大人しくしていたのにな）

ジャイアントラット戦での出来事もあって鳳はしばらく会社を休んでいた。恐怖《きょうふ》を与えた俺が言うのもなんだが、あれだけ色々とやらかしたのだし会社に居辛《いづら》かっただろう。

だからそのまま会社を辞めるかと思われていたのだが、そんな奴に副本部長がこっそりと接触していたのだ。そして俺に対して恨みを持っていた奴は、少なくない金が支払《しはら》われるというその甘い誘惑《ゆうわく》に乗ってしまった。悲しいことにこちらにそういったやり取りは全て把握されていることなど知りもせず。

会社としてもここまでやらかしてくれれば解雇《かいこ》するのは容易だ。証拠も揃《そろ》っているのでその気になればいつでもクビにできる。だが今はまだその時ではない。

奴と勘九郎という二人から情報を得ることで副本部長はこちらの動きを完全に掴んでいる気になっているからだ。その二人を通じて得られるのはこちらが選別した上で知られても困らない情報か、騙《だま》すための罠に過ぎないと言うのに。実に滑稽《こっけい》な話ではなかろうか。

こちらとしてはむしろ裏切ってくれた鳳には感謝したいくらいである。あいつのおかげで俺がランク1になってしまったことなどの勘九郎からの情報が嘘ではないという証明も簡単にできたようだし。

バカは自分が騙している側だと思っているからこそ本当は騙されている側だなんて思いもしない。だから今も鳳は副本部長に回復薬が錬成素材から生成できるかもしれないという本当の情報と、素材さえあれば誰でも作れそうだという偽の情報を流してしまっている。

残念ながら素材があってもレシピが頭の中になければどうあっても錬金《れんきん》アイテムは作れないので、この情報を鵜呑みにすると素材を無駄《むだ》に消費するだけでしかない。

だが騙している側だと思って騙されているとは欠片《かけら》も思っていないあちらが、この事実に気付けるのはいつになるのだろうか。

（帝命《ていめい》製薬とやらも無駄な事業に金を使って会社が傾《かたむ》かないといいいな）

錬成水などの錬成素材は今のところ錬成術師などがスキルで作る以外に入手手段は存在しない。だからこちらが量産する前にその体制を整えられれば一攫千金《いっかくせんきん》も夢ではない。

そんなことを考えて勘九郎などから素材を大量に買い込《こ》めば、それこそかなりの痛い目を見ることになるだろう。そうなっても勝手にあちらが情報を盗み出してそれを誤解した結果なので、こちらには何ら関係のない話だが。

（そんなことよりも次はどのダンジョンに行こうかな）

やはり今の内に日本でしか現れない魔物がいるダンジョンには行っておきたい。万が一こちらの予想していない事態が巻き起こって、今度こそ資格剥奪を強行されたとしても問題がないように。

これだけの情報と探索者としての将来性を持っている今の俺を欲《ほっ》する諸外国は幾らでもいることだろう。だから日本で探索者として活動できなくなったら、最悪はそちらを頼ればいいだけだ。実際にそうなった前例もあるのだし。

それは日本のダンジョン協会の大失敗として一部では有名な話として知られている。日本で唯一のA級探索者となったとある男性がアメリカ国籍《こくせき》を取って、日本を捨ててアメリカ人になってしまうという日本からすれば大損害の事件が。

それもそうなってしまった原因を作ったのはダンジョン協会や政府側だというのだから救えない話である。だからこそ今の日本にはB級探索者しかいないのだ。

（しかもそいつは今でもアメリカで探索者として大活躍《だいかつやく》中ときた。逃《のが》した魚は大き過ぎたけど後悔先に立たずってか）

俺がその第二の魚になるかはこれからの協会や日本政府の対応次第《しだい》だが、こちらとしても別に日本を捨てたい訳ではないのでそうならなければ良いとは思う。けど不利益を押《お》し付けられてまで日本に固執《こしつ》するつもりもないので、いったいどうなるだろうか。

（もしもの時は俺もアメリカに行こうかな。前例があれば話を通しやすいかもしれないし）

そんなことを考えながら久しぶりに出社すると会社内で噂《うわさ》が広まっていることもあって、態度があからさまに変化した人物が結構存在していた。

まず御曹司《おんぞうし》であり次期社長だと勝手に勘違《かんちが》いして擦《す》り寄ってきていた女性社員のほとんどがパッタリと俺の前から消え失《う》せた。特別顧問という役職は変わっていないのだが、これだけの負債《ふさい》と厄《やく》ネタを抱え込んでいる人物を狙う利点はないと判断したらしい。

こちらとしても面倒《めんどう》な相手だったが会社での立場もあるから邪険《じゃけん》にできない状態だったので、この機会にいなくなってくれてむしろ大助かりである。

また俺と関わりがなかった男性社員からも評判は良くないらしい。探索者として使い物にならなくなった人物が、親のコネで会社に居座《いすわ》っていると思われているようなのでそれは仕方がないだろう。俺だって事情を知らずにそんな奴がいると知れば軽蔑《けいべつ》するし、ズルいと思うのも当然のことだ。

そんな俺を嫌《きら》う男性社員筆頭であり率先《そっせん》して噂を流してくれている鳳だが、意外なことに直接何かを言ってくることはなかった。奴に向けて俺がランク１になった情報もわざと流しているので、それを知ったら今なら勝てると言わんばかりにマウントを取ってくると思っていたのだが。

「それはジャイアントラットの時のせいで先輩《せんぱい》にトラウマを持ってるからですよ。幾ら弱くなったと思っても、あれだけボコボコにやられて苦手意識を持った相手に近付きたくはないみたいです。本人はそのことを隠《かく》しているみたいですけどね」

今では数少なくなった一緒に食事をしてくれる女性社員の愛華《あいか》がそんなことを教えてくれた。なお現在の居場所は会社近くの安くて美味《おい》しい定食屋である。

「そんなもんか。俺なら弱った相手にはこれ幸いと止めを刺しに行くけどな」

今なら鳳やその裏に繋《つな》がる奴らを騙すためにも、攻《せ》められたら弱った体で押されているふりするつもりだったのだが、肩透《かたす》かしを食《く》らった感じだ。

「ただその分、先輩のいないところでは悪口と根も葉もない噂を流しまくってるみたいですよ。おかげで会社での先輩の株は急降下。事情を知らない人達《たち》からの評価は軒並《のきな》み最低って感じみたいですね」

「別にいいさ。本音を言えば、このまま評価が悪化してクビになっても構わないくらいだし」

もっともそんなことは社長を始めとした本当のことを知る一部の役員などが許さないだろうが。なにせ俺は現状では世界で唯一の霊薬の生成が可能な存在なのだから。

社コーポレーション《会社》とは今後回復薬を生成して売りさばく際に起こる面倒事を引き受けてもらうという約束をしてある。回復薬を販売《はんばい》する際になるべく社コーポレーションを通すことを条件にしてだ。世界で初めて回復薬を量産して販売することが可能になるのだから、その程度の条件を呑《の》まない奴はいないというのが社長《オヤジ》の言だ。

　意外だったのは鳳以外の最初の実地訓練に参加した人物は全員が態度を変化させなかったことだろうか。回復薬研究で関わりの深かった外崎《そとざき》さんはともかく、他の新入社員などはまた鳳に影響されるかもしれないと思っていたのだが。

「私もあの人達もジャイアントラットの時に先輩の素を少しは見れましたからね。たぶん逆らったらいけない相手だと本能的に理解しているんだと思いますよ」

「何だよ、それ。別にそんなに怖いことしてなかったはずだけどな」

「いや、ナチュラルに拷問《ごうもん》みたいなことさせようとしてましたよ」

　それは見切りをつけた鳳に対してボス周回させようとしたことだろうか。それならそれは大きな勘違いだと言いたい。

「あれが拷問だと思われたなら心外だな」

「それはどういう意味です？」

「決まってるだろ。本当に拷問するならあの程度で済ます訳がないって意味だ」

「うわ……」

愛華がドン引きしている様子だが、何もおかしなことは言っていない。

何故《なぜ》ならあの時は鳳が頑張《がんば》ってジャイアントラットを倒《たお》せれば、その分だけ経験値稼《かせ》ぎができるという、ご褒美《ほうび》すら用意されている状況だったのだから。それで拷問と言われても鼻で笑うしかない。なにせやるならもっとえげつない方法なんて幾らでもあるのだし。

「やっぱり先輩は普通じゃないですって。まあでも他の人が鳳と同じようにならなかったのは良いことなんですよね？」

「会社的にはそうだろうな。あれなら今後も俺が指導は続けられそうだし」

全員が鳳と同じような態度を取るのなら指導など止めるつもりだったのだが、学ぶ気があるのなら鍛《きた》えることは吝《やぶさ》かではない。何なら使えそうな奴がいたら愛華と同じようにこちら側に引き込んでしまえばいいのだし。今後のことを考えるのなら使える奴は幾らいても構わないのだから。それは会社的にも個人的にも、だ。

そんなことを話しながら次に行くダンジョンも決めた辺りで食事も終える。そしてその支払いは何故か俺がした。

「ご馳走様《ちそうさま》です、先輩」

「おいおい、こっちには莫大《ばくだい》な罰金があるんだぞ。そんな相手に奢《おご》らせるって酷《ひど》くない

か？」

「逆にそれだけ罰金があるなら、ここで数千円奢ったところで大した違《ちが》いじゃないってことで」

「はは、違いない」

これは一本取られた。そんな冗談《じょうだん》めかした会話をしながら会社に戻《もど》っている時だった。

「おい、そこのお前」

急に見知らぬ奴に呼び止められたのは。

◆

呼びかけられた方を見ると、見知らぬ若い男が立っていた。その視線を向ける先には間《ま》違《ちが》いなく俺がいるので、呼ばれたのが勘違いということもなさそうである。

「お前が八代夜一だな？」

「そうですけど、どちら様ですか？」

覚えていないけど会社関係の誰かかもしれないので、念のために外面を良くして対応する。その変化に愛華が思わずといった様子で顔を背《そむ》けてこっそり笑っているのが視界の端に映ったが今は無視だ。

「俺の名前は森本修二《もりもとしゅうじ》。Dランクの探索者《たんさく》だ」

一瞬《いっしゅん》本気で誰だか分からなかったが、すぐに思い出した。英悟《えいご》と勘九郎から副本部長の息子《むすこ》がちょっかいを掛けてくるかもしれないから気を付けるようにと、少し前に警告されていたのだ。その理由は調査中とかで詳《くわ》しいことは教えてもらえなかったけど。

「森本？　……というともしかしてダンジョン協会の副本部長の関係者ですか？」

「ああそうだ、俺は息子だよ。でもって今日はお前に忠告しにきてやったんだ」

「忠告ですか？　いったい何を？」

さも何も知りません、という態度で聞き返すと傍の愛華が笑いをこらえきれないように口を押さえる。

（お前、こっちが演技してるんだからバレるような真似《まね》するなって）

仕方ないので少しだけ前に移動して愛華が相手から見えない位置になるようにした。

「もしかして協会からの連絡《れんらく》ですか？　罰則《ばっそく》についてはもう話が済んでいるはずですが」

「そうじゃねえよ。これは〝D級〟の俺からG級になったお前に対する個人的な忠告だ」

やたらとD級を強調してくる辺り、昔はともかく今は自分の立場が上だと誇示《こじ》したいのだろう。別にG級がD級の命令に従わなければならないなんてことはないのだが、この手のアホにそんな常識を語っても仕方がない。アホだから常識を理解できないのだから。

「お前、未だに探索者としての活動を辞めてないらしいな。G級に降格した上にランク1に戻ったくせに」

「そうですけど、それの何がいけないのでしょうか？」

「生意気なんだよ。落ちぶれたのなら、そのまま消えろ。目障《めざわ》りだからよ」

意味が分からない。そもそも別にお前の前に姿を現してないだろうに。因縁《いんねん》をつけるにしても、もう少しまともな理由をでっちあげられないのだろうか。

「いいか、今すぐに探索者を辞めろ。これは命令だ」

「……お断りします。あなたに迷惑を掛けた覚えはありませんし、そもそも何故そんなことを見知らぬ人に言われなければならないのでしょうか？」

「ああ⁉　うるせえな。いいからお前は言うこと聞いておけばいいんだよ！」

そう言って奴は俺の胸倉《むなぐら》を掴《つか》んできた。その割にはそこまで力が籠《こも》っていないから、あくまで脅《おど》すためだけにこういう態度を取っているようだ。

(てか、それにしても力が弱っちいな。こいつ、本当にD級なのか？)

腕力《わんりょく》を強化するＳＴＲの補整が弱い職業だとしてもＤ級ならそれなりのランクになっているはず。それなのにここまで力が弱いなんてことがあり得るだろうか。

「おい、なにをビビってんだよ。この程度で言い返せもしねえってか？」

そんなことを考えて黙《だま》っていたせいだろう。奴がそんな勘違いをしだしたのは。

それはそれで好都合なのでその誤解を解くなんてことはせずに、逆にその勘違いを加速させておくことにする。

「や、やめてください。急に現れて何なんですか？」

頑張って震《ふる》える感じで声を出してみると、背後から笑いが零《こぼ》れそうになっている気配を感じる。誰だか全く分からないが、何故か笑いを堪《た》え切れなくなっている奴がいるようだ。

「はっ！　元C級のくせにこの程度の事態にも対応できないってか。情けねえな」

そう言って相手が手を離《はな》すと同時に突き飛ばしてくるので、その勢いに負けたふりをして背後の愛華にぶつかっておいた。その際にこっそりその横腹に軽く肘《ひじ》を入れておく。

「うぐっ⁉」

「すみません、五十里《いそり》さん。大丈夫《だいじょうぶ》ですか？」

「だ、大丈夫です」

謝《あやま》るこちらを恨めしそうな目で見てくる愛華。

思わぬ一撃《いちげき》による痛みで笑う余裕《よゆう》がなくなったようで何よりだ。

「お、なんだよ。後ろの子、結構可愛《かわい》いじゃんか。お前にはもったいないな」

そこで初めて愛華に目を向けたのか奴《やつ》がそんなことを言い出した。

「君、そんな奴なんて放っておいて俺《おれ》と一緒においでよ。その方が絶対楽しいし、君のためにもなるよ」

本当にいったいこいつは何をしにやってきたのだろうか。俺に喧嘩《けんか》を売ったと思えば、急に愛華をナンパし始めるし。もはや何がしたいのかさっぱり分からない。

（まあいいや。面倒な相手を押し付けられるし）

そう思って一先《ひとま》ず会話に入らず、困惑《こんわく》した様子のふりで成り行きを見守ることにする。

「名前を教えてよ。それと連絡先《れんらくさき》も」

「……お断りします。急に現れて何なんですか？　それとさっきから先輩に無礼なことばかり言って失礼ですよ。謝ってください」

（おい、やめろ。そうやって俺にターゲットを戻そうとするな）

殊勝《しゅしょう》なこと言う後輩《こうはい》のふりをして、そうしようとしているのが丸わかりだ。だって俺も同じようなことをしているので。

――私は関係ないんですからこっちに持ってこないでください――。

愛華がそんなことを考えているのが目を見るだけで分かる。だが幸か不幸か目の前のアホはそんなこと通じなかったようだ。

「先輩って君はこいつと同じ会社なのかな？　それとも探索者として後輩ってこと？」

「……どっちもです。私は社コーポレーションの社員で探索者もやっているので」

「探索者なんだ。それじゃあ尚更《なおさら》こいつと関わるのは止めた方がいい。こんな落ちこぼれに関わっていたら君まで同じだと思われてしまうよ」

俺に対して接した時とはまるで違う態度で奴は愛華に言い募《つの》る。

この男は元C級かもしれないが現在では全て失った落後者であると。その上、多額の罰金を背負っているから下手に関わらない方がいい。もし仮に恋人《こいびと》なら今すぐ別れないと莫大な罰金を押し付けられるかもしれない、というような内容を。

そしてこんな奴よりも探索者になって一年足らずでD級になった優秀《ゆうしゅう》な自分を頼《たよ》ってくれれば、今よりもずっと良い思いをさせてあげられる。しかも自分の父はダンジョン協会本部の副本部長だから色々と便宜《べんぎ》を図《はか》ってもらうこともできる。探索者としてやっていくのならその方が絶対良い……とかそんなことをペラペラと述べていた。

だがそれを聞いても愛華は欠片も興味も示さず、それどころか逆に堪え切れないといった様子で顔から嫌悪《けんお》感を隠せなくなっているようだった。

「どうだい？　なんならこれから二人で食事でも」

「……いい加減にしてください。さっきから聞いてもいないことをペラペラと。気持ち悪いったらない」

「き、気持ち悪い、だって？」

そんな風に拒絶《きょぜつ》されるのが信じられないのか、奴は浮かべていた笑《え》みを凍《こお》らせていた。

「ええ、その薄ら笑《わら》いも気持ち悪いしウザいです。今すぐ目の前から消えてほしいくらいに」

「お前、こっちが下手に出てれば調子に乗りやがって！」

化けの皮が剥《は》がれるとはこういうことを言うのか。それまでの懐柔《かいじゅう》しようとしていた態度が豹変《ひょうへん》して、急に怒《いか》りを露《あらわ》にする。それどころか怒りのまま愛華に向かって手を出そうとしていたが、流石にそれは看過できない。

「多少可愛いからって優しくしていれば調子に乗りやがって！　このクソアマが！」

怒りのままに愛華を突《つ》き飛ばそうとした奴の前に立ち塞《ふさ》がった結果、奴の手は愛華ではなく俺の身体に当たる。その瞬間《しゅんかん》にあえて自分から倒れる形で派手に転んでやった。持っていたバッグを放り投げて中身が散らばるおまけ付きで。

流石にそうなれば周囲が何事かと注目する。そこで奴もこのままでは不味いと思ったようで周囲の視線を気にし始める。

「大丈夫ですか、先輩」

「ええ、問題ないです」

心配するふりしても全然慌《あわ》てていないから、愛華も俺がワザと自分で吹《ふ》っ飛んだのは分かっているようだ。あの状況《じょうきょう》で普通なら愛華を巻き込む形で吹っ飛ぶはずなのに、そうならないよう突き飛ばされた方向と微妙《びみょう》に違う方に倒れたのだからその違和感《いわかん》で気付いたのだろう。もっとも目の前のアホはそんなことは全く理解していないようだが。

「けっ、俺の誘《さそ》いを断ってこんな雑魚《ざこ》を庇《かば》うなんてバカな女だ。後悔することになるぞ」

そんな捨て台詞《ぜりふ》を残して奴は去っていった。それで結局、奴は何がしたかったのだろうか。

「……なあ愛華、あいつはマジで何をしに来たんだと思う?」

俺に対して敵意があるのは分かるが、その目的が分からない。あいつは俺が探索者を辞めるように仕向けたいみたいだが、そうかと思えば急に愛華をナンパする方を優先するなど行動に一貫性《いっかんせい》がなさ過ぎる。

「私に聞かないでくださいよ。それよりも先輩、これできっと私も副本部長とその一派に目を付けられることになりましたね。先輩が面倒だからって、こっちにあいつの相手を押し付けようとしたせいで」

「あ、やっぱり気付かれてたか」

「バレバレです。それで私もこのままだと探索者としてやってけなくなりそうですけど、どう責任を取るつもりですか？」

そうやってこちらを責めるように言いながらも、何故かニコニコと上機嫌《じょうきげん》そうに笑っているから全然怒《おこ》っていないのは丸わかりだ。

「安心しろ。副本部長もあいつも邪魔《じゃま》になりそうな奴は全員徹底的《てっていてき》に潰《つぶ》すから。絶対にな」

「本当ですか？　先輩のことは信用してますけど、失敗することもあり得ますよね？」

「分かった、分かった。万が一それに失敗して海外に高飛びでもする時は、お前のことは責任もって世話するよ。巻き込んだ責任があるからな」

「言いましたね。言質《げんち》は取りましたよ」

「おう、任せとけ」

よしっとガッツポーズを取る愛華。どうやら俺から引き出したかった言葉を得られて満足のようだ。

「それよりも散らばったカバンの中身を拾うのを手伝ってくれ」

それはともかく派手に倒れたせいでスーツも汚《よご》れてしまったのは最悪だ。クリーニングに出さなければダメだろうか。面倒臭《めんどうくさ》い。

「なあ、倒れた際に怪我《けが》したからって理由で早上がりとかしちゃダメかな？　それでダンジョンに行って気分転換《てんかん》したい」

「それなら私も襲《おそ》われかけた精神的ストレスってことで早退します。それが駄目《だめ》なら怪我した先輩の看病ってことで」

「随分《ずいぶん》と適当な理由だな。……いや待てよ。どうせならこの状況も利用しとくか」

どうせバカ息子から情報が行くだろうが更《さら》に補強のために鳳にも俺が突き飛ばされて怪我したという偽情報《にせじょうほう》を流しておいた。奴の前で足を挫《くじ》いたと言って引きずる演技付きで。

これであのバカ息子と副本部長が更にこちらのことを雑魚だと見縊《みくび》ってくれることを期待するとしよう。そう説明したら社長《オヤジ》には呆《あき》れられながらも今日は帰っていいと言われたので、俺と愛華は帰るふりをして次の狙《ねら》いのダンジョンへ嬉々《きき》として向かうことにした。

とあるダンジョン掲示板　その3

1：名無しの探索者
なあ、この動画見たか？

2：名無しの探索者
なんだこれ？
誰かが喧嘩してるみたいだけど

3：名無しの探索者
これこの前、メモッターに投稿《とうこう》された動画じゃん

4：名無しの探索者
確かどこぞの探索者が暴力を振《ふ》るってるって動画だろこれ

5：名無しの探索者
え⁉　探索者が一般人《いっぱんじん》に暴力振るってるのかよ
ヤバすぎだろ

6：名無しの探索者
いや、どうも動画を撮影《さつえい》した奴の話だと全員探索者だったらしい

7：名無しの探索者
つまり探索者同士の揉《も》め事《ごと》か

8：名無しの探索者
くだらねー
こいつら魔物《まもの》の相手なんてしてるから知能が後退して野蛮人《やばんじん》になってんじゃね？

9：名無しの探索者

うわ、出た出た
そういう時代遅《おく》れの探索者差別

10：名無しの探索者
確かに野蛮人は言い過ぎだな
少なくとも動画を見る限り男女二人組の方は一方的に因縁を付けられてるみたいだぞ

11：名無しの探索者
じゃあこの残った一人の男だけがヤバい奴ってことか？

12：名無しの探索者
少なくとも動画を見る限りではな
距離《きょり》があるせいか声が聞こえない時もあって確証はないけど

13：名無しの探索者
撮影者曰《いわ》く、カップルらしき男女が絡《から》まれてるみたいだったとさ

14：名無しの探索者
つまりこの独り身の男がカップルに嫉妬《しっと》したわけか

15：名無しの探索者
彼氏《かれし》の胸倉《むなぐら》掴《つか》んでクソアマって叫《さけ》んでる声が聞こえるから、嫉妬したかどうかはともかく
この独り身がヤバい奴なのは間違いないな

16：名無しの探索者
そんなんだから独り身なんだよ、きっと

17：名無しの探索者
勝手に独り身って決めつけてやるなよ
ヤバい奴でも可哀《かわい》そうだろ（笑）

18：名無しの探索者

ヤバい奴なのは確定なのか（笑）

19：名無しの探索者
あれこいつ……？

20：名無しの探索者
ん、どうした？

21：名無しの探索者
その反応はもしかして知ってる人とか？

22：名無しの探索者
確証はないけどこのヤバい奴の方、もしかしたらD級の奴かも

23：名無しの探索者
D級って結構いるはずだし、それでも顔見て分かるなんて有名な奴なのか？

24：名無しの探索者
もしかしてこういうことを日常的にやってる問題児とか？

25：名無しの探索者
まああんまりいい噂は聞かないけどそうじゃなくて
こいつが俺の思っている人物ならダンジョン協会の副本部長の息子のはず

26：名無しの探索者
はあ、マジで？

27：名無しの探索者
嘘《うそ》くせー

28：名無しの探索者
いや、マジっぽいぞ

調べたらこれが出てきたから見てみ

29：名無しの探索者
週刊探索者のインタビュー記事じゃん
これがどうしたん？

30：名無しの探索者
よく見てみろって
期待の新人コーナーのところにあのヤバい奴によく似た奴がいるぞ

31：名無しの探索者
確かにそっくりだな

32：名無しの探索者
そんでもって尊敬している人物について語ってるところに親が協会の副本部長だって文章が載《の》ってる

33：名無しの探索者
ってことはマジでこのヤバい奴が副本部長の息子ってことなのか？

34：名無しの探索者
そんな勝ち組そうな奴の息子がこんなところで何を騒《さわ》いでたんだろうな？

35：名無しの探索者
酒に酔《よ》ってる訳でもなさそうだけど

36：名無しの探索者
痴情《ちじょう》の縺《もつ》れとか？

37：名無しの探索者
あーありそう
目の前の男が浮気《うわき》相手だから逆上してるとかか

38：名無しの探索者
決めつけるのは良くないぞ
ヤバい奴が女の方をストーカーしてる可能性もある訳だし

39：名無しの探索者
いやもしかしたらカップルの彼氏の方が狙いの可能性も微《び》レ存《そん》なのでは⁉

40：名無しの探索者
いやないだろ

41：名無しの探索者
だな、動画の最後で思いっきり突き飛ばしているみたいだし

42：名無しの探索者
てか突き飛ばされた彼氏が結構な勢いで吹っ飛んでるけど一体どんなバカ力してんだ？

43：名無しの探索者
Ｄ級なら地上でも相当な力を発揮するんだろ、知らんけど

44：名無しの探索者
そんでもって彼氏の方はそれに耐《た》えられてないから良くてＦ級とかだな、俺には分かる

45：名無しの探索者
だけど彼女《かのじょ》の方はＣかＤくらいありそうだぞ、俺には分かる

46：名無しの探索者
おい、有能変態おっぱいソムリエがここにいるぞ！　捕《つか》まえろ！

47：名無しの探索者
死ぬほど下らねえけど笑っちまったじゃねえか、クソが（笑）

48：名無しの探索者
なんにしてもこえーな、人間がこんな簡単に吹っ飛ぶなんて
確か探索者の犯罪者も年々増加してるんだろ？

49：名無しの探索者
しがない一般人は関わらん方がええな
こんな奴らの喧嘩に巻き込《こ》まれただけでも死ねる自信があるで、ワイは

50：名無しの探索者
動画の最後に彼氏も普通《ふつう》に立ち上がってるし大丈夫じゃね？
本当に事件性があるなら警察も動くだろうし

51：名無しの探索者
だな、あの程度は探索者同士ならじゃれ合いくらいなのかもしれんし、知らんけど

52：名無しの探索者

出たな、その責任取りたくない時に最強のワード

53：名無しの探索者
だって十年以上ニートだからネット以外の世の中のことなんて分かんないし

54：名無しの探索者
ある意味お前の方がヤバい奴じゃねーか

55：名無しの探索者
ここにいる奴なんて大抵《たいてい》ヤバい奴だろ（笑）

ている。

幕間◆ダンジョン協会本部長の怒りと苦悩

突如《とつじょ》として現れたダンジョンという未知の事象に対して、世界各国では様々な意見が出ている。

ダンジョンやそこから溢《あふ》れ出る魔物は危険な物だとして排除《はいじょ》を推奨《すいしょう》する国。未知の薬や資源が採れる場所として有効活用しようと考える国。ダンジョン発生が神の怒りや祝福だと述べる宗教が新たに現れるほどに、様々な意見が世界では溢れ返っている。

ただ今のところ主流なのは有効活用するべきという風潮なのは間違いない。何故ならダンジョンに潜《もぐ》れば常人離《ばな》れした身体能力を得られるばかりか、スキルなどの物語でしかあり得ないような超常《ちょうじょう》の能力すら得られるのだから。

その上で更に回復薬《ポーション》などの現代科学ですら再現できない効果を発揮する霊薬《れいやく》も発見されているのだ。世界各国がその甘《あま》い汁《しる》を見逃《みのが》す訳がない。日本でもそういった流れになるのは必然というものなのだが、そんな中過去に日本は盛大《せいだい》にやらかしているのだった。それはＡ級探索者となった人物に対して一部の議員が無理難題を吹っ掛《か》けたというものである。

若返りの秘薬、それは年齢《ねんれい》による衰《おとろ》えで引退を考えざるを得なくなってきていた者達《たち》にとって、それこそ喉《のど》から手が出るほど欲《ほっ》する代物《しろもの》だったのだろう。

ただしだからと言ってそれを手に入れた人物を脅して良い理由にはならない。しかも脅したのは家族など本人以外にも波及していたそうだから尚更質が悪い。彼《かれ》自身ならあり余る力で何を仕《し》掛《か》けてもどうにかしそうだったから、その弱点を突こうとしたのだろう。

（その結果、日本を見限った彼は家族と共に日本を捨ててアメリカに渡《わた》ってしまった。それは日本にとって大きな損害となって今も影響《えいきょう》を残している。だからこそ同じ過《あやま》ちは繰《く》り返してはならないというのに、あのバカ共が！）

Ａ級になれるほど優秀な探索者を、一部の議員が権力を使って支配しようとしたという事実は、世間にあまり知られてはいない。表沙汰《おもてざた》になっては不味《まず》い議員連中が権力を総動員して隠蔽《いんぺい》したのだ。それでも全員無事とはいかず、役職を辞《や》めさせられたり辞職に追い込まれたり、あるいは将来の出世が消えた官僚《かんりょう》も出たらしいがそれは自業自得《じごうじとく》というもの。

表向きではその事実は報道されておらず彼がアメリカに渡った理由は、交際していたアメリカ人女性との結婚《けっこん》を機に活動拠点《きょてん》をそちらに移すため、という何とも嘘くさいものになっている。だがそれで全て隠《かく》し切れるはずがない。

特に諜報《ちょうほう》が盛《さか》んな国では裏事情の全てまで知られていると見ていいし、海外の探索者界《かい》隈《わい》ではおおよその話が知られているようだ。そのせいもあって日本は世界各国から探索者の活動がし難《がた》い場所という目で今も見られている。だから今の日本には海外の探索者がやってくることが少ない。

　当たり前だ。A級という探索者として頂点に立つような人物ですら、そんな稚《ち》拙《せつ》で身勝手な妨害《ぼうがい》を受けたのだから。それもその本人には何ら過失がないというのに。そんなことが起こった場所で活動したいと思う探索者の方が少数だろう。

　そんなこともあってか現在の日本はダンジョン関連のことでは世界各国に後《おく》れを取っている。そしてその影響もあって今回のダンジョン関連の国際会議の場でもその立場は強いものではなかった。そんな逆境の中で私やダンジョン庁の長官が必死に以前とは違うとアピールして、優秀な海外の探索者を少しでも招こうと努力しているというのに。

「どうしてこんな決定が、私や長官がいない間に下されている！　しかもこちらには何の報告も上がってきてないぞ！」

　目の前の秘書のせいではないと分かっていたが、それでもそう怒鳴《どな》らずにはいられなかった。無断でダンジョンを消滅《しょうめつ》させたとは言え情状《じょうじょう》酌量《しゃくりょう》の余地があった、とあるC級探索者に対して多額の罰金《ばっきん》と降格処分。しかも聞けば最初は資格剥奪《はくだつ》をしようと画策していたというではないか。長く苦しい会議を乗り越《こ》えて日本に帰ってきて早々、こんな頭にくるような報告をされてみるといい。怒鳴りたくなるというものだ。

「森本《もりもと》副本部長、正確にはその後ろ盾《うしろだて》となっている橋立議員とその一派の仕業《しわざ》のようです」

「またあの老害か！　忌々《いまいま》しい！」

橋立議員は与党《よとう》の重鎮《じゅうちん》であり前回のA級探索者騒動《そうどう》の時にも関与《かんよ》が疑われた一人だ。いや十中八九何らかの関与をしていたのは確定している。だがうまく立ち回ったのか証拠《しょうこ》不十分だったのと、与党の重鎮だったことで処罰《しょばつ》を免《まぬが》れた数少ない一人だ。

「国際会議のために長官や本部長、それに随行《ずいこう》して優秀な者が日本にいなくなった弊害《へいがい》ですね。それでも副本部長が暴走しないように手配していたのですが甘かったようです」

「こちらの警戒《けいかい》が手薄《てうす》になった隙《すき》を突かれた形か。くそ、迂闊《うかつ》だった」

総理やダンジョン庁を始めとしたまともな面々は、今回の会議で日本の悪いイメージを少しでも払拭《ふっしょく》するために必死に努力していた。その努力と苦労の甲斐《かい》もあって多少の成果を得られたというのに、それを台無しにするようなことをしやがって。

「……この話はどこまで表に出ている？　それと世間の反応はどうだ？」

「それが一般《いっぱん》ではそこまで大きな話題にはなっていないようです。ニュースでも軽く取り扱《あつか》われただけで今は忘れ去られています」

「一般では、ということはそれ以外では何かあるんだな？」

「探索者《たんさく》界隈ではそれなりに。当初はそのC級の人物を非難する傾向《けいこう》が強かったですが、大まかなことの顛末《てんまつ》が書かれた記事が出た後は、ダンジョン協会側の対応に多くの疑問が投げかけられています」

その記事の内容としては、大まかにはダンジョンを消滅させたC級探索者が試練の魔物から他の探索者を逃《に》がすために戦いその影響でダンジョンも消滅することとなったこと、決して意図しての行動ではなかったことなどが記されていた。

（この記事が正しいとしたなら協会が非難されるのも当然のことだな）

言うなればこれは襲い掛かってきた不審者《ふしんしゃ》を必死になって撃退《げきたい》したら、正当防衛を認められずに過剰《かじょう》防衛どころか暴行罪で逆に逮捕《たいほ》されたみたいなものだ。仮に私がその立場なら不当逮捕だと怒るし、裁判を起こしてでも無実を勝ち取ろうとするだろう。

本来なら探索者を管理して守らなければならない協会が、その権力を悪用したとなれば非難が集中するのも当然の結果でしかない。そしてその非難に対して責任を取らされるのはダンジョン協会本部長である私、鹿島重蔵《かしまじゅうぞう》なのだ。あるいは副本部長はそれも狙っているのか。奴が私の立場を狙っているのは前々から分かっていたことだ。今回の件もそのために利用しようとしているのかもしれない。

「幸いなことに該当《がいとう》の探索者に「余計なことをしやがって」などの暴言を吐《は》いたとされる

職員を懲戒免職《ちようかいめんしよく》にしたこと、また週刊誌が記事を出した後は、そのC級探索者が特に何も行動を起こさなかったこともあって、この話題は現在では沈静化《ちんせいか》しています」

「懲戒免職だと？　あの身内には甘い副本部長がそんな決定を下すとは正直意外だな。流石《さすが》に奴もそれだけやらかされると庇い切れなかったか？」

「いえ、正確には懲戒免職になったのはその暴言を吐いた子飼いの部下とは別の人物ですね。どうやら別派閥《はばつ》の者を身代わりに仕立て上げて、副本部長一派は難を逃《のが》れたようです」

「あのゴミ野郎《やろう》が！」

思わず近くにあった椅子《いす》を蹴《け》り飛ばしそうになる。誰《だれ》かあいつをぶっ潰してはくれないものだろうか。だがそういうゴミだからこそこうして手段を選ばず保身に長《た》けている。

そしてそれによって自らの立場を作って味方を増やして周囲に対する影響力《えいきようりよく》を増していくのだ。だからこそあんなゴミでも迂闊に手は出せない。それに逆に考えれば奴は罰金二十億という資金を探索者から巻き上げることに成功していると見ることもできる。

それは私からしたら最悪の行為《こうい》だが、そんなことを知らない立場の人間からしたらその手腕《しゆわん》は素晴《すば》らしく思えるだろう。特に探索者が稼《かせ》いでいることを好ましく思っていない橋立議員一派のような連中からしたら。

「……ダンジョン協会として一度下した決定を覆《くつがえ》すことはできない。心苦しいが、この処罰については変えようもないな」

「では何もしないと？」

「そうは言っていない。だがこれだけ前のことで今更《いまさら》、協会の判断は間違《まちが》ってました、なんてバカ正直に言ってみろ。権威《けんい》も体面もズタボロになって最悪は私も副本部長もまとめて首が飛ぶぞ」

あるいは政権の支持率にも影響して、それこそダンジョン庁長官が辞職に追い込まれるとかもあるかもしれない。なによりそれだけで済まなくって今度こそ日本の探索者界隈が終わりかねないのが不味い。少なくとも海外からの評価は取り返しがつかなくなるし、そうなったら優秀な探索者は日本を捨てて海外に移住してしまうことだってあり得る。

その先に待つのは魔物の間引きが間に合わず、ダンジョンから魔物が溢れ出す氾濫《はんらん》という名の、過去に多くの人の命を奪《うば》った恐《おそ》るべき災害の再来だ。この五年、世界ではそれらの犠牲《ぎせい》となって消滅した国や地域も存在しており、それだけは避《さ》けなければならない。

「だからこそ処罰は変えずに別の方法を取るしかない。この国の平穏《へいおん》を守るためにもな」

世界の中には自国ではどうしようもなくなって、海外から探索者を雇《やと》ってダンジョンを間引いてもらうようになった国もあるが、そうなったらその先は悲惨《ひさん》だ。要するにそれは国として命を繋《つな》ぐためにその雇った他者に縋《すが》るしかない。命綱《いのちづな》を握《にぎ》られて徹底的に下の立場に追い込まれることになるからだ。

我《わ》が国では同盟国であるアメリカがそれを担《にな》ってくれるかもしれないが、その場合は何を要求されるか分かったものではない。そしてそれは協会の本部長として、また祖国を愛する一人の日本人として容認《ようにん》してはならないものだ。

別に愛国者を気取るつもりはないが齢《よわい》五十になるまで生まれて育ってきた国だ。自分の手で壊《こわ》れるかもしれない状況に追い詰《つ》めたいなんて思える訳がない。

「この件の対処については長官や総理にも報告して意見を仰《あお》ぐ必要がある。それと被害《ひがい》にあったC級探索者と濡《ぬ》れ衣《ぎぬ》を着せられた職員についてもその後の動向を調べておいてくれ」

「分かりました」

職員についてはは私の方で別のところに再就職できるように取り計らうとして、C級探索者の方はどういう対応をすれば許してもらえるだろうか。

(そもそも金で解決できる相手なのかどうかからだな。C級にまでなっていれば相当な変わり者の可能性があるし)

その後の調査でそのC級探索者が次のB級候補者と呼ばれていた人物であり、なおかつ社《やしろ》コーポレーションという国内でも有数のダンジョン関連会社の息子《むすこ》だと判明して、更に頭を悩《なや》ませることになるなんてこの時の私は知る由もなかった。

東京の多磨霊園《たまれいえん》にある墓地。その一角にその転移陣《じん》は存在していた。

「これがここのダンジョンの入口なんですか?」

「ああ、この陣に乗ればこのG級ダンジョン、通称《つうしょう》霊園ダンジョンに入れるって寸法だ」

この名前で呼ばれる理由はダンジョンがある場所だけではない。中にいる魔物がレッサーゴーストなどの幽霊《ゆうれい》やグールなどのアンデッド系ばかりだからだ。

このことからダンジョンは存在する土地の影響を受けるのではないかという説もあるのだが、真偽《しんぎ》のほどは未《いま》だにはっきりしていない。確かに火山近くにそういうダンジョンがあるケースもあるからあながち間違いではないだろうが、その証拠は見つかっていないので。

「今回の主な目的は愛華《あいか》の訓練とここの魔物の素材の解析《かいせき》だな。特にレッサーゴーストが落とすドロップアイテムは最優先でやっておきたい」

そのドロップアイテムの名は魂石片《こんせきへん》。名前がどこか御霊石《みたまいし》に似ている、未だに使い道の分からないダンジョンアイテムの一つだ。なお、ここの魔物は経験値的にはあまり美味《おい》しくないので今回はランクアップを目的としていない。

「ゴーストなどの実体を持たない魔物は、死体を残さずに魔石《ませき》とそういう謎《なぞ》の石だけを残すんでしたよね」

「予《あらかじ》め言っておくと、グールとレッサーゴーストの魔石もゴブリンと同じで一つ百円くらいでしか取引されてないからな」

「分かりました。じゃあ先輩《せんぱい》が回収していいですよ」

だから金にならないと分かった途端《とたん》にこちらに押《お》し付けようと即断《そくだん》するなよ。と言っても解析するためにそれは有難《ありがた》いので拒否《きよひ》はしないけどさ。

「貰《もら》った分は後で代金を支払《しはら》うわ。と、ここで残念なお知らせで、試練の魔物戦で大活躍《だいかつやく》した浄化《じようか》効果付きの剣《けん》だが、なんと協会に借金の担保として差し押さえられているので手持ちにはない」

「世知辛《せちがら》い話ですね」

「全くだ。他にも色々とアンデッド系の魔物に有効なアイテムがあったってのによ」

とは言え、そうなるのを許容したのは自分なので文句を言っても仕方がない。

「だから今回用意したのは、浄化魔法で一時的にその効果を付与《ふよ》された短剣《たんけん》だ。ちなみに購入品《こうにゅうひん》じゃなくてレンタル品なので失くさないように」

このダンジョンに居る程度のアンデッド相手ならこれで十分だし効果が一時的にしか続かないこともあってかなり安く済む。なによりこの程度のアイテムも買い取れないほど資《し》金繰《きんぐ》りは苦しいと副本部長とかに思わせられたらいいな、という狙いも僅《わず》かにあったり。

「とりあえずやってみないことには始まらないからな。行くとしよう」

「はーい」

段々とこちらの行ないに慣れてきた後輩《こうはい》は素直《すなお》にそう返事をすると、臆《おく》することなく共に霊園ダンジョンの入口に足を踏《ふ》み入れた。円の中心付近にくると転移陣《じん》が光って移動する。そして気付いた時にはダンジョンの中に転移している形だ。

「周囲の見た目は現実の墓地そのものですね」

「だけどここはもうダンジョンの中だ。見てみろ」

そう言って指し示した方には動く死体とも呼ばれるグールがノロノロと歩いていた。日本の墓のような見た目の場所で、その存在はどこか場違《ばちが》いな感じさえ覚える。

「それにしても相変わらず魔物ばっかりで他の探索者がいませんね」

「ここも前に探索したゴブリンダンジョンと同じで不人気ダンジョンの一つだからな。しかもあっちと違って、こういう陣を使って転移するタイプのダンジョンでは氾濫などが起こることはない。だから定期的に魔物を狩《か》る必要もないって訳だ」

だからそのための探索者が来ることも皆無《かいむ》。それでも出現する魔物やダンジョン内で手に入るアイテムが美味《うま》いと人が集まるが、ここはそのどちらでもないのであしからず。

それに探索者になり立ての初心者がアンデッドを相手にするのは少々難しいという点も過疎化《かそか》を助長していた。グールなどの実体を持つ敵なら物理攻撃《こうげき》でその身体を破壊《はかい》すればいいが、ゴーストなどの実体を持たない相手だと物理攻撃が効かないことが多い。

そんな理由もあってわざわざこんなダンジョンに潜る物好きは俺達《おれたち》くらいのもの。つまり他人の眼を気にすることも無く狩り放題だ。

「まずはグール相手だけど、噛《か》まれたら感染《かんせん》して同じグールになる……とか映画みたいなことはないからその点は安心していい。もっとも人間っぽい見た目の割には噛む力が強いから肉を食い千切られることはあるし、攻撃を受けると毒の状態異常を受けることがあるので、あまり攻撃を受けない方がいいのは変わらないけどな」

念のために対グール用の解毒剤《げどくざい》はここに来る前に買ってきているので、別に毒を受けたとしても問題はない。だからこそ今回は愛華に身を以《も》って経験してもらおうと思っているがそれは言わないでおこう。どうせここでの戦闘《せんとう》を繰り返していたらどう頑張《がんば》ってもいずれは毒を受けることになるのだし。

ここまでのんびりしていればグール達もいい加減に侵入者《しんにゅうしゃ》に気が付く。近くにいた三体ほどがこちらに向かってきていた。

「遅《おそ》いですね」

「まあ最弱《G級》の魔物だからな」

初心者には厄介《やっかい》な状態異常攻撃を持っているが、その動きはゴブリンやビッグラットなどより遅い。そいつらの相手をしてきた愛華なら十分に対処できる速度と言えるだろう。

実際三体相手でも特に苦労することなく、敵の鈍《にぶ》い攻撃を回避《かいひ》してメイスでその頭を順番にかち割って初戦は終了《しゅうりょう》。案の定、楽勝だった。

「歩く死体みたいな見た目なのにそこまで臭《くさ》くはないんですね。まあ良い匂《にお》いではない独特な感じはしますけど」

「F級のゾンビだともっと臭いぞ。あっちは腐乱《ふらん》した歩く死体だからな」

「うわーそっちの相手はしたくないですね。……ちなみにゾンビの方は金になります？」

「残念ながら行動パターンも素材の売却額《ばいきゃくがく》もグールとたいして変わらないどころか、腐《くさ》ってるからゾンビの方が価値は低いとまで言われてるぞ」

なのでグールで戦闘経験を積めばゾンビと戦う必要性はあまりない。違いと言っても多少ゾンビの方のステータスが高くて力が強いくらいだし。

「じゃあ尚更《なおさら》相手はしない方向でお願いします」

「分かったって。もし素材確保する必要がある時は俺《おれ》だけで行くよ」

そんなことを呑気《のんき》に話しながら仕留めたグールの死体は収納して解体するのだった。

◆

その後、愛華は浄化の短剣なら急所を攻撃しなくても一撃《いちげき》で弱いアンデッドを倒《たお》せることに感動していた。掠《かす》るような斬撃《ざんげき》でも敵の身体が浄化されて砂のように崩《くず》れていくのだ。普通に戦うのとはあまりに落差があるから驚《おどろ》いて当然だろう。

（浄化して砂と化したグールでも解体は可能と。しかし浄化していようがいまいが、解体して手に入る素材に変化はなしか）

そこで手に入ったのは錬成砂《れんせい》だ。どうやらグールの肉体は解体しても錬成砂にしかならないらしい。グリーンゴブリンの肉体は解体した際に錬成水と錬成砂が手に入った。そのことからどうも魔物《まもの》の血は錬成水、肉は錬成砂となる感じらしい。

なお魔石を解体するとグールもゴブリンも錬金砂だったので、死体よりも魔石の方が価値というか素材のレアリティ的には高いと思われる。

錬成術師の頃《ころ》の経験からレベルⅤまでの素材については把握《はあく》している。

レベルⅠで錬成水、Ⅱで錬成砂、Ⅲで錬成草、Ⅳで錬成土、そしてⅤで錬成紙だ。

なお錬金剣士《れんきんけんし》となった今はそれぞれの上位互換《ごかん》である錬金水などが作れるようになっている。つまり今の俺はレベルⅡまでの錬成水、錬金水、錬成砂、錬金砂が錬金素材生成スキルで作れる訳だ。

（レベルⅢの錬金草が作れるようになれば、低位の各種回復薬《ポーション》の量産の目途《めど》が立つからな。早めに上げてしまいたいところだ）

そのためにＭＰは常に一定以上になれば素材生成で使うように心掛《こころが》けている。おかげで砂と水素材が大量にアルケミーボックス内に在庫として存在しているが、今後大量に必要になるのは目に見えているので無駄《むだ》になることもないだろう。

そうしてグールとの戦闘を繰り返していると遂《つい》に目的の奴《やつ》が現れた。ただ愛華はそのことに気付かずに目の前のグールとの戦闘に集中している。そして背後から半透明《はんとうめい》の人型の幽霊のようなレッサーゴーストは音もなく近付くと、狙《ねら》っていた愛華の身体を通り抜《ぬ》けた。

「ひゃ⁉︎」

その途端、愛華が素《す》っ頓狂《とんきょう》な声を上げて驚いている。

「ああ、びっくりした」

「ほらほら、目の前の敵ばかりに集中しているとそうなるぞ」

幸いなことにレッサーゴーストの攻撃でＨＰは削《けず》られない。その代わりにああしてゴーストに触《ふ》れられるとＭＰが削られるのだ。その際に冷たい何かが体をすり抜けていくという妙《みょう》な感覚のおまけ付きで。と言っても今の愛華はＭＰを消費する戦闘スキルを覚えている訳ではないから特に困らないだろう。だがこれが上位種になるとＨＰも同時に奪ってくるので、今の内にそうならないように警戒する術を覚えておかなければならないのだった。

「うわ、本当に物理攻撃が効かないんですね」

先にグールを片付けた愛華が試《ため》しに自前のメイスでレッサーゴーストを攻撃するが効かずにすり抜けてしまう。更《さら》に今度は自分の手で叩《たた》いてみようとしたがそれもすり抜けて、おまけに触れたことでＭＰを奪われるという散々な結果に終わった。

「うひゃー、冷たいしぞわぞわするし変な感じ」

「その妙な感覚がＨＰやＭＰが奪われる時の特有のものだからしっかり覚えておくんだぞ」

「これを知らないとＭＰとかを奪われているのに気付くのが遅《おく》れるってことですね」

大正解だ。上に行けば居るだけでＨＰなどが奪われ続ける罠《わな》部屋とかもあるくらいだし。

「それじゃあ大切なことは学んだようだからさくっと倒してくれ」

浄化じゃなくても特殊攻撃《とくしゅこうげき》ならこいつには効く。だから魔法《まほう》とかが使えればそこまで対処に困ることはないのだが、ランク10になるまでにそれらを覚えている奴はほとんどいないのだ。そしてランク10まで上げれば大半はF級になれて、そうなったらここよりも稼ぎの良いアンデッド系の魔物が出現するダンジョンがあるから、わざわざここに戻《もど》ってくる必要は全くない。もっとも今はその攻撃手段を与《あた》えているので問題はないが。

愛華が浄化の短剣でレッサーゴーストの身体を軽く突《つ》いただけで霊体《れいたい》が霧散《むさん》して討伐完了《とうばつかんりょう》。床《ゆか》にその残滓《ざんし》である魔石と魂石片だけ落下して、それを拾った愛華はこちらに渡してきた。

「これも解体したら錬成砂になるんですかね？　幽霊が砂になるって変な感じですけど」

「それを言うなら血肉が水と砂に変わる時点で色々とおかしいからな。原理もよく分かってないから、そういう仕様なんだと思っておくしかないだろうよ」

そうして解体を実行したら、そこで予想外の事態になっていた。

「錬成魂《れんせいこん》と錬金魂《れんきんこん》だって？」

魂石片が錬成魂、レッサーゴーストの魔石が錬金魂というこれまで見たことも聞いたことも無い素材へと解体されたのだ。恐らくこれらはまだ見ぬ錬金素材生成のスキルレベルⅥ以降で作れるようになる素材なのだと思われる。そしてこれらの素材は原型《アーキタイプ》ホムンクルスなどの用途《ようと》不明のアイテムを作るために必要な物の一つでもあった。それがG級ダンジヨンで手に入る。これは大きな誤算だ。それもこちらにとって大変喜ばしい類《たぐ》いの。

試しに錬成魂を取り出してみると、相変わらずどこから作られたのか不明のフラスコが現れた。中に奇妙《きみょう》な白い光の丸い塊《かたまり》が入った状態で。

この光る謎の物体が魂ということなのだろうか。

（色々と試すのにダンジョン内なのは好都合だな）

蓋《ふた》を開けてみると光は浮《う》き上がって外に出てくる。それを掴《つか》もうとしても霊体なのか触《ふ》れられないしＭＰを奪われる感覚もない。浄化の短剣で突いてみても特に効果はなし。

どうやらこれでも触れることは出来ないようだ。そのまま光はフワフワと上に浮いていく。移動をするのにエネルギーを使うのか、それともフラスコの外では形を維持《いじ》することが出来ないのか、段々とその光は小さくなっていって最終的には消えてしまった。

錬金魂の方も違いは光が強いくらいで何をしても触れることは出来ず同じように消えてしまう。どうやら錬成砂や水と同じであくまで素材としてしか活用できないようだ。

まあ錬成水の方はフラスコの外に出しても消えてしまうことは無く飲み水にするくらいは出来たが。と言っても全然美味しくはなかったので常飲しようとは思わなかったけど。

「綺麗《きれい》でしたね」

「それはそうだけど、それだけだったな」

やはり錬金素材はあくまで錬金するためのもので、錬金しなければ活用は出来ないものだと考えた方がよさそうだ。

「そう言えばここには中ボスとかいないんですか？」

「中ボスはいない。ボスはゾンビだけど戦ってみるか？　浄化の短剣があるならいい勝負ができるかもしれないが」

「先輩、頑張ってくださいね」

「だから俺に押し付けるなっての。まあゾンビの魔石を解体したらどうなるか確認《かくにん》したいから一度はやるけどさ」

その言葉通りある程度の錬成魂と錬金魂を確保した後にボス部屋に向かう。周回はしないので一戦だけやって魔石を回収したが、残念と言うべきかゾンビの魔石を解体した結果は錬金砂が手に入るだけだった。

◆

あれから俺は暇《ひま》さえあれば一人でも霊園ダンジョンに潜っていた。主な目的は錬成魂と錬金魂の確保である。これらの素材は今のところ俺のスキルレベルでは作れないし、更に

これまで作れなかった破魔《はま》の聖水を作るのに錬成水と錬金水、そして錬成魂が必要なこともあって幾《いく》らあっても困るものではないのだった。

（ただ使ってみても聖水と破魔の聖水の違いがよく分からんけどな）

前者はダンジョンでドロップするアイテムであり、後者は俺が錬金で製作したアイテムなのだが、どちらもアンデッドなどの特定の魔物に使用すると大きなダメージを与えられるもののようだ。だが使ってみた感触《かんしょく》からして、それらに大きな違いがあるとは思えなかった。分かったのは普通にドロップする通常の聖水からはレシピが得られなかったので、そちらが錬金アイテムではないことくらいだろうか。

（装備だけでなく聖水類の使用アイテムも協会に没収《ぼっしゅう》されてるからな。自前で用意できること自体は悪いことじゃない）

聖水などは高くない部類のアイテムではあるが、それでもダンジョンドロップとなるので決して安くはないので。そうして素材集めと並行《へいこう》して錬金素材生成などのスキルレベル上げに励《はげ》むこと約二週間。遂にその時は訪《おとず》れた。

「ふう、やっとか」

錬金と錬金素材生成のレベルが遂にⅢに上がった。そしてそれは低位の回復薬を量産するための準備が整ったことを意味していた。

低位体力回復薬《ローライフポーション》の素材はヒメリ草などの体力回復効果のある薬草と何らかの魔物の魔石、そして霊薬《れいやく》の素《もと》の三つだ。この中で薬草と魔石は解析も完了《かんりょう》しているのでＭＰ消費だけで幾らでも作れるようになっていたのだが、霊薬の素だけがこれまでは貴重で数が限られたものとなっていた。なにせアマデウスがドロップした品々の中でしか見たことも聞いたこともないアイテムだったので。

（アマデウスのドロップ品は大半が多くても五つしかない。つまりこれだけじゃあ量産するなんて夢のまた夢だ）

回復薬を量産するのに欠かせないのに、その数が限られていた霊薬の素。これをどうにかして大量に用意する必要があり、そのために俺は錬金素材生成のレベルをこれまで必死に上げていた訳だ。なにせ霊薬の素のレシピは錬成水と錬金水、そして錬金草だから。

そう、錬金素材のスキルレベルがⅢになれば作れるようになる錬金草こそが回復薬量産のための最後のピースだったのである。正直、スキルレベルアップポーションを使ってさっさと錬金素材生成のスキルレベルを上げるか迷ったこともあった。それを使えばすぐにでも回復薬を量産することは可能となっていただろうから。

だがスキルのレベルは後半になればなるほど上がり辛《づら》くなる。それを考えるとその時のために、それらを残しておくべきと考えたのだ。その結果こうして地道に時間を掛けて頑張らなければならなくなったのだが、それも今日で終わったので良しとしよう。

「さて、それじゃあ量産開始といきますか」

素材が全て揃《そろ》ったのだから後は順番に作り出すだけ。

俺は錬金素材生成スキルを発動して錬成水、錬金水、錬金草を大量に用意すると、それらを消費して大量の霊薬の素を作り出す。その大量の霊薬の素と、前々から作り出せるようにしておいたヒメリ草やゴブリンの魔石を使って、次々と低位の各種回復薬を錬金した。

錬金術師《マスターアルケミー》の秘奥のおかげで錬金するのに消費するＭＰは最小限で済むこともあり、あっという間にアルケミーボックスの中に量産された回復薬が蓄《たくわ》えられていく。

これら全ての出来事がアルケミーボックスの中で行なわれていることもあり、傍《そば》から見れば俺は棒立ちしているようにしか見えないだろうが、実際には着実に回復薬を量産している。とは言えどれだけ少なくともＭＰを消費する以上、限界があるのもまた事実。ＭＰがなくなれば錬金スキルも使えないのだから。

「だけど今の俺にはその制限もほとんど意味をなさないんだな、これが」

各種回復薬、その中でも低位魔力回復薬《ローマナポーション》の量産が出来るようになったということは、回復薬量産のために消費したＭＰを回復する手段を自分の手で生み出せるということを意味していた。だからＭＰが減ってきたら自分で作った低位魔力回復薬《ローマナポーション》の内の一つを飲む。そうすることでＭＰは回復するという、ある種の無限ループが可能となっているのだった。

なお、品質の良い薬草や強い魔物の魔石を素材とすることでより高品質の回復薬が生成できるようだが、今回はその点は気にしないでおく。

（どの回復薬も品質は13ほどと高くはない。だけどそれでも回復薬であることに変わりはないし、霊薬生成スキルの効果で使用期限がドロップ品よりもかなり延びているな）

低位体力回復薬《ローライフポーション》の最低限の効果はＨＰを50回復させるというもの。ダンジョンでドロップする物は全て品質が０であり最低限の効果しか持っていない。だが俺が自分のＭＰとスキルを利用して作ったこの低位体力回復薬《ローライフポーション》は品質が13あることでＨＰを63回復させる物となっていた。現状ではたった13しか変わらないかもしれない。だけどこの分なら品質を最高の１００に出来ればＨＰを１５０回復する低位体力回復薬《ローライフポーション》を作れるはずだ。そしてこれは低位魔力回復薬《ローマナポーション》でも同じことが言える。

更に高品質の物は他に特別な効果が付与されることもあるようだし、それらを作れるようになれば必ず役に立つはずだ。それは俺の主目的である探索者活動だけに留《とど》まらない。

（さてと、これで反撃《はんげき》の準備は一先《ひとま》ず調《ととの》ったな）

それからしばらくの時間を掛けて、十分と思われる量の各種回復薬をアルケミーボックスの中に揃えてみせる。素材としたＭＰだけでこれほどの数の回復薬を作り出しただけでも常識外れな行ないだが、ことはそれだけに留まらない。

だって今は作れる回復薬は低位のものだけだが、今後の活動を進めていけば中位や高位の回復薬だけでなく、それこそ色々な効果を持つ霊薬の量産も可能になるはずだから。

（それこそランクアップポーションの量産が可能になったら、好きなだけランクを上げられる……とかもこの分だとあり得ない話ではないからな）

それを思うと笑いが止まらない。これらの事象が表沙汰になれば世界を大きく揺《ゆ》るがすことだろう。だが俺はそれを止めるつもりは毛頭ない。

「時機を見て、世界中を震撼《しんかん》させてやる」

別に世界を壊そうとか魔王《まおう》のようなことを考えているのではない。回復薬が量産できるようになれば、多くの探索者は助かることだろうし、ダンジョン攻略《こうりゃく》も容易になる。それ以外も長い目でみればメリットの方が大きいことは間違いない。

だがメリットが大きいからこそ反響《はんきょう》も大きくなる。そして事態が大きく動く時に全ての人が幸福になるなんてことはあり得ない。このことが影響して不幸になる人もきっと多く出ることだろう。例えばダンジョンが発生したせいで、回り回ってダンジョン投資の詐欺《さぎ》に騙《だま》されることになった愛華の父のように、思わぬところに知らず知らずの内に影響を及《およ》ぼすことになるかもしれない。もっともそれを恐れるような軟弱《なんじゃく》な精神を俺はしていない。

俺は俺の望みを叶《かな》えるために突き進《すす》む。その障害となる奴は容赦《ようしゃ》なく排除《はいじょ》するし、協力者にはその行為に報《むく》いるだけの恩を返すつもりだ。

「まずは百本ほどでジャブを仕掛けてやろうかね」

それに対してダンジョン協会からどういう反応が返ってくるか実に楽しみだ。

幕間◆騒動の予兆

ダンジョン協会特別顧問《こもん》という職に就《つ》いている私、飯崎隆《いいざきたかし》は部下から上げられてきた情報を聞いて震《ふる》えが止まらなかった。何故《なぜ》ならその情報とはあり得ないものだったからだ。

（低位体力回復薬《ローライフポーション》の売却《ばいきゃく》だって？　それも百本も同時に）

現状では各種回復薬《ポーション》はダンジョンのドロップ品としてしか手に入れる手段はない。それは運によるところが大きく、だからそんな数を一度に手に入れることは不可能なはず。

（これ見よがしに使用期限まで全て一緒《いっしょ》か。だとすると、まさか社《やしろ》コーポレーションは遂に回復薬の生成に成功したってのか？）

協会に所属しているそれなりの立場の者として、少し前にあったG級ダンジョン消滅の顛末については凡《およ》そのことを知っている。それを聞いた時は肝心《かんじん》の業務は疎《おろそ》かになりがちなのに、権力闘争《とうそう》だけは得意なあの副本部長が盛大《せいだい》にやらかしたと思ったものだ。本部長も頭が痛いに違いないとも。だがことはそれだけでは済まない状況《じょうきょう》になってきている。

（それに単なる回復薬ではなく低位体力回復薬《ローライフポーション》とはどういうことだ？　まさかあの会社で

はその上位互換の物の開発まで話が進んでいるってのか？　くそ、情報が足りな過ぎる）

元探索者としての勘《かん》が告げている。これは絶対に見過ごしてはならないことだと。

だが迂闊に動くことも悪手。つまり素早《すばや》い、けれど間違ってはいけない適切な初動という無理難題を求められている訳だ。

「ったく勘弁《かんべん》してくれよ。流石にことが大き過ぎだぜ、明石《あかし》さん」

八代《やしろ》明石。社コーポレーションの社長の名だ。幸いだったのは探索者時代に私は彼《かれ》と親交があり、今でも時々連絡《れんらく》を取り合う仲だということだろう。彼の息子が手掛《てが》けたという飲食店にもその縁《えん》のおかげで何度か優先的に利用させてもらうくらいは出来る仲だった。

今回もそれを有効活用しない手はない。だが相手も一企業《いちきぎょう》の社長だ。ただ教えてくれと頼《たの》んで、分かりました、と言ってくれるほど甘《あま》い相手ではないだろう。

（とりあえず副本部長に知られるのは可能な限り遅らせて、まずは本部長に連絡を取るか）

名称《めいしょう》だけでこれだけ色々と新事実が発覚しそうな劇物を、わざわざダンジョン協会に百本も売ってくる。他のところでそういう話は聞かないので、恐らくここが最初だろう。だとするとそうするだけの目的があるはずだ。まずはそれを知らなければ。

吸っていた煙草《たばこ》の火を消して動き出す。思考と方針がまとまったのなら後は行動あるのみだ。少なくとも昔のように優《すぐ》れた探索者やダンジョン企業を海外にみすみす逃すなんてことは絶対に起こしてはならない。

ましてや副本部長のような欲に塗《まみ》れた奴に邪魔《じゃま》をさせるなんて真っ平御免《ごめん》だ。そんなことは何としてでも私が阻止《そし》する。それに万が一、回復薬の量産なんて偉業《いぎょう》に成功していたとしたなら、その事業を成功させるために私は協力を惜《お》しまない。それが多くの探索者、いやそれ以外の数多《あまた》の人の命をも救うことに繋がるからだ。

かつて氾濫した魔物との戦いで仲間と左腕《ひだりうで》を失った私だからこそ、その思いは一層強い。あるいは上位互換の代物《しろもの》の開発が成功したなら、もしかしたらこの失った腕も取り戻せるかも……なんてのはいくら何でも夢を見過ぎか。

「それにしても百本とはこれまた大盤《おおばん》振《ぶ》る舞《ま》いだな」

この数は明らかに目立つことを分かった上でやっている。あるいは周囲を嗅《か》ぎまわっている副本部長と、その裏にいる帝命《ていめい》製薬や橋立議員に対する意趣《いしゅ》返しだろうか。こちらはお前らが呑気にコソコソ裏で手をまわしている間にこれだけのことをやってのけたぞというような。だとしたら相手は副本部長に相当怒《いか》りと恨《うら》みを覚えていることになるが果たして。

（もしかしたら森本《もりもと》副本部長は相当な痛手を被ることになるか？）

権力闘争と嘘《うそ》と保身には長けた奴だからこれで終わりとはならないだろうが、その権勢に陰《かげ》りが出ることになるかもしれない。こちらとしても元探索者《たんさく》というだけで見下してくる副本部長とその一派は、はっきり言って嫌《きら》いなのでそうなってくれたら万々歳《ばんばんざい》だが。

「もしもし、鹿島《かしま》さん。大事件ですよ」

電話相手である本部長にはこの通話では詳細《しょうさい》は告げず、改めて外で会って話すことを約束した。残念なことに防衛という観点では世界に大幅《おおはば》な後《おく》れを取っている日本では、この通話も盗聴《とうちょう》されていることも十分にあり得るので。

念には念を入れて、出来得る限りの警戒《けいかい》をするに越《こ》したことはない。

その後、外で落ち合った本部長にこのことを伝えたら、喜びと困惑《こんわく》と驚愕《きょうがく》を足して割らなかったような、実に複雑怪奇《ふくざつかいき》な表情になったのには失礼だが笑わせてもらった。

探索者時代から関わりのあるこの人だが、こんな表情をするのは初めて見たからだ。

「それで、どうしますか?」

「どうするもこうするも、まずは各国やあのアホが勘づく前に社コーポレーションとコンタクトを取るしかあるまい。悪いが飯崎君、頼めるかね?」

「そう言われると思って、既《すで》にあちらの社長には連絡は入れてありますよ。返事が来るかどうかは微妙《びみょう》な辺りですが」

幸いなことに返事はあった。しかも今回の売却について話し合いの場を設けるなら歓迎《かんげい》するという、こちらからすれば有難い話付きで。少なくともこちらと話し合いを行なうだけの余地はまだあるみたいだ。

余計な邪魔が入る前に話を進めたいこともあって明日にその話し合いは行なわれることになり、その場に赴《おもむ》くことになった私は予定を調整するのに苦労するのだった。

◆

低位体力回復薬《ローライフポーション》を百本売却する。その事実はダンジョン協会に激震《げきしん》を齎《もたら》したようだ。

(まさか申し入れをした翌日に会談することになるとは。随分《ずいぶん》と迅速《じんそく》に動いてきたもんだ)

相手が副本部長一派だったのなら即座《そくざ》にお断りさせていただく所存だったが、どうも相手は社長《オヤジ》の知り合いで話が分かる相手とのことなので、とりあえず会ってみることにした。

(協会内でも色々な派閥《はばつ》があるみたいだしな)

英悟《えいご》と朱里《しゅり》から協会内のおおよその派閥争いについての情報は貰っている。

まず現在の主流派と言える本部長一派は優秀《ゆうしゅう》な探索者を育成することを重視しており、そのために色々と動いているみたいだ。だからこそ探索者を粗雑《そざつ》に扱《あつか》うこともなく、割と俺達《おれたち》探索者側からしたら有難い派閥と言えるだろう。

少なくとも完全に敵対する陣営《じんえい》ではなさそうだ。

その対抗《たいこう》勢力となっているのが副本部長を始めとした一派で、こちらは探索者のことをバカにしている。あるいは恐《おそ》れていると言ってもいいかもしれない。だからこそどうにかして探索者を自分達でコントロールしたいと考えているようだ。

どちらも探索者を自分たちの目的のために利用したいという根本的な考えには変わりないかもしれないが、俺にしてみれば前者の方が断然マシだ。少なくとも自分達の権勢や利益を得るために探索者を利用し尽《つ》くそうとする奴らなんかよりは共存できる相手だし。

探索者は命懸《いのちが》けの仕事なだけあってやり方次第《しだい》では非常に稼《かせ》げる。それこそ並のサラリーマンでは十年以上かかっても稼げない額を一年足らずで稼いでしまう奴もいるくらいに。

それに対して世間からのやっかみが皆無な訳がない。だからか一時期は探索者でもない謎のダンジョン評論家などが、テレビなどで殊更《ことさら》に探索者を扱《こ》き下ろす時期もあった。

その際には力を持つ探索者は危険だから国によって管理されるべきなんてほざいた奴なんかもいたらしい。そしてそれに影響《えいきょう》された一部の非探索者達が探索者を非難して色々と揉《も》めたこともあったりしたのだ。

更にひどいのは一部の議員が稼げる探索者に対して重税を課そうと法案を国会で通そうとしたこともあったのだから最低だろう。既にダンジョン協会にアイテムなどを売る際は、一定の税金が差し引かれるなどしっかりと納税の義務は果たせるシステムになっていたのにも拘《かかわ》らずその上で更に課税しようとしてきたのだ。

そんなことばかりやっているから例のＡ級も逃《に》げ出すのだと言いたくなる。流石《さすが》にその法案はダンジョン庁長官や総理などが、優秀な探索者が国外に流出してしまうことを察知してどうにか廃案《はいあん》に持っていったようだけど。

当然ながら副本部長はそういった探索者の稼ぎや権利をどうにかして取り上げたい側の議員と懇意《こんい》にしている。だから奴にしてみれば探索者を利用するのも自分の邪魔になる奴を妨害《ぼうがい》するのも至極《しごく》当たり前なのだろう。される側は堪《たま》ったものではないが。

（一先ずは直接的に妨害してきた副本部長を排除すれば満足のつもりだったんだけどな）

それは間違《まちが》いなく行なう。容赦をするつもりは欠片《かけら》もない。

だけどこういう事情なので、それで終わりとはならないだろう。むしろ副本部長はあくまでそういった反探索者の議員の手先のようなものなので、そいつをやってもどうせ代わりの手先がまた現れるだけだ。

それでは同じことの繰《く》り返しになる。となればやはり元から断《た》つしかない。少なくとも敵対しては不味《まず》いと思うくらいの痛手は与えておかないと。また嫌《いや》がらせされそうだ。

（正直、面倒《めんどう》くせーけど）

俺の望みは探索者として上を目指したいというだけなのに。それを邪魔さえしなければ別にそいつらが何をしようが全く興味もないし、甘い汁《しる》啜《すす》ろうと勝手にしていればいいと思うくらいだ。だが残念なことに人はどうしようもなく争い合う生物らしい。

もっともまず仕留めるのは副本部長からだ。あいつは明確に俺の邪魔をしたから絶対に許しはしない。その力量もないくせに不正な手段でD級になっている息子《むすこ》共々、綺麗さっぱり排除させてもらうとしよう。なお、その後処理は本部長を始めとした別の陣営とかに押し付ける所存だ。俺はあくまで一探索者で協会の職員ではないので。だって怠《だる》いし。

この会談に応じたのは後処理を押し付けるためでもある。それは直接的にお願いする訳ではない。協力できそうな相手だったら俺達がいずれ副本部長を排除するから、その隙《すき》に敵対陣営を攻《せ》めるなりしてその陣営を瓦解《がかい》させてしまえばいいと唆《そそのか》すだけ。その過程であっちが後始末してくれることになる、というのがこっちとしては最善の結果だろう。

（本部長側からしても悪くない話だろう。敵対派閥を弱体化させる絶好の機会なんだから）

無論この考えが全て思い通りに行くとは限らない。と言うかそうならないに決まっている。協会内だけでも色々な考えを持っている人が存在していて、それぞれにやりたいことや利益となることが異なるのだ。そういった人達が俺達に協力したり、あるいは邪魔してきたり、もしくは漁夫の利を狙う奴だって現れるかもしれない。

だからこそ全員が幸せで満足するなんて結果は絶対にあり得ない。誰《だれ》かしら得をする人が出て、その陰では損をする人が出る。残念ながら世の中はそういうものなのだ。

（ただしこちらが損して終わる気は更々《さらさら》ないけどな）

だから得をなるべく確保した上で精々副本部長一派に発生する損を押し付けることとしよう。それであいつらが破滅《はめつ》したとしても知ったことではない。こちらを敵に回してはいけなかったということをしっかりと思い知って舞台《ぶたい》から去っていけばいいのだ。

「お待たせしました」

そんなことを考えていたら今回の会談の相手がやって来た。

「ダンジョン協会特別顧問の飯崎隆《いいざきたかし》です」

「社コーポレーション特別顧問の八代夜一《よいち》です。今日はお手柔《てやわ》らかにお願いします」

「こちらこそよろしくお願いします」

奇《く》しくも同じ肩書《かたがき》を持つ、社長《オヤジ》と親交を持つ元探索者でもある相手と邂逅《かいこう》したのだった。

◆

最初の内はお互《たが》いに牽制《けんせい》から入った。

「それではまずこの話し合いの目的はなんなのでしょうか？　売買の手続きには何も問題がなかったはずですが」

あくまで協会側からこの話し合いを申《もう》し込《こ》まれたという立場で俺は語る。

「手続き自体は問題ありません。ですが問題がそこではないことは分かるでしょう？」

「分かりませんね。ウチはあくまで既定《きてい》の手続きに沿って回復薬を協会に売っただけです」

たとえ売る品物が回復薬という貴重な物であり、その数が百本という常識外れの数で、それら全て同じ日にドロップしたかのような全く現実的でない申請《しんせい》が出されたとしても、だ。

「それとも協会では百本を超《こ》えるものは買取できないということでしょうか？　売買の際にそういった制限がないことは確認してありますが」

規則上では何も問題がない。であれば協会側が止める理由はないはずだ。と言うか止めることなどできないだろう。別に違法《いほう》な品を持ち込んだ訳でもないのだし。

「そうですね、手続きに不備がなく協会としてもこの買取自体は有難《ありがた》い話なので行なわせていただくことになるでしょう」

「それは良かったです。ですがそれならここで何を話し合うのでしょうか？　こちらとしては物を買い取っていただければ、それで終わりなのですが」

互いに笑顔《えがお》だが相手が非常に苛立《いらだ》っているのが予想できる。あるいは焦《あせ》っているのだろうか。表情には決して出していないが、今のところこちらが交渉《こうしょう》する気がない態度だからさぞ内心では困っていることだろう。

だがここで終わりにしてあげるほど俺は優《やさ》しい相手ではない。後々では協力することになるとしても、それはまずはどちらが上の立場がはっきりさせた上で、だ。

いざという時になってこちらを裏切るような考えを起こさせないようにするためにも。

「ああ、そうそう。販売《はんばい》する低位体力回復薬《ローライフポーション》について。実は協会の方には前もって教えておきたいことがありまして」

「教えておきたいこと、ですか？」

さも特別ですよという態度の後、俺は爆弾《ばくだん》発言を投下してやった。

「一週間後に同じものを百本、更に二週間後にもう百本ほど追加で売ることになると思います。ああ、消費期限については安心してください。どれも納品日数日前にドロップしたものばかりになるようにしますから」

「な!?」

そんなに都合よくアイテムをドロップさせる方法なんてない。それはこちらの言葉に驚愕している相手も分かっているだろう。だとすればどう相手が考えるかなど簡単だ。

「……やはり回復薬の生成に成功したんですね？」

「何のことでしょうか？　あくまで偶然《ぐうぜん》です。偶々《たまたま》運が良くてドロップするだろう、というだけという話ですよ。もっともその先は一切《いっさい》協会に売らず海外のオークションにでも出品して稼いでいくつもりですが」

「そ、それは待っていただけませんか」

「何故《なぜ》ですか？　ドロップした回復薬を協会に売らなければならないという規則はありません。むしろ現状の関係で合計三百本も売るだけ感謝していただきたいくらいですが」

副本部長がやったことを考えれば温情ある対応だろう。実情はそれに見せかけた示威行《じいこう》為《い》のようなものなので温情でもなんでもないのだが。

「ああ、話は変わりますが、場合によってはウチのとある研究班を海外の活動拠点《きょてん》に移すことになるかもしれませんね。残念ながら誰とは言いませんが色々と嗅ぎまわる輩《やから》もいますし、日本ではそういった活動に支障が出てきそうですから」

「そ、それは……」

「いや失敬。急に関係ない話をしてしまいましたね。あくまで回復薬売買とは別の話ですから、お気になさらずに」

そんな訳あるか！　そう言いたいのに言えない相手に若干《じゃっかん》同情するが、ここで手を緩《ゆる》めはしない。

実際こちらの畳《たた》みかけるような発言に相手は脂汗《あぶらあせ》を滲《にじ》ませて動揺《どうよう》を隠《かく》せなくなってきていた。当然だろう、前に同じようなことをやらかしているのにまた同じようなことをしたと世間に知られれば非難は避《さ》けられない。

しかも今回の場合はただ優秀な探索者を一人失うだけでは済まないのだ。回復薬を作れるようになった人材や会社が海外に流出したとなれば、協会どころかダンジョン庁の大失態という評価は免《まぬが》れない。しかもそうなった原因の一つが協会の副本部長の行ないにあるとなれば言い訳のしようもない。

「もしそうなったら非常に心苦しいですが、中位や高位の回復薬を手に入れた際に日本には売らないということもあるかもしれません。ですがそれもこれまでのことを考えれば仕方のないことでしょう？」

「待ってください！　中位や高位の回復薬ですって？」

「ええ、そうです。どうやら回復薬には低位《ロー》、中位《ミドル》、高位《ハイ》という区分が存在していて、今のダンジョンからドロップしている代物はどれも低位のようなんですよ」

「その中位などの回復薬を発見したと？　いや、まさか生成にも成功したんですか⁉」

だからそもそも低位のものも生成はしてないって体で話しているだろうに。

「今はまだ。ですがいずれドロップさせられるようになる目途は立っている、とだけ言っておきましょうか。でもこのままだと日本には関係ないことになるので、あまり気にしない方がいいかもしれませんよ」

「……どうすれば海外移転は止めていただけますか？」

その言葉は降参したと同義。つまり格付けは完了した。

「そうですね……そちらがこれまでの態度を改めて誠実に対応していただけるというのなら、ここからは腹を割って話をしてみましょうか」

その言葉に相手が否と言える訳がなく頷《うなず》くのみだった。

◆

今回の会談は協会側の希望で秘密裏《ひみつり》に行なわれている。言ってしまえば表向きにできない話し合いということだ。だから格付けが終わった以上は形式に拘《こだわ》るつもりはない。

「さてと、ここからは親父《おやじ》の知り合いって話なんで本音で語らせてもらうぞ、飯崎さん」

「……ったく、さっきまでの慇懃《いんぎん》な態度はガワでそれが本性《ほんしょう》ってわけか。明石さんも末恐《すえおそ》ろしい息子を寄こしたもんだ。……はあ、分かった、こっちも堅苦《かたくる》しい建前は取っ払《ぱら》って本音で話す。それと隆でいいぞ」

　互いに飾《かざ》らず話すことを了承《りようしよう》する。むしろ話を早くしやすくて助かるというものだ。

「まず回復薬だけど現状では低位体力回復薬《ローライフポーション》、低位魔力回復薬《ローマナポーション》、低位異常回復薬《ローキュアポーション》が生成できる。しかもウチで作った物の中でも一部の特別品は若干ながらダンジョン産の物よりも効果が高い上に使用期限も長い」

「やっぱり作れるようになってたか。まあそうだよな。しかも効果が高いだけじゃなくて期限まで長いだって？　それはどのくらいの話なんだ？」

「具体的にはダンジョン産のがＨＰを50回復するのに対して、特別品が60くらい回復する程度だな。期限については現状ではドロップ品よりも一月だけ長い四か月。ただそれは現状の話で、研究が進めば最高で１００から１５０くらい回復する物でもっと期限が長い物が作れるようになると思う」

「おいおい、１５０だなんてドロップ品の三倍の回復力じゃねえか。それだけで大分ヤバい話なのに、既存《きそん》の物よりもお前達の方が保存期間も長いと分かれば、誰もがそっちを求めるに決まってるぞ」

　それはその通りだが残念。こんなことで驚《おどろ》いていたら精神的に持たないぞ。

「それはそうかもしれないが、中位や高位のものが作れるようになったらそっちの方が断然効果が高いみたいだからな。それに比べたらたいしたことはないだろう？」

ちなみにドロップ品でも中位の期限は一年ほど、高位は三年という長い期間でも効果が保つようだ。ただしそれは封《ふう》を切らなければという条件が付くが。

「それはそうかもしれないが……てか、そもそも中位とか高位って何だそれ!?　そんなの見たことも聞いたこともねえぞ！」

「そう言われても実際にある以上は仕方がないだろう。中位体力回復薬《ミドルライフポーション》はＨＰが最低でも１５０回復する上に、ある程度までの肉体の欠損も復元できるみたいだぞ。高位に至っては５００回復した上で生きてさえいればどんな外傷も治るとさ」

それこそ半身吹《ふ》き飛んでいても一瞬《いっしゅん》で元に戻《もど》るらしい。それは流石に自分の身で試《ため》したくはないけど。

「……肉体の欠損も元に戻る、だって？」

「そう、だからあんたの失った左腕も中位の体力回復薬なら元に戻せるはずさ」

「知ってたのか。まあ明石さんから聞いてるか、そりゃ。てかお前、ここまで話がスムーズに進まなかったら、それも交渉材料にするつもりだったろ？　これが欲《ほ》しければ言うことを聞けって具合にな」

その質問に俺《おれ》は悪びれなく頷く。

「当たり前だろ。悪いか？」

「悪かねえよ、このクソガキが。……ったくよ、お前みたいな三十前の若造がどうやったらそこまで老獪《ろうかい》になれるんだ。明石さんはいったいどういう教育してんだよ？」

「英才教育の賜物《たまもの》かな？」

そこはすっとぼけてみたけど通用する相手ではなかった。

「嘘つけ。明石さんが酒の席でお前のことを突然《とつぜん》変異だって言ってたぞ。長男と違《ちが》って次男がどうしてあんな風になったのか分からないって。その意味がよく分かったよ」

酒の席での話とは言え、実の息子に対して酷《ひど》い言い草ではないか。でもこれまでの自分の行動を振《ふ》り返ると否定しきれないかもしれないが。

「そもそもどうやって中位だか高位だかが判明したんだ？」

「悪いがそれについては企業秘密だ。怪《あや》しいと疑うのなら中位体力回復薬《ミドルライフポーション》で腕を復元してみせようか？」

「別にその存在を疑ってはいねえよ。ここまでのことをした上で断言するんだからな。ただ腕を治せるのなら治したいのが本音だな」

義手で見た目はどうにかしているが片腕《かたうで》では様々な場面で不便だとボヤいていた。もっとも一線を退いてからかなり経《た》っており勘も鈍《にぶ》っているから、仮に腕が治っても探索者に復帰するつもりはないとのことだが。

「協力してくれるのなら一本提供するぞ」

「当然、無料《ただ》じゃねえだろ。対価は何だ？　金か？」

　この口ぶりだとこちらが二十億円の罰金を抱《かか》えているのは知っているのだろう。だけど生憎《あいにく》と金はまるで欲《ほっ》していない。

「金は別にいらねえな。これから自分で幾らでも稼げるだろうし」

「億を超える罰金を背負っててその言い草かよ。ったく、大物なこって。それで、それなら俺に何をさせたいんだ？」

「まずは近い内に副本部長を排除するから、その時に後始末を頼みたい。それとその際に協力が必要になったら手を貸してほしい」

「おいおい……まずは、で軽く言う内容じゃねえぞ、それ」

　そうは言うが実際にやるのだから仕方ないだろう。

　それにこれはそちらにとっても悪い話ではないはずだ。

「本部長一派からすれば敵対している副本部長が失脚《しっきゃく》してくれるのは助かるだろう？」

「俺は別に本部長の派閥ってわけじゃないんだけどな。ただ反探索者側の副本部長が消えてくれれば色々とやり易くなるのは事実だ」

「なら何も問題ないだろ。大丈夫《だいじょうぶ》、ちゃんとあいつには失態を重ねた上で二度と復帰できないようにしっかりと失脚してもらう予定だから」

その隙に本部長達と協力して協会内での立場を固めればいい。ついでに副本部長とその一派の影響を徹底的《てっていてき》に排除しながら。それで本部長の立場もより一層固まるというもの。

「お前なら暗殺でもしそうな怖《こわ》さがあるけどな」

「失礼な。この状況で暗殺しても代わりの奴《やつ》がその座に就くだけだろう？　そんな意味がないことはしないよ」

「出来ない、とは言わないんだな」

肩《かた》を竦《すく》めることで返答とした。たぶん英悟や朱里に頼めばすぐにやれる。でも今はそうするつもりは更々なかった。その理由は心情的な面というよりは、あまり意味がないことが大きい。意味があるならそれも一つの手段ではあると思うが現状ではそうではないのだし。

やるにしても然《しか》るべきタイミングで、だ。

「とは言え俺にやったように回復薬を協会に卸《おろ》さないって脅《おど》すだけで副本部長に大きなダメージを負わせせられるだろうよ。しかもそれが副本部長の独断と偏見《へんけん》によって下した罰《ばつ》が原因だったとなれば尚更《なおさら》な」

「その時は後《うし》ろ盾《だて》の帝命製薬にでも泣きつくんじゃないか？　何とかしてそっちで回復薬を作って提供してくれって」

残念ながら今のところは彼らがどんなに頑張《がんば》っても錬金《れんきん》素材を使用した回復薬は作れないのだが。だがそんなことを知らない彼らは、社コーポレーションに出来たのなら自分達もやれるはずだと無駄《むだ》に研究を続けるかもしれない。

鳳《おおとり》や勘九郎《かんくろう》によって材料さえあればどうにかなりそうだという偽情報《にせじょうほう》を掴《つか》まされていればそれも仕方のないことだろう。錬成術師《れんせいし》へとジョブを変更《へんこう》した勘九郎がそのための錬成素材を提供してくれるのもそれを助長するはずだ。

「ああ、そうそう。本部長へのお土産《みやげ》として今後も色々と仲良くしてくれるのなら、特別に毎月百本の低位体力回復薬《ローライフポーション》を卸すって伝えてくれ。お望みなら魔力と異常の方もおまけして各種百本ずつって感じで。流石に特別品ではないかもだけど」

「断言するが即座に頷くだろうよ。だが気を付けろよ。これだけのことが知られれば日本以外からも諜報員《ちょうほういん》や刺客《しかく》が差し向けられることになるのは間違いない。協会や日本政府も回復薬生成のことを知れば全力で守ってくれるだろうが、それも万全《ばんぜん》とは言えないからな」

それについては英悟や朱里が対応してくれることになっているが果たしてどうなるだろうか。彼らの腕を疑う訳ではないが、日本のように平和ボケしていない場所から送られる刺客ともなればこちらの想像を超えた力量を有していることもあり得ない話ではない。

と言ってもそれを心配していても仕方がない。可能な限りの準備をしてその時に対応するしかないだろう。

なお諜報ではなく直接的な方法を取ってくる場合もあるだろうが、俺を狙《ねら》ってくれるのならそっちの方が対処は簡単だ。

そのことを心配してくる目の前の人物に実際に証明することにした。

「話は変わるけど隆さんのランクっていくつ？」

「あん？　22だけど、それがどうした？」

「今の俺のランクは８な。一応これが証拠《しょうこ》」

スキルなどは隠してランクだけが見えるようにしたステータスカードを相手に提示して、その上で力比べとして分かり易い腕相撲《うでずもう》をしてみた。

「おいおい、嘘だろ……」

その結果は全く勝負にもならない俺の圧勝だ。普通《ふつう》なら絶対にあり得ない結果に前の相手は絶句している。

「この通り俺を直接狙ってくるのなら返り討《う》ちにするさ。それ以外には可能な限り守りも付けてあるし」

それもあってあえて俺には守りは付けていない。朱里や英悟にもそうするように言ってある。だからこそそれをこちらの隙だと勘違《かんちが》いした相手は俺を狙うことだろう。

「……訂正《ていせい》する。お前はクソガキじゃなくて本物のバケモノだ」

「随分な言われようだな。俺としてはこの程度じゃ全然満足してないってのに」

「ここまで行くとお前と敵対した相手の方を同情すらしてしまいそうだ。ああ、約束するよ。俺も本部長も絶対にお前に協力するってな」

「有難い話だな。じゃあそういうことで、これからも仲良くしてくれよ」

こうして俺は隆さんと本部長一派の協力を勝ち取ったのだった。

幕間◆特別顧問と本部長の相談

「……今日は四月一日《エイプリルフール》だったか？」

数々の信じられない報告を聞いた本部長の第一声はこれだった。そう言いたくなる気持ちは痛いほど分かる。だがこれらの報告は全て嘘《うそ》偽《いつわ》りなど欠片もない事実だけだ。

それを証明する物も渡《わた》されている。

「お気持ちは分かりますが、全て本当のことですよ」

「いや、しかしだな。これだけのことを言葉だけで全て信じる訳にはいかないだろう？」

「相手側もそう言うと思ったのか、中位の体力回復薬《ライフポーション》を一本渡してきています。疑う奴の前で腕を生やしてみせれば、どんなに疑《うたぐ》り深《ぶか》い奴でも信じざるを得ないだろうと。何ならこの場で使用してみましょうか？」

「待て、早まるな。分かった、信じるから、ちょっと待ってくれ」

慌《あわ》てた様子で本部長が止めてくる。この中位体力回復薬《ミドルライフポーション》とやらは彼の言い分では今のところ数本しかないそうだ。だとすれば現状では世界でも数本しかない内の一本ということになる。

　欠損した肉体すら元通りにするその現実離《ばな》れした効果からして欲しがる存在は掃《は》いて捨てるほどいることだろう。仮にこれをオークションに出せばどれほどの値が付くのか分かったものではない。

（いやもはや貴重過ぎて値が付けられない可能性すらあるか）

　そんな物を必要だろうと気軽にポンと渡してくる彼は明らかに普通ではない。しかもその異常性が精神的な面だけでないのが彼の恐ろしいところだ。

「あれはいずれA級になりますよ。それだけでも日本としては絶対に他に渡してはならない対象です」

　恐らくそれも他の追随《ついずい》を許さない形で走り抜《ぬ》けるのではないだろうか。ランク8でありながらランク22の、それもSTRが高い戦士系のジョブだった私のことを赤子扱いできるくらいなのだから。

　いったいどんなスキルがあれば、あんな真似《まね》が可能なのか想像すらできない。

「分かった。私としてもそんな人物と敵対するなど考えたくもないからな。それに定期的に回復薬を卸してくれるようになるのなら、こちらもやりようは幾《いく》らでもある」

　彼は仲良くしてくれるなら協会に卸す分とは別に個人的に本部長に回復薬を提供しても

良いとのことだ。そしてそれをどう振り分けるかなどは全面的に任せてくれると言っていた。それを利用すれば本部長も自らの立場を強化するのは実に容易《たやす》い。

そうして本部長に確固たる地位を確保させた上で、自分に見返りを寄こさせるというのが彼の思惑《おもわく》の一つなのだろう。

しかもこの場合、本部長が裏切れば回復薬の供給は断たれて困るのは本部長側となる。つまり主導権はあちらにある訳だ。

「なあ、八代夜一《やしろよいち》という人物は本当に二十代なのか？　考え方とかがあまりに悪辣《あくらつ》というか巧妙《こうみょう》というか、味方にするとしても頼もし過ぎるんだが」

それは敵にするには恐ろしいということと同義である。

「戸籍《こせき》が偽《いつわ》りでもない限りはそうでしょうね」

「全く以《も》って末恐ろしいな。それともＩＮＴが高い探索者は、皆《みな》がこうなる可能性を秘《ひ》めているものなのか？」

「ＩＮＴでは頭の回転や記《き》憶力《おくりょく》などの脳の一部の機能が高まるだけですよ。だからこういうことを考えてのけるのは、あくまで本人の資質によるところが大きいのでしょう。もっとも今回の件に限っては、もしかしたら彼の父親のアドバイスなどがあったのかもしれませんがね」

明石《あかし》さんがそういうことをするかは微妙なところ。やらない感じはするが、そう思わせておいて実は……ということをする曲者《くせもの》でもあるからだ。何にせよ彼《かれ》とその周囲は決して安易に敵に回してはいけないというのは間違いない。

「ふう、まあいずれにせよ日本で回復薬を作れるようになったことは喜ばしいことだ。しかもそれが世界初だというのだから尚更な。総理や長官もそれだけで説得することは十分可能だろう」

「副本部長の後ろ盾の方々はどうでしょうか？」

「橋立議員を始めとした探索者に否定的な者達のことか。恐らく余計なことをするようなら引導を渡されるだろう。これが上手《うま》くいけば、経済的な面では数千億円以上の影響が見込《こ》めるし、それ以外でもその効果は計り知れん。与党《よとう》の重鎮《じゅうちん》だろうと、それを妨害するのなら排除《はいじょ》されても致《いた》し方《かた》なかろうて」

政治の世界のことは私には分からないので評価のしようがない。だからなるべく彼にちょっかいを掛《か》ける奴がいないことを祈《いの》るとしよう。

彼の心配という面もない訳ではないが、たぶん下手なことをした相手は倍返しどころでは済まないだろうし、そっちの方が心配だから。

「よし、そうなった以上は総理達にはいち早く話を通しておこう。それと君さえよければ腕《うで》を治すと言うか生やすのは総理や大臣達の前で行なってもらえないか？　言葉で説明するよりもその方が手っ取り早いだろう」

「構いませんよ。確かにこれを言葉で説得するのには骨が折れそうですからね」

別に急いでいる訳でもないのでそのくらいは問題ない。

そうしていつの間にか本部長も私も、副本部長が失脚することは決定事項《じこう》として今後の予定などを詰《つ》めていった。

変わり者の来訪

着実に森本《もりもと》副本部長達を追い詰める準備を進めていたある日のことだった。

そいつが急に俺を呼び出してきたのは。

「悪いね、忙《いそが》しいところを急に呼び出したりして」

「別にそれは構わないけど、急用とは何なんだ?」

待ち合わせの喫茶店《きっさてん》にやってきたのは毒島薫《ぶすじまかおる》。かつてのパーティメンバーの一人だ。

「いやね、これまで私は英悟《えいご》や勘九郎《かんくろう》と違って最低限の協力しかしてこなかっただろう?」

「まあ別に昔馴染《むかしなじ》みだからって全面的に協力しなきゃいけない訳でもないからな」

確かに薫は勘九郎とは違ってこちらに恩がある訳でもないから、協力も積極的というわけではなかった。ただ最低限とは言っても俺の借金の保証人になるなどしてくれている。

それだけでも十分助かったし、だからこそその分の見返りは与《あた》えるつもりだった。

「けどこれからは私に出来ることは何でもしようと思ってね。やっぱりかつての仲間に協力するのは大事だと思い直してさ」

「いや、胡散臭《うさんくさ》過ぎるんだが」

こいつは自分の興味のないことには本当に無関心な奴だ。それこそ中位や高位の回復薬《ポーション》という世界を揺《ゆ》るがす物の存在を知っても、生成できるようになったら私にも売ってほしいと言ってあっさり終わりにするくらいに。

そんな奴が善意で協力を申し出る？　それこそ絶対にあり得ない話である。

「おいおい、かつての仲間をそんな風に疑うなんて心が痛まないのかい？」

「いや、全く」

「むう……」

そこで膨《ふく》れっ面《つら》になって可愛《かわ》い子ぶるな。本性を知らない相手からすればその美貌《びぼう》とのギャップに心動かされるかもしれないが、付き合いの長い俺からすれば狙ってやっているのが丸わかりでまるで意味ないぞ。

「分かった、それなら私の身体を夜一《よいち》にあげよう。具体的には恋人《こいびと》になってあげる」

「いらんわ。てかお前の恋人ってもう既《すで》に何人もいるだろ」

「今は男性が二人、女性が五人だね。夜一が加われば男性が三人になる」

言葉だけ聞くと実に爛《ただ》れた不健全な関係に思えるが、別にこいつは騙《だま》して関係を作っている訳ではない。まあだからこそある意味ではより一層質が悪いと言えるかもしれないが。

「くっ、仕方ない。そこまで言うのなら夜一の子供を産んであげようじゃないか。大丈夫、一人でも産み育てる資産はあるから夜一は子種だけくれればいい」

「種とか言うな。この色情魔《しきじょうま》が」

「別に年中発情している訳でもなければ、性欲とかで言っているのでもないんだけどな。だって美しいものは誰だって好きだろう？　私はその傾向《けいこう》が人よりもほんの少し強いだけさ」

さも譲歩《じょうほ》しているかのように言っているが、この子供を産んであげる発言は大分前から言われているので別に譲歩でも何でもない。むしろ迷惑《めいわく》は掛けないからどうだと、昔からしつこいくらいに誘《さそ》われているからあっちの望みを叶《かな》えるだけである。

こいつは自分が美しいと感じた存在は人でも物でも手に入れたがる変人だ。しかも人の場合はその相手との子供は更《さら》に美しくなるはずだからと、こうして外面など気にすることなく種を寄こせと言ってのける変態でもある。

「子供が欲しければ、その男の恋人である二人とやらと作ればいいだろうが」

「うーん、彼らも私が欲するくらいに美しくはあるんだけど、子供を作る対象までは色々と足りないかな。今後の成長次第《しだい》ではなくもないけどね」

「相変わらず俺には全く理解できない感性だな」

「いやいや、君達《たち》だって結婚《けっこん》する前に恋人として付き合って性格とか身体の相性《あいしょう》を確かめたりするだろう。それと同じことさ。ましてや子供を産む相手として認めるとなれば、恋人よりも基準が厳しくなるのも当然のことに決まっているじゃないか」

その男共は付き合う相手としては合格でも子供を産む対象としては見られないということか。相手側がそのことをどう思っているのか知らないので口を挟《はさ》む気はないが、それを公然と語るこいつはやはり俺とは別ベクトルで頭がおかしいと言わざるを得ない。

「それで結局、その魂胆《こんたん》は？　急にこんなことを言いだしたのには何か理由があるんだろ」

「はあ、分かったよ。まあ夜一なら正直に話しても問題はないから言うけど、私は性転換《せいてんかん》ポーションが欲しいのさ」

「……ああ、そういうことか」

「そう、女性側の恋人の中には私が男なら是非《ぜひ》とも子供を孕《はら》ませたい対象が一人だけいるのさ。でも残念ながら私は生物学的には女で彼女《かのじょ》との子供は作れない。これまでは、ね」

だが性転換ポーションがあればその不可能も可能になるかもしれない。それはこいつからしてみれば俺に全面協力する価値があることなのだろう。

「残念だけど性転換ポーションはまだ作れないぞ」

「椎平《しいら》から聞いているから、それは知っているよ。素材が足りないのだろう？　大丈夫、今の夜一が入れないダンジョンでも私が行って取ってくるから」

性転換ポーションを作るために必要な素材はユニコーンの角と魔石、バイコーンの角と魔石、錬金水、錬金肉だ。錬金水以外は俺の手元には存在していない。

「それは正直助かるけど、性転換ポーションがどこまで有効なのかはまだ判明していないぞ。実物もなくてレシピだけなせいで、錬金真眼《れんきんしんがん》でも鑑定《かんてい》できる範囲《はんい》も限られているからな」

飲んだ際に男性を女性、女性を男性に変貌《へんぼう》させることは分かっているが、その状態で子供を作れるかどうか、またそれ以外でもどんな問題があるかは全く分からない。それに錬金肉はまだ俺のスキルで作れないので、スキルレベルが上がるまでどうしようもないこともあり得る。つまり普通に手に入れるのにはまだまだ時間が掛かる訳だ。

錬金魂《れんきんこん》の例もあるから何らかの素材を解体した際に手に入ることもあるかもしれないが、今のところ魔物《まもの》の肉を解体しても錬金肉は手に入らないので入手方法は分からないに等しい。そういった反論をしても薫は別に気にしなかった。

「駄目《だめ》で元々さ。とりあえず近い内にユニコーンとバイコーンの素材は確保してくるから後のことはよろしく頼《たの》むよ」

「こっちにメリットがある取引だから構わないけどよ」

薫は生粋《きっすい》の変わり者だが、それに見合わず実力も能力のスペックも非常に高い。それこそ俺が元仲間の八人の中で最も敵に回したくない相手を選ぶとしたら、真っ先にこいつだと即決《そっけつ》するくらいにはね。何故ってそれは色んな意味で厄介《やっかい》な相手だからだ。

その相手がこの程度のことで全面的な協力を約束してくれるのはお買い得というレベルの話ではない。だから頷く以外に選択肢《せんたくし》などありはしなかった。

「よし、それじゃあ契約《けいやく》成立だね。折角《せっかく》だし、お祝いに近くのホテルに行くのはどうだい？」

「それは断る」

「じゃあ子種だけでもいいから」

「さっさと帰れ、変態が」

幕間◆薫の行動原理

私のことを変人や変態などと呼ぶ人は多くいる。それは非常に正しいと思うので反論のしようもない。だからと言って今の自分を変えるつもりは更々《さらさら》ないのだが。

「うーん、ユニコーンもバイコーンも日本のダンジョンにはいないのか」

だとすると自分で手に入れるのなら海外まで遠征《えんせい》しなければならなくなる。普段《ふだん》なら恋人たちを連れて海外旅行《バカンス》のついでに手に入れることも考えただろうが、今はあまり乗り気になれない。

(今の日本には面白《おもしろ》いことが起こりそうだからね)

あの夜一《よいち》がこれから巻き起こそうとしている騒動《そうどう》は絶対に面白いに決まっている。それを見逃《みのが》すなんてもったいないことは何があろうと避けなければ。

(となれば仕方ない、オークションか何かで競《せ》り落とすか)

費用は嵩《かさ》むがそれは必要経費と割り切るとしよう。そのくらいでどうにかなるような資産ではないのだから。

（あとは夜一から種を貰《もら》えれば最高なのだけれど）

何度もアタックしているのだが今のところその返答は芳《かんば》しくない。これは冗談《じょうだん》で言っているのではなく本気も本気。何度か酔《よ》わせて既成《きせい》事実を作ろうと画策したこともあるのだが、彼は酒にも滅法《めっぽう》強いから失敗ばかりだ。

（あそこまで美しい存在は中々ないから是非とも手に入れたいけど、彼はそう簡単に私の物にはなってくれないだろうからね）

私にとっての美しさとは顔などの外見だけで決まるのではない。その鍛《きた》え抜かれた肉体や何者にも屈《くっ》せず揺るがぬ精神などもその対象となる。と言うか私としてはそういう表に出ない部分こそ重要なのだ。

無論のこと顔が私好みのイケメンや美女であることに越《こ》したことはないが。だがそれだけの奴など面白くもなんともないのもまた事実。

（本当に美しいものは総じて何らかの形で興味深い。見ているだけで心がワクワクとさせられる。私が真に求めるものはそれだ）

そういう意味で八代《やしろ》夜一という相手は肉体的にも精神的にも申し分ない。そして面白さとしてもこれまで出会ってきたどの人物よりも彼は群を抜いていると言えるだろう。いつまで見ていても飽《あ》きない、ああいった存在は滅多《めった》に現れるものではない。

だから本音を言えば彼を手に入れて独占《どくせん》したい。椎平《しいら》や朱里《しゅり》のような恋愛《れんあい》という感情とはまた違うかもしれないが、私も彼に執着《しゅうちゃく》しているという点では似たようなものだろう。

（類は友を呼ぶとはまさにこのこと。至言だね）

私も椎平も朱里も生まれであったり、境遇《きょうぐう》であったり、性分《しょうぶん》であったりと、色々な面で普通とはとても言えない。もっとはっきり言ってしまえば異常者だ。社会不適合者と言っても何ら差し支《つか》えないだろう。

唯一人、優里亜《ゆりあ》は一般人《いっぱんじん》と比較《ひかく》すれば普通ではないが、良くも悪くも常識人としての部分が残っている。だからこそ彼女は夜一のことを本能的に恐《おそ》れ、人としてまともな上で頼《たよ》りがいのある哲太《てった》に惹《ひ》かれたのではないだろうか。

「ねえ、何してるの？」

「ああ、ごめんね。起こしてしまったみたいだね」

「それは良いけど、何だかいつもより楽しそうな顔してるのね」

「そうかい？　君が誠心誠意真心を込《こ》めて慰《なぐさ》めてくれたおかげかな」

スマホでユニコーン素材などが出品されるオークションがないか調べていたら横で眠《ねむ》る恋人が起きてしまったようだ。その服を一切纏《いっさいまと》わない肢体《したい》は相変わらず実に美しい。

彼女はモデルをしており、その外見もスタイルも群を抜いている私の自慢《じまん》の恋人の一人だ。そんな自慢の彼女と今日もこうして愛を深めていた訳で実に良い時間を過ごせたと我ながら満足している。

（本当はあのまま夜一を連れ込むために予約していたホテルだったのだけどね）

それは目の前の恋人も知っている。その上でまた失敗したと落ち込んでいたら慰めにきてくれたのだ。そんな優《やさ》しさも寛容《かんよう》さも兼《か》ね備《そな》えた素晴《すば》らしい恋人のおかげで元気は十分に取り戻せた。

「それにしても薫が本気で仕掛《しか》けてもここまで手に入れられない人がいるのね。どんな人なのか私も一度会ってみたいかも」

「それは止めてほしいな。君が彼に惹かれたら困る」

「あら嫉妬《しっと》？　珍《めずら》しい」

「それもあるにはあるけど、それよりも物理的に排除してきそうな人物に何人か心当たりがあるからね。他人に奪《うば》われるのは興奮する面もあるからまだいいとしても、流石《さすが》に恋人に死なれたら寝覚《ねざ》めが悪い」

「まあ怖い」

この発言を聞いてもそれだけで笑ってすませてしまえる彼女は大物だろう。もっともそうでなければ私のような奇人《きじん》変人の類との恋愛なんて続かないだろうが。

「さてと、優しい君のおかげで私の傷ついたメンタルも回復したことだ。そろそろ動くとしようかな」

「今度は何をするの？　またその例の彼にアプローチ？」

「いや、それはまた次の機会にするよ。それよりも協力すると約束したのだから、私も多少は仕事をしないとね」

そう言いながら私はある人物にメールを送った。その人物はこれまでに何度も是非会って食事をしないかなど、こちらにアプローチを仕掛けてきた人物だ。残念ながら美しいとも面白いとも思えなかったのでこれまでは適当にあしらっていたのだが、今はこうしてその誘いに乗ってあげることにしたのである。

「森本修二《もりもとしゅうじ》。顔は多少好みの部類だけど、今のところ評価できる点はそれだけ。権力者の父親の威《い》を借るだけが取り柄《え》の典型的な小物。それなのに自分は何でも出来る特別な存在だと勘違いしている分を弁《わきま》えない愚《おろ》か者だね」

その価値は皆無《かいむ》。普段ならどれだけ金を積まれても会うことはなかっただろう。

「あなたがそんな人と食事までするなんて、いったい何をするつもりなの？」

「直接会ってもし万が一評価が変わったのなら、それはそれで私の物にする。だけどそれはないだろうから、やることは実質的には一つだけさ」

そう言って私は愛《いと》しい恋人に口づけをした後にこう述べた。

「道化《どうけ》は愚かに踊《おど》っているところを見て楽しむものだろう？」

◆

錬金のレベルがⅢに上がった影響《えいきょう》から錬金剣士《れんきんけんし》のジョブレベルもⅢとなっていた。そしてジョブもスキルもレベルが上がることで新たな効果が発現することがある。つまりはレベルⅡの時にはなかったが、それが今回はあったということだ。

手に入ったのは二つのレシピで、しかもただのレシピではない。特別でジョブレベルを上げることでしか手に入らない貴重な物である。

「それがこの簡易錬金《れんきん》モノクルと簡易錬金釜《れんきんがま》というものなんですね」

信頼《しんらい》できる人物しか入れない研究室の一角で外崎《そとざき》さんに俺はその実物を見せていた。

「そうです。錬金モノクルは装着者に簡易的な錬金眼スキルを付与《ふよ》できます」

「おお、これは面白い感覚ですね。確かに頭の中にレシピとやらが入ってきました」

実際にそれを着けて回復薬《ポーション》を見てもらうことでこの言葉が偽りではないことを確認《かくにん》してもらう。ただ残念だったのは簡易という言葉通りレシピ化できるものは限られている。現状ではは中位以上の回復薬は無理だった。また釜《かま》とモノクルのどちらも品質によって使用回数が決まるようで、それが尽《つ》きると自壊《じかい》してしまうという点も留意しなければならない。

それでも低位回復薬《ローポーション》ならレシピ化も生成も問題ないし、使い道は幾らでも考えられるが。

「レシピが頭に入った状態で錬金釜《れんきんがま》を使ってもらえば、錬金系のスキルを持っていない外崎さんのような人でも低位の回復薬なら作れるはずです」

簡易錬金釜は錬金スキルを持っていない人でも素材とレシピがあれば錬金が行なえるようになるというアイテムである。ただしこちらも作れるアイテムは限られているが。

最初は俺が試してみようとしたのだが、モノクルも釜も錬金真眼《れんきんしんがん》やアルケミーボックスという上位互換《ごかん》があるせいか上手く機能しなかったのだ。だから今回はそれを試してもらうために外崎さんに協力を依頼《いらい》して、そのために回復薬も作るための素材も用意してある。

「釜の方も触《ふ》れたら使い方が頭の中に流《なが》れ込んできましたね。やはりダンジョンのアイテムは興味深いものが多い」

「出来そうですか？」

「恐らくは。とりあえずやってみましょう」

そう言って外崎さんは素材を釜の中に放《ほう》り込む。その手に迷いはなくどうすればいいのかある程度は釜によって導かれているらしい。

何も入っていない釜に吸《す》い込まれた素材は底に落ちる前にどこかへと掻《か》き消えて見えなくなった。それからしばらく外崎さんは釜に触れたままジッと中を見つめている。やはり錬金術《マスターアルケミー》の秘奥を持つ俺《おれ》とは違ってすぐに完成はしないようだ。集中している外崎さんの邪《じゃ》魔《ま》にならないようにそれを見守ること少し。

何もなかった釜の中心にどこからともなく現れた光が集まっていく。それが段々とよく見るポーションの容器を象《かたど》っていって、最後にひと際強く発光したと思ったらコロンと釜の底にそれが転がった。

「ふう、できました」

「お疲《つか》れ様《さま》です」

釜の底に転がるそれは紛《まぎ》れもなく品質2の低位体力回復薬《ローライフポーション》だ。錬金真眼を持つ俺が言うのだから間違《まちが》いない。

（ほぼ同じ材料で俺が作った時よりも品質が10ほど下がってるな。ってことはその10が錬金術《マスターアルケミー》の秘奥の補整値ってことか？）

「作ってみた感じはどうでしたか？」

「そうですね、思っていた以上に疲れました。錬金する物や素材によって時間や消費するＭＰが変わるようで、今回はＭＰを10ほど持っていかれましたね」

即座《そくざ》に、しかもＭＰ１で錬金を行なえる俺が如何《いか》にズルいかという話だ。ただ俺以外でも回復薬を作れるというのは、今後のことを考えれば非常に有益な話である。

「その疲労《ひろう》した様子だと、それこそ連続して錬金させるのは止めた方がいいですね」

「だと思います。正直に言ってあの釜に魔力《まりょく》だけでなく気力も搾《しぼ》り取られたって感じがしますから。ただランクが上がってＭＰの総量が増えればこれも軽減されるのかもしれませんが、私のようにＭＰの扱《あつか》いに慣れていない初心者探索《たんさく》者は適度に休憩《きゅうけい》を挟まないと危険かもしれません」

外崎さんのステータスカードを確認したがＭＰは減っていてもＨＰは減っていない。だから数回くらいなら連続使用しても命の危険はないと思うが、わざわざそんな無茶《むちゃ》をさせる必要はないのでその言葉には従うべきだろう。

「それと聞いていた通り釜の使用回数が減ってしまいました」

「それは分かっていたので問題はないですよ。ただそうなると早めにこれらも量産できるようになっておきたいですね」

簡易錬金モノクルの素材は錬金紙、錬成紙、錬金土、錬金砂、錬成砂の五つ。

簡易錬金釜の素材は錬金土、錬成土、錬金砂、錬成砂、錬金水、錬成水の六つ。

これらの内で紙と土はまだ俺が生成できないものだ。今回は素材として集めてもらった中のアルラウネという魔物から土類が、ヘルスパイダーという魔物から紙類が解体できたが消耗品《しょうもうひん》であることを考えると、ずっと購入《こうにゅう》するのはかなりの費用が嵩むことになる。

（Ⅳで土、Ⅴで紙が作れるようになるからそこまで行けばいいのか）

ただこの感じだとその辺りで簡易でない錬金釜やモノクルのレシピが手に入って、それを作るのは更に上の素材が必要になるというパターンな気がする。

これはあくまで予想だが、とにかく先はまだまだ長そうだ。

「残るは耐久試験《たいきゅう》ですね。回数が零《ゼロ》になったらどう壊《こわ》れるのか確認しておきたいですし」

粉々になって消滅《しょうめつ》でもするのか。それとも亀裂《きれつ》が入るだけで修復できるような壊れ方なのか。後者の場合、それらを修理するアイテムとかも存在するかもしれない。

「分かりました。それでは早速《さっそく》取り掛かりましょう！」

「そうですね……って、自分でやろうとしないでください！」

だから初心者には連続ではやらせない方が良いとその口で言っておきながら、すぐに再開しようとするな。これだから周りから研究バカと言われるのだろうに。

ただ今回はその熱意に負けて、それからもう一度だけ錬金を行なってもらった。そこでＭＰが足りなくなったのに、それでも自分で作った低位魔力回復薬《ローマナポーション》でＭＰを回復してまでやろうとしたのは流石に止めたが。

もっとも後日、俺の監視《かんし》がないところでそれをこっそり試《ため》したのはしっかりと叱《しか》らせてもらった。確かに気になる点だが無茶が過ぎるというものだろう。

ここ最近、狙っていた女の一人と遂《つい》にコンタクトを取れた。

（しかも最初からディナーのお誘いで、その後に二人で飲みに行く約束まで取り付けられたんだ。これはもう確定的だろ）

相手が仲の良いグループの場合、一人目さえどうにかなれば残りもその伝手《つて》を使って芋蔓式《いもづるしき》に手に入れられるもの。これまでの経験から、そうする方法くらい心得ていた。

初めの内は相手もあまり乗り気ではない反応だったのだが、やはり父親のことを出すのは探索者相手には有効なのだろう。いくら魔物の相手ばかりしている野蛮人《やばんじん》の探索者でも、ダンジョン協会の副本部長の息子《むすこ》と関係を持てる機会が貴重なことは分かるらしい。

（野蛮人ではあるものの探索者となった奴《やつ》は見た目の整っていることが結構多いからな。遊び相手としては申し分ない）

ステータスは様々な面で身体や精神を強化する効果があるとされているが、その影響なのか上級探索者ほど美男美女が多い傾向にあると言われている。少なくとも肌《はだ》の張りに関してはステータスで良くなることが立証されているようなので、そういう影響があるという話もあながち嘘《うそ》ではないのだろう。俺としては好みの女が多いことは有難《ありがた》いし。

（普通《ふつう》の女は食い飽きたからな。そろそろ大物狙《ねら》いで行かせてもらうぜ）

これまで手に入れてきた女はFからE級くらいまでのステータスの恩恵《おんけい》がそれほどでもない奴ばかりだった。だが今回は違《ちが》う。日本ではそうそういないC級であり、世界でもこのレベルの探索者はそれほどいないだろうという相手だ。こいつを俺の物に出来たのなら、どれほどの達成感と優越感《ゆうえつかん》を得られるだろうか。

（気の強い女を屈服《くっぷく》させるのは最高だからな）

C級探索者になるまで必死に努力したであろう相手。だが今夜、思い知るだろう。権力というものには、幾ら鍛えたところでどうしようもないということを。しかも俺のように探索者活動なんて形だけ、女を手に入れるためだけにやっているような奴に、だ。

（くくく、やっぱり真面目に探索者をやるなんてバカがすることなんだよ）

だが世の中にはＩＮＴとやらが高くてもそんなことも分からない奴らばかり。どうやら俺のような生まれ持った頭の良さを有する相手と、そういった付け焼刃《やきば》の知能しか持たない愚民《ぐみん》では、ステータスでも埋《う》めがたい歴然の差というものがあるらしい。

しかしそれは仕方のないことだ。世の中は俺のような才能も権力もある奴が全てを手にするようにできている。そしてそれ以外の奴らはそれを羨《うらや》ましがることしかできないのだ。

「あら、待たせてしまったかしら?」

「いや、俺もついさっき来たところですよ」

「ふふ、優しいんですね」

約束していた時間に現れた相手の毒島薫《ぶすじまかおる》は実に美しい女だった。これほどまでの美貌を持つ相手は俺でも中々見たことがないかもしれない。それこそテレビに出るような芸能人クラスの美人であるのは疑いようもない。

(この美貌なら男でも女でも寄ってくるだろうさ。だけどそれも今日までだ)

それを利用して色々と遊んでいるという噂《うわさ》だが、それは俺のような本物の男というものを知らないからだ。それを今日は嫌《いや》というほど教えてやるとしよう。

(探索者だろうが薬を盛っちまえばどうとでもなるんだしよ)

そんな考えは欠片《かけら》も表に出さず、予定していた高級レストランにエスコートする。そこで羽織っていた上着を脱《ぬ》いだことで発覚したが、こいつは思っていた以上にスタイルが良かった。魔物相手に戦うしか能がない野蛮人のくせに、こういうドレスを着こなしているのも評価する点だが、やはりそのドレスの胸元《むなもと》を盛り上げている部分が最高だ。

(待ってろよ。後でたっぷり味わってやるからな)

早くそうしたいが焦《あせ》りは禁物だ。今回ばかりは慎重《しんちょう》に確実に物にする。

「それにしてもやっぱり修二《しゅうじ》さんはこういうお店にも慣れているみたいですね。私は正直慣れていなくて。もし無作法があったらごめんなさい」

「そうですか？　まあ親の仕事に付き合うこともありますからね。普通の人よりは慣れているかもしれません」

さりげなく自分は普通ではないアピールを挟みながらも相手を気遣《きづか》うのも忘れない。

「それに薫さんも慣れていないとは思えないくらい馴染《なじ》んでますから問題ないですよ。なによりあなたには他にない花がありますから」

「まあ、お上手ですね」

クスクスと上機嫌《じょうきげん》そうに笑う様子に内心でガッツポーズを取る。その後も会話は途切《とぎ》れることなく続いて、食後は予定していたように近くのバーで飲むことになった。ここのマスターは親父《おやじ》の知り合い、つまりは俺にとっても手下というわけだ。

「私、お酒はあまり強くなくて、こういうところは来たことがないのだけど大丈夫《だいじょうぶ》かしら？」

「大丈夫ですよ、強くなくても飲みやすいお酒もたくさんありますから。ねえ、マスター？」

「ええ、度数が強くないお酒でしたら、この中から選んではいかがでしょう？」

どれを選んでも問題ない。どの酒でも特別なお薬をマスターが入れてくれて段々と意識《いしき》朦朧《もうろう》となるのだから。そう、これまで何度もやってきたように。

「あら、美味《おい》しい。マスターのおすすめにして正解でしたね」

「ありがとうございます」

疑うということを知らないのか、この女はあっさりとマスターお勧《すす》めの酒を飲んだ。これであと三十分もしたら薬の効果が出てくるだろう。

そうしたら後は待ちに待ったお楽しみの時間だ。だがそうなる前にその酒を飲みほした彼女はカウンター下で俺の太ももに手を置いてきて意味深長な視線を向けてきた。その美貌と相まってか、まるで吸い込まれそうな妖艶《ようえん》で不思議な視線だ。

「ごめんなさい。美味しいお酒だったから飲み過ぎてしまったかも」

「大丈夫ですか？」

「ええ、まだ。でももしよければ、どこか休めるところに行きませんか？　二人きりになれるところで、ゆっくりとお話もしたいですし」

そうか、最初からこの女もそのつもりだったらしい。だったら話は早い。

「ええ、勿論《もちろん》ですよ」

冷静にそう答えているが念願のその身体を貪《むさぼ》れることに興奮したのか、心なしか身体が熱くなっている気がする。

（いかん、いかん。まだ焦るな。慎重を期してホテルに着くまでは紳士《しんし》として振《ふ》る舞《ま》うんだ）

最後の最後で台無しになるのは絶対に避《さ》けなければならない。と言ってもこの女はいつの間にか俺の腕に抱《だ》き着いて、その不思議なほど熱い視線を俺に向けてきているから問題はないだろうが。

そう何も問題ない。

その眼を見ていると不思議と頭がボーッとしてくる気がするけど、それも大した問題ではないのだ。彼女の言うことは全て聞いてあげたい。そうしなければならないのだから。

「マスターも今日のことは他言しないでくれますか？　恥《は》ずかしいので」

「……勿論です、誰《だれ》にも言いません」

「たとえ誰に言われても、何があってもですよ？　あなたは何も見ていないし聞いていない。私と彼がここに来たことも忘れてしまう。隠《かく》し撮《ど》りしているカメラの映像も消しておくこと。いいですね？」

「……ええ、分かりました」

何故《なぜ》だろう。彼女の言うことを聞くことが正しいはずなのに違和感《いわかん》がある。マスターがあんな風にボンヤリとした表情をしているのを見たことがないからだろうか。

「おっと、腐《くさ》っても探索者か。多少は抵抗《ていこう》できるみたいだね」

抵抗とは何のことだろうか。それについて考えを巡《めぐ》らそうとしたが、彼女の眼がこちらに向けられるとそんなことはどうでもよくなる。

「と言ってもこの程度では誤差でしかないし、やっぱり私が遊ぶ価値すらなかったようだけどね。……ねえ、修二さん。あなたは私のことを手に入れたいのでしょう？　凌辱《りょうじょく》したいのでしょう？　隠しきれていないその欲望のままに」

「……ああ、そうだ。俺はお前を手に入れたい」

「その願いを叶えてあげてもいいわ。だけど、そのためにあなたは一つだけやらなければならないことがあるの」

「やらなければならないこと……？」

彼女を手に入れるためにはそれをやらなければならない。それは全てにおいて優先される。何をしても達成しなければならない。

そう、己《おのれ》の命を懸《か》けることになったとしても。

「毒島薫は八代夜一《やしろよいち》を密《ひそ》かに狙って……じゃなくて想《おも》っている。だからあなたは本当の意味で私を手に入れるために邪魔者《じゃまもの》を排除《はいじょ》しなければならない。誰に制止されてもあなたは止まってはいけないの。分かった？」

「俺は止まってはいけない。誰に言われようと成《な》し遂《と》げる」

「そうよ、それでいいの。きっとあなたのお父様も心の中では邪魔者の排除を望んでいる。だからあなたは何も臆《おく》することなく、堂々と自信をもって行動するの。それがあなたにとって何よりも優先すべき正しいことなのだから。いいわね？」

「……分かり、ました」

「これで良しと。あとはこいつの下手な行動を逆手にとった夜一が処理するだろう」

何が良いのだろうか分からない。だけど何故か彼女の声を聞くだけで心地《ここち》よい。

それこそ彼女の願いを叶えるためなら、何を犠牲《ぎせい》にしても構わないと思うほどに。

「さあ、道化は道化らしく愚かに踊ってみせてくれ。その破滅《はめつ》ぶりを見てこちらも楽しませてもらうのだから」

気が付くと俺は毒島薫を連れ込む予定のホテルのベッドで目が覚めた。

(昨夜、俺はいったい何を……いや、そうだ。俺はあの女に薬を飲ませてここに連れ込んだんだ、よな？)

そうだ。目覚めたばかりなので最初は記憶《きおく》がはっきりしていなかったが、段々と思い出してきた。昨日の俺はバーからこのホテルに移動して思うがまま、欲望のままにあの女の身体を楽しんだのだった。

控《ひか》えめに言って最高だった。力ある探索者を好きにできる優越感もさることながら、その快楽はこれまでにないもので不思議なほど脳裏《のうり》に焼き付いて離《はな》れない。

そしてもう一度、その身体を味わうために俺がやらなければならないことがあるのだった。

「八代夜一を排除する……」

そうだ、薫を本当の意味で俺の物にするためにはそうしなければならないのだ。どんな手段を使ってでも。

妙《みょう》な焦燥感《しょうそうかん》と共に俺はそのことを強く自覚する。

それが誰に植え付けられたものかなんて考えもせずに。

限られた協力者

色々と根回しの時間が欲《ほ》しいという隆《たかし》さん達の頼みを聞いた結果、まずは回復薬《ポーション》の通常品三点セット（低位体力回復薬《ローライフポーション》、低位魔力回復薬《ローマナポーション》、低位異常回復薬《ローキュアポーション》）を十本ずつ納品となった。これならダンジョンで運良く手に入れた可能性もあるので確信には至らないだろう。

だが翌週、翌々週にも同じ数だけ通常品を納品し続ける予定なので、その異常性が知れ渡《わた》るのも時間の問題だ。その時になって副本部長一派がどういう行動に移るか楽しみである。

現在では錬金釜などのおかげで、外崎《そとざき》さんなどの信頼できる人物に低位の回復薬の生成を任せられるようになった。つまり回復薬量産も全てを俺一人で行なう必要はなくなっている訳だ。もっとも特別品という名の他よりも品質が高い代物《しろもの》はまだ俺しか作れないので、全てが片付いた訳ではないが。

（とは言え、ここ最近はほとんどランク上げ以外のことに掛《か》かりきりになってたからな。そろそろランクも10にしておきたいところだ）

愛華《あいか》を鍛えること、回復薬生成に本部長派との秘密裏《ひみつり》での打ち合わせ、副部長対策など、やらなければならないことが立て込み過ぎた結果、未《いま》だにランク8から上げられていない。

何度かダンジョンに行っても素材回収とかのやることがあって経験値稼《かせ》ぎは捗《はかど》らなかったし。

(最悪ランクアップポーションもあるけど、これもなるべく後の方で使いたいからな)

スキルと同様にランクも上になればなるほど、次のランクアップまでに要求される経験値が増加する。だから使用期限ギリギリまで自力でランクやレベルを上げてから使いたいのだった。幸いにも中位の回復薬はどれも一年、高位だと三年は封《ふう》を切らなければ効果を保つことができる。だからそのギリギリまでは自力で経験値稼ぎをして、期限ギリギリでこれらを使うのが賢明《けんめい》というものだろう。

もっともこれらも錬金《れんきん》で量産可能になったのなら、どんどん使っても問題はなくなるが。

ただしそうするためには素材だけでなく、ステータスもスキルレベルも全然足りていない。どうやら効果が高い錬金アイテムを作るのにはそれぞれに設定された各種ステータスが要求されるようなのだ。

更《さら》に錬金真眼《れんきんしんがん》に至ってはレベルを上げる条件は満たしているものの、ステータスが足りていないせいでレベルアップは保留されているという体《てい》たらく。

(錬金真眼はユニークスキルだし、今後の活動の生命線でもある。早めに上げないとな)

そのためにもまずはステータスを、そしてランクを上げる必要がある。そのためにやって来たのは湘南《しょうなん》だった。ここの海辺にも転移型ダンジョンが存在していて、今日はそこでレベリングを行なう予定である。

なお愛華だが、ここ最近はずっと錬金釜に齧《かじ》りつくようにして低位の回復薬生成に熱中しているのでお休みである。作れば作るほど販売《はんばい》した際の売り上げから一部が特別金として支払《しはら》われる契約を会社と交《か》わしたとのことで、金が必要な彼女《かのじょ》からしたらその報酬《ほうしゅう》は魅《み》力的《りょくてき》な話だし仕方ないだろう。むしろ心配なのは熱中し過ぎて無理しないかだ。本来は管理しなければならない外崎さんも同じように暴走しそうだし。

(まあ椎平《しいら》達《たち》も暇《ひま》なときは生成に手を貸してくれてるから大丈夫だろう)

俺以外で低位回復薬生成《ローポーション》を主に行なっているのは元パーティメンバーを除けば愛華と外崎さんなどの信用できる研究員が数名のみ。鳳《おおとり》以外の探索者組などにも協力させる案もあったのだが、現状だと情報が洩《も》れる可能性を考慮《こうりょ》して保留となっていた。

(情報管理の面から軽々に人数を増やせない。かと言ってこのまま少人数だけでの生産体制だと数を揃《そろ》えるのが難しいのが悩《なや》みどころだな)

簡易錬金モノクルも簡易錬金釜も管理は徹底《てってい》されているし、それらの存在やその活用方法などを知るのも本当に極《ご》一部だけ。いずれは発覚するとしても先行者利益を十分に確保してからが望ましいからだ。

ちなみに釜やモノクルは錬金釜では作れず、今のところは俺しか錬金できない。その上に回数制限もあるから、万が一盗《ぬす》まれてもどうにかなると考えていた。仮にどうやってか盗み出した奴が使えても数回だけであり、それで作れる回復薬の数も高が知れているので。

つまり今、肝心《かんじん》なのはそれらをこの世界で唯一作れる俺の身の安全だ。それが最優先だと分かっている一部の会社の経営陣《けいえいじん》からは、危険を伴《ともな》う探索者活動を控えることは出来ないのかと言われているが、それに関して俺は断固拒否《きょひ》の意思を示している。あくまで俺は探索者として成り上りたいのだ。今は予想外なことが起こりまくったせいで他のことにも色々と手を出す羽目になっているが、肝心な目標は何一つとして変わっていない。

（現状での最終目標は日本で唯一のA級になることだな）

探索者の最高峰《さいこうほう》にして世界でも限られた者しか辿《たど》り着いていない頂き。まずはそこに辿り着く。そしてその後に世界のA級を相手にするのか、それともまだ見ぬS級を目指すのかは決まってないが、その時になったら新たな目標も見つかっているだろう。

そんなことを考えながら転移陣《じん》の前までやってきた。ここは探索者ではない海に遊びに来た一般客《いっぱんきゃく》も近くにいるので、間違って入り込む人が出ないように簡易的な柵《さく》などで囲われており、協会から監視《かんし》の人材も派遣《はけん》されている。

ここ以外でも一般人が入りこめそうな場所には協会の職員が派遣されているのだ。だからそういうところに潜《もぐ》ると、協会にその情報は筒抜《つつぬ》けになると思っておいた方がよい。

(普通はそういった情報を知り得ても悪用してはいけないはずなんだが、あの私利私欲に塗《まみ》れた副本部長がやらない訳ないからな)

「どうも、これからサハギンダンジョンに入らせてもらいます」

「お疲れ様です。それでは探索者証明書を確認させてください」

言われるがままG級の証明書を出して監視員に見せる。それを見た職員の表情が少しだけ驚《おどろ》いたように変化した。どうやら俺のことを知っているらしい。

だがこの職員は何も言わずに確認を済ませると通してくれた。ただし俺が魔法陣《まほうじん》の方に移動するとこっそりと背後で会話するのが聞こえてくる。

「おい、あの人だよ。C級からG級に降格になったって一時期協会で噂になったの」

「ああ、そう言えばそんな人いましたね。意外だな。まだ探索者を続けてたんだ」

「何億もの借金を抱《かか》えてるらしいし、辞《や》めるに辞められないのかもな」

「なんにせよ哀《あわ》れですね。片目の視力を失ったばかりか、借金地獄《じごく》でこんな辺鄙《へんぴ》なG級ダンジョンに潜るしかないんですから。かつてC級だった栄光は見る影《かげ》も無いって奴ですかね」

そんなこちらをバカにした秘密の会話は、残念ながらステータスによって強化された聴覚《ちようかく》によって捕捉《ほそく》が出来てしまうのだ。でもどうやら俺の目論見《もくろみ》通り一般《いっぱん》の間では、俺は既《すで》に終わった奴として見られているのは間違いなさそうで安心する。

（よしよし、今はその方が好都合だ。注目を浴びるのは、秘密裏にことを進められるだけ進めた後で構わないからな）

そう思いながら俺は振り返ることなく転移陣に進んでダンジョン内に入っていった。

◆

このダンジョンは円形の形をした一つのフロアだけしかないダンジョンだ。その半分ほどが陸地である砂場で、もう半分が海みたいになっている。見る限りでは地平線や水平線が続いているように思えるが、途中《とちゆう》で壁《かべ》があってその先には進めないので注意がその点には必要だろう。

そしてここにいるのはサハギン、半魚人の魔物《まもの》である。G級の中では比較的《ひかくてき》強い魔物だ。しかも水中で戦う場合はF級の魔物に匹敵《ひってき》するとも言われている。もっともその分なのか陸地の砂浜《すなはま》で戦うと弱体化するので、安全を期すなら砂浜まで誘導《ゆうどう》して戦うのが吉《きち》だった。

もっとも俺はそんなことする必要はないのでガンガン海の方で戦うつもりだが。

（ん？　砂浜の方に他の探索者集団がいるのか）

ここもあまり人気がないダンジョンのはずだったのだが、運が悪いことに先客がいたようだ。もっともここはワンフロアな代わりに非常にエリアが広いので、離れたところで戦えば問題ないだろう。そう思ってその男女数名が混ざった探索者集団と接触《せっしょく》することはせずに場所を移す。陸地で、しかもすぐに逃《に》げられる入口近くで戦っていた辺りから察するに、そこまでの腕《うで》はない探索者のはず。だから離れた海辺に行けば遭遇《そうぐう》することもあるまい。

「ギョギョ」

そうして海辺を歩くことしばらく、ゴツゴツとした岩場周辺にいた半魚人の名の通り頭が魚でありながら足も生えていて人型でもあるサハギンが、生き生きとした様子で獲物《えもの》である俺を待っていた。その鱗《うろこ》は水で濡《ぬ》れており元気満タンなのがよく分かる。

こいつらは陸地でしばらく戦っていると鱗で覆《おお》われた肉体が段々と干上《ひあ》がっていき、その乾燥《かんそう》具合によって弱体化が進む。だが逆に水辺や湿地帯《しっちたい》などでは潤《うるお》いに溢《あふ》れた肉体になることで強化されて並のG級よりも強くなるのだ。

（通常のサハギンが二体か）

無手のサハギンの攻撃《こうげき》方法は主に爪《つめ》や牙《きば》での物理攻撃だ。仮に武器を持っているタイプでもそこに武器攻撃が加わるだけ。ただしそれはあくまで陸地の場合の話である。

「ギョ！」

そんな鳴き声と同時に一体のサハギンの足元近くの水溜《みずた》まりから水の弾丸《だんがん》がほぼ無音で発射された。それを反射的に首だけ傾《かたむ》けることで躱《かわ》したら後ろの岩に命中して、その岩肌《いわはだ》をそれなりの深さで抉《えぐ》っている。

これは水銃《すいじゅう》というスキル攻撃だ。この威力《いりょく》から分かる通り、普通の人間がこれをまともに受けたら最悪は体に穴が開く。運良く骨などの硬《かた》い部分に当たっても骨折などの重傷は免《まぬが》れないだろう。もっともこいつらの水を利用したスキル攻撃は強力な反面、水が周囲に存在しないと使用できないという制限が課せられていた。また仮に周囲に水があっても、サハギンは体が乾《かわ》いていると力が出ないのか水銃を始めとしたスキルを使用してこない。

だからこいつらは常に水辺にいればいいのに、何故か定期的に水辺を離れて砂浜の方に出向いてくるのだ。それで釣《つ》り出されてやられるのだから頭が悪過ぎる。その辺りはやはりステータスの低いG級の魔物ということだろうか。

「ギョギョ！」

「ギョギョギョ！」

とは言えこの場にいるサハギン達にそれは適用されず、周囲に弾《たま》となる水は大量に存在している。だから二体のサハギンは潤沢《じゅんたく》な水を惜《お》しげもなく使用して、水の弾丸を連続で放ってきた。海という水の貯蔵庫があるから弾切《たまぎ》れしないのは奴らにとっての強みと言える。

（だけど無意味なんだよな）

先程《さきほど》は反射的に躱したが、ステータス的に当たってもダメージは皆無なのは分かっていた。もっともそれでも攻撃を受けようとは思わないが。だって服が濡れたら気持ち悪いし。

高まったステータスで集中すると、周囲の動きがスローモーションになったかのように遅《おそ》くなることがある。その遅くなった世界で俺は弾丸の雨霰《あめあられ》を全て視認した。錬金真眼の視力強化によって、これまでよりもさらに鮮明《せんめい》で正確に。それこそ発射された弾丸がどのような軌道《きどう》を描《えが》いて、どこに着弾《ちゃくだん》するのかが分かるくらいにはっきりと。

その状態で当たる訳がない。弾くことすら不要。

全ての弾丸を掻い潜《くぐ》って敵に接近すると、一体目は剣《けん》で唐竹《からたけ》割りして即殺。血が噴《ふ》き出る前に死体はすぐに収納して解体した。仲間を瞬殺《しゅんさつ》されて動揺《どうよう》しているもう一体の方は、足だけ斬《き》って逃げられなくする。こうするのは試したいことがあるからだ。

「うーん、やっぱりダメか」

　試したいこととは空のスキルオーブのことだ。これまでにも倒《たお》した魔物の肉体や魔石《ませき》などを入れようとしてみたり、手に持ちながら魔物を倒してみたりと、色々試してみたのだが相変わらず変化はなし。今回は生きている魔物やその血液に接触させてみたりして反応を見ているのだがやはり何も起こらないので、どうやらこれも違うようだ。俺はこれが空ということから何らかの方法で中身が入れられるのではないかと予想しているのだが、その切っ掛けすら掴《つか》めていないのが実情だった。

（レベルⅡになった錬金真眼でも詳細《しょうさい》不明なままだからなあ）

　錬金真眼はダンジョン関連の鑑定《かんてい》能力を有しているがそれも万能《ばんのう》という訳ではない。今回のようにレベルによって鑑定できない対象もあるのだ。

「ギョ！」

　生きている以上は抵抗もある。サハギンは足を失って動けないながらも、溢れ出る血液を操作して至近距離《きょり》の不意打ちによって俺を射殺そうと目論《もくろ》む。その攻撃が来ることを察知した俺は一つ思いついたことを試してみた。

「これもダメかー」

　そのスキルによる一撃《いちげき》を空のスキルオーブで受けてみたのだ。だが変化は表面に僅《わず》かに傷がついただけ。幸いなことに壊れてはいないので大丈夫ということにしておこう。

あとは考えられるのはこれを持ってスキル習得条件を満たすとかだろうか。幸いなことにサハギンが持つ水銃のスキルは、水銃スキルを持つ魔物を百体討伐《とうばつ》することで手に入る。

「とりあえず残り九十八体か。これでもダメなら後は何があるのかねえ」

もう生かしておく必要もないのでさっくりと止めを刺《さ》して、素材をアルケミーボックスに収納した俺は次の獲物を求めて海沿いを進み始めた。

幕間◆とある幸運なF級探索者（22歳男性）の証言

湘南の海に存在しているG級のサハギンダンジョン。本来ならあまり稼ぎにならないこんなダンジョンに用はないのだが、今日は知り合いの頼《たの》みだったので特別に来ていた。

「うわー、半魚人ってマジで見た目がキモイね」

「うん、本当にキモイし、なんならグロい。魚のくせにそんなに生臭《なまぐさ》くないのは助かるけど」

「えーウチは結構可愛《かわい》いと思うけどなー」

ダンジョン内だとは思えない呑気《のんき》な会話をしているのは、少し前に講習を受けてG級になったばかりという新人探索者の三人組だ。三人とも都内の大学に通う女子大生であり、本格的に探索者活動をしている訳ではない。世の中には小遣《こづか》い稼ぎというかバイト感覚で探索者をやってみようとする奴も存在しているのだ。

そう、目の前の彼女達《かのじょたち》のように。

「なあ、お前の彼女が探索者になったから手助けしてほしいって話だったよな？　それなのにどうして彼女達は写真を撮《と》るだけで一切《いっさい》戦おうとしないんだ？」

女子三人組の内の一人が高校の同級生だった人物の彼女であり、今日は彼女達のダンジョン攻略《こうりゃく》の手伝いだったはずだ。それなのに何故か今のところ実際に戦うのは俺《おれ》とそのパーティメンバーの二人だけ。

「いやー悪い。あいつとその友達がどうしても半魚人《サハギン》の写真を撮りたいって言うからさ」

「お前なあ……」

こいつ、最初から俺達《たち》にサハギンの相手を押《お》し付けるつもりだったらしい。F級のこいつ一人でG級三人のお守りは負担だったのは分かる。だからこそ同じF級の俺達二人をこうして嘘ついてまで呼び出した訳だ。

「騙《だま》したことは謝《あやま》るって。でも本当のこと言ったら来てくれなかっただろう？」

「……はあ、今回だけだぞ」

言いたいことは色々あるが、昔からの知り合いだから騙すような真似《まね》をしないと確認《かくにん》を怠《おこた》ったこちらも悪いとしておこう。それにこれまでの会話を聞く限りでは、彼女達は純粋《じゅんすい》に写真を撮るのを楽しみに来ているだけのように思える。

つまり恐《おそ》らくは目の前の奴が都合の良いように彼女達に説明していたに違いない。

今日はあいつらがサハギンの相手をしてくれるから全部任せて大丈夫、とかいう風に。

（くそ、ＬＵＣばっかり高くても全然幸運なことが起きないじゃないか）

　話が違う以上はここで帰っても問題はない。だけど楽しそうにはしゃいでいる目の前の女性達が悪くないのに、ここで置いていくのは可哀《かわい》そうではあった。だからパーティメンバーと相談して今回の不満は一先《ひとま》ず心に仕舞《しま》っておくことにする。

「だけど次からはもうお前の頼みは聞かないからな」

「まあ待てって。俺がどうしてお前達二人しか呼び出さなかったか分かるか？」

「どうせ体よく騙せたのが俺達だけだったとかだろう？」

「いやいや、違うって。よく考えろよ。この場にいるのは三対三の男女だぞ？　そしてダンジョンの外には安全に遊べる湘南の海が広がっている。ここまで言えば分かるよな？」

「……詳《くわ》しい話を聞こうか」

　前言撤回《てっかい》。三人ともかなり容姿のレベルが高いし、そんな彼女達と知り合って海で遊べるとなれば話は変わってくる。高位の探索《たんさく》者ならガッツリ稼いで女遊びもしているのかもしれないが、しがないＦ級ではそんなことはできやしない。むしろ比較的男が多い探索者界隈《かいわい》では出会いも少ないくらいだ。そんな状況《じょうきょう》で可愛い女の子と知り合えるのなら、多少の嘘など問題でも何でもない。むしろ感謝してもいいくらいだ。

「ちなみに俺の彼女以外の二人はフリーで、自分で探索者をするくらいだからこっちを野蛮人と蔑《さげす》むようなこともない。むしろ戦う姿を見せればカッコいいって評価してくるはず」

「よし、お前は休んでていいぞ。戦いは全部、俺達に任せろ」

良いように乗せられてるのは分かるが、そんなことはどうでもいい。こちとら彼女が欲しくて切実なのだ。それが無理でも、せめて時々でも遊べる女友達という潤いが欲しい。生憎《あいにく》とむさい男の友人には困っていないので。

そこから俺は張り切ってサハギンの相手をしてみせた。G級なり立ての彼女達もいるから流石《さすが》に海辺に行くのはリスクが大きいので、砂浜の方に釣り出した上で安全に。

陸地でのサハギンなどゴブリンとそう変わりない雑魚《ざこ》同然の相手。それなのに可愛い女子から倒す度《たび》に歓声《かんせい》と称賛《しょうさん》を送ってもらえる。

(最高だ。こんなちやほやされる探索者人生を送りたかったんだ、俺は)

パーティメンバーとは相談の上で狙う相手は決めておいたので、自然と俺はある女の子と会話する機会が多かった。

「ねえ、探索者になれば美人になれるって聞いたんだけど、それって本当なの?」

「美人になれるかどうかは知らないけど、肌とかは綺麗《きれい》になる人が多いってのは本当らしいぞ。VITとかHPのステータスがそういうのに影響《えいきょう》をするらしい」

「そっか。じゃあもうちょっとだけ探索者として頑張《がんば》ってみよっかな。ガチでやるのは怖《こわ》いし無理だけど」

「肌が綺麗になるのがそんなに魅力的なのか？　今でも十分に綺麗だと思うけど」

これは決してお世辞ではない。だが彼女はそうは取らなかったようだ。

「えーそう？　もうお世辞でも嬉《うれ》しいこと言ってくれるじゃん」

けど機嫌《きげん》は良さげなので良い感じではないだろうか。こんな青春みたいな会話ができるなんて、騙して連れてきたあいつには感謝しかない。

「ねえ今度、別のダンジョンに潜ることがあったら誘《さそ》ってもいい？　初心者の私達だけじゃやっぱり不安だからさ」

「ああ、勿論だよ。俺なんかで良ければいつでも呼んでくれ。力になるよ」

そんな約束も交わせて午前は非常に有意義な時間を過ごせた。ちなみに午後は彼女持ちの奴の計らいで、ダンジョンの外の海で遊ぶ予定となっている。やはりあいつは心の友と呼ぶに相応《ふさわ》しい相手だったようだ。

そうしてこれからの楽しい時間を期待して帰還《きかん》の準備を進めている時だった。

「あ、スマホ忘れちゃった。ちょっと取ってくる！」

転移陣の前で俺と仲良くしていた彼女がそんなことを言い出したのは。

そう言って一人で駆《か》け出そうとするので、慌《あわ》ててそれを制止する。

「いくらG級でもここはダンジョンだからな。何かあったら不味《まず》いし俺が付いてくよ」

「あ、そっか。そうだね、ありがとう」

そんなことを考えもしていなかった様子を見ると、本来は探索者として警戒心《けいかいしん》が足りないと注意しなければならないのだろう。だが素直《すなお》な感謝の言葉と共にニッコリと微笑《ほほえ》まれると、そんな無粋《ぶすい》なことを口に出すのは憚《はばか》られた。なにより可愛いし。

「えーと……あ！　あったよ」

元々何かあってもすぐに脱出《だつしゅつ》できるように、俺達が活動していた場所は転移陣からそこまで離れた場所ではない。少し探せばスマホも見つかったので、あとは転移陣まで戻《もど》るだけ。

そのはずだったのに急に何かの影が俺達を覆う。何故か分からないがその瞬間《しゅんかん》に猛烈《もうれつ》な嫌な予感がして、気付けば彼女を抱えてその場から飛び退《すさ》っていた。

そしてそれが正解だったことはすぐに証明される。

ドンッ！　と俺達が居た場所に降り立ったのは巨大《きょだい》なサハギン。

いやこれは普通のサハギンではない。

「キングサハギンだって⁉」

そこにはサハギンダンジョンの主《ボス》が、憤怒《ふんど》に塗れた表情を浮《う》かべて立っていた。

◆

キングサハギン。それはこのサハギンダンジョンのダンジョンボスだ。だからそいつがこのダンジョンに存在していること自体はおかしくはない。

だがこの場に現れたのは明らかに異常事態だ。このダンジョンに挑《いど》むに当たって俺達も情報収集くらいはしていた。それに依《よ》ればボスのキングサハギンは海の中にあるサハギンの城の最奥《さいおう》で訪《おとず》れる敵を待ち構えていて、そこから動かないはずだ。

だから討伐するためには水中に潜る装備やアイテムが必要であり、それらがなければこのダンジョンで出会うことは絶対にあり得ない。だというのにそいつは俺達の目の前に確かに存在していた。そしてただ現れただけで終わる訳がない。

「な、なんなの。何が起こっているの？」

腕の中の彼女はこの不味い状況がまるで理解できていないのか困惑《こんわく》するのみ。可能なら状況を説明してあげたいところだが、呑気にそんなことをしている暇を与《あた》えられなかった。

「ギョギョー！」

キングサハギンが鳴き声を上げると、その巨大な身体の周囲にどこからともなく水の弾が現れる。ここは完全な陸地で海まで十分な距離があるというのに。

（くそ、スキルの影響範囲《えいきょうはんい》が広過ぎる！　これじゃあ水辺で戦っているのと変わりがないじゃねえか！）

俺は必死になって呆然《ぼうぜん》としている彼女を抱えると走り出す。展開されたスキルによる攻撃が来る前に、どうにかして転移陣に逃げ込《こ》めれば生き残れると信じて。

「ギョ！」

「きゃああ！」

抱えた彼女が上げた悲鳴を掻《か》き消すようにして、何かが地面に撃《う》ち込まれるような音がする。それだけで見なくても背後に幾《いく》つもの水の弾丸が容赦《ようしゃ》なく着弾しているのが分かるというもの。

だが振り返ってそれを確認している余裕《よゆう》などありはしない。

（あと少し。あと少しで⁉）

既に俺達以外は転移陣の中に入って早く来いと叫《さけ》んでいる。そこにもう少しで辿り着けるというところで、遂《つい》に運が尽《つ》きたのか足に衝撃《しょうげき》が奔《はし》った。どうやらここまで奇跡《きせき》的に当たっていなかったようだが、その幸運もここまでらしい。見ればふくらはぎ辺りを撃ち抜《ぬ》かれているではないか。出血も酷《ひど》いし、これでは走れそうもない。

「ぐうぅ！」

「ねえ、大丈夫《だいじょうぶ》⁉」

足に穴が開いてかなりの出血がある状態が大丈夫な訳がないだろう。だがこの場においては、そんなどこか呑気過ぎる言葉が心配から発せられていると思えば悪くなかった。

「……走れ！　俺が食い止める！」

「え、でも！」

「いいから行け！」

まだ走れる彼女を突《つ》き飛ばすように先に行かせて、まともに動けない俺は盾《たて》を構えてその背中を守る。

（くそ、俺の最期《さいご》はこんな形なのかよ）

幸いだったのはキングサハギンの狙《ねら》いは逃げているだろう彼女ではなく、愚《おろ》かにも歯向かおうとしている俺に向いていることだろうか。

降り注ぐ水の弾丸が盾に当たる度にとんでもない衝撃が腕に来る。その威力もさることながら速さも通常のサハギンの水銃とは比べ物にならない。必死に集中してどうにか盾で防ぐのでもやっとだ。一発受けるだけで後ろに吹《ふ》き飛ばされそうになって、気付けば盾もベコベコに変形していく。

（もう、無理か）

防げた弾丸の数はそう多くはなかった。だがそれでも彼女が逃げる時間くらいは稼げたと思いたい。背後を見る余裕もないので、そう願いながら躱し切れない弾丸が頭に迫《せま》るのを感じて、その不可避《ふかひ》の弾丸がいとも容易《たやす》く斬り払《はら》われるというあり得ない光景を目撃《もくげき》した。

「危ねえ！　ギリギリ間に合ったな」

「あ、あなたは？」

こんな過疎《かそ》ダンジョンに自分達以外の探索者がいるとは思いもしなかった。それもあの水銃による弾丸を簡単に斬り払えるような腕の立つ探索者が。

「見る限り命に関わる傷はなさそうだな。だけどその足だと走るのは無理そうか？」

「……はい、立っているだけならともかく、走るのは無理そうです」

恐ろしいのがこの会話が、目の前の人物が会話の片手間に剣を振ることで無数の水の弾丸を全て弾きながら行なわれているところだ。

それを見たキングサハギンもムキになっているのか、先ほどよりも数どころか速度も威《い》力も増した水銃を連発してきているのに、彼《かれ》はそれらを全く意に介《かい》してすらいない。それこそこの水の弾丸の嵐《あらし》が、まるで微風《そよかぜ》でしかないと言わんばかりに。

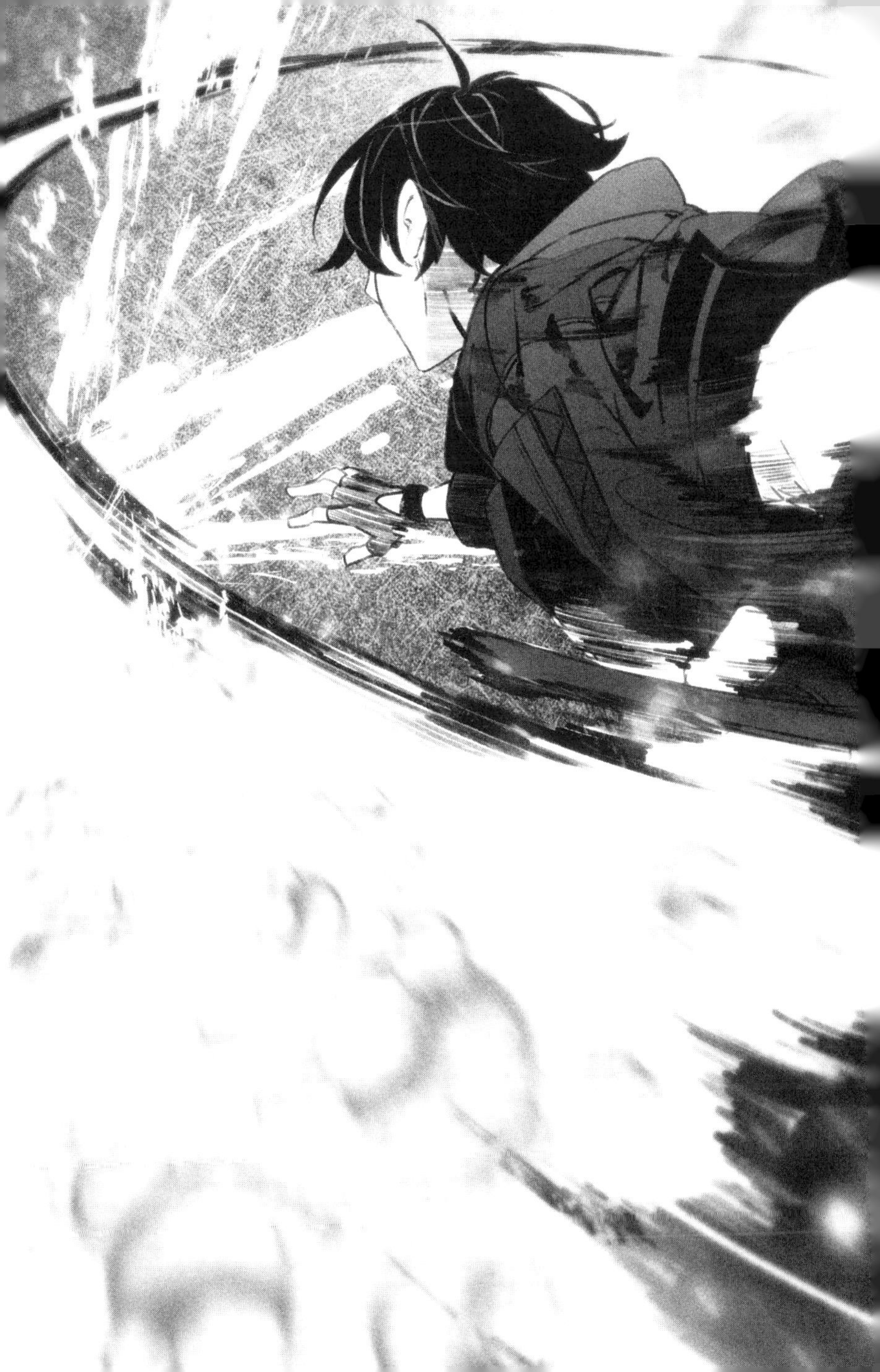

「分かった。ならまずはあいつを片付けよう。その方が彼女さんも安心するだろうからな」

「か、彼女？」

誰《だれ》のことかと思ったが、それを聞く前に背中に衝撃を受ける。激痛が奔る足でどうにか踏《ふ》ん張りながら振《ふ》り返ると、何故か逃がしたはずの彼女が抱《だ》き着いてきていた。

「命懸《いのちが》けで恋人《こいびと》を守るなんて良い男じゃないか。その根性《こんじょう》、気に入ったぞ」

「え、いや、その、恋人では……」

すぐに否定するべきなのに何故か否定しきれなかったこちらの言葉を聞くことなく、彼はキングサハギンとここで初めてちゃんと対峙《たいじ》した。

「ちなみになんだが、このボスはなんで城から出てきたんだと思う？」

「わ、分かりませんよ。こんなこと、聞いたこともないですから。でもなんだか怒《おこ》っているように見えませんか？」

執拗《しつよう》にこちらに水の弾丸を放っているキングサハギンは、どこかそんな風に見えた。

「だよな。……やっぱり手下を殺し過ぎたのが原因か？」

「え？」

「いや、何でもない。すぐ片付けるからそこで待っててくれ」

そう軽く言った彼の姿がまるで消えたように見えなくなった。俺の眼ではその影を追うのだけでやっと。その影は放たれる水の弾丸の雨霰なんて物ともせずにあっという間にキングサハギンの下まで辿り着くと、次の瞬間にはキングサハギンの首が刎《は》ねられていた。

宙を舞《ま》うキングサハギンの頭部は何が起こったのか理解できていないのか怒《いか》りの表情を浮かべたままだった。そしてそのまま首と肉体の両方がボスを討伐した際に出る光の粒子《りゅうし》となって消えていき、地面に落ちた魔石が間違《まちが》いなく討伐したことを証明している。だというのに俺はその光景を受け入れるまでに幾許《いくばく》かの時間が必要だった。

（幾らG級ダンジョンとは言え、ボス相手だぞ？　しかもキングサハギンって場合によってはF級どころかE級ダンジョンにも出るような魔物だったよな。それを一撃で？）

しかも要した時間はごく僅か。一瞬《いっしゅん》と言い換《か》えてもいい。どれほどの腕があればそんなことが可能なのか俺では見当もつかない。そんな唖然《あぜん》とするしかないこちらの心情を知ってか知らずか、彼はキングサハギンの魔石を回収すると何てことない様子で話しかけてきた。

「その足はキングサハギンの水銃で撃ち抜かれたんだな？」

「え、はい。そうです」

「……出血は酷いが、当たった場所は悪くなかったみたいだな。これが心臓とかだったら即死《そくし》だったろうし、この傷の感じならこれを使えばすぐに治せそうだ」

そう言いながら彼が何かの薬を手渡《てわた》してくる。だがそれは明らかに傷薬《きずぐすり》ではない。

「えっと、まさかこれって……」

「体力回復薬《ライフポーション》だ。だから安心しろ、そのくらいの傷ならすぐに治る」

「いやそうじゃなくて、助けてもらった上にそんな高い物まで貰《もら》えないですって！」

「別に代金を請求《せいきゅう》するなんてことはしないから、さっさと使えって。下手な遠慮《えんりょ》してもその恋人に心配かけるだけだぞ」

その視線の先には未だに背後から抱き着いてきて離れない彼女がいた。あのまま逃げれば良かったのにわざわざ戻ってきたことといい、本当に心配してくれているのがその涙《なみだ》に濡れた顔を見るだけでも分かる。

そんな両者からの説得を受けてまで抵抗《ていこう》できるほど意思の強くない俺は、無事に怪我《けが》を治すことに成功する。彼が半ば強引《ごういん》に封を開けて押し付けてきた回復薬は、数十分後にはただの液体になってしまうだけだったろうし。助けてくれた彼には何度もお礼を言って、今は無理だがいずれ代金を支払うといったのだが、それは断固として拒否されてしまった。

ただその代わりと言って、幾つかの奇妙《きみょう》なお願いをされる。

まずここで起きたことの詳細は可能な限り周囲に話さないでほしいということ。

具体的にはキングサハギンと遭遇したことは協会に報告しても構わないが、彼が助けたことや討伐したことなどは内緒《ないしょ》にしてほしいとのことだ。仮に協会に報告しても称賛される行ないでしかないはずなのに、面倒事《めんどう》になるのは困ると彼が言うので従うことにした。事情はよく分からないが、命の恩人に迷惑《めいわく》を掛けるのは本意ではないので。

「それとももし将来、探索者として企業《きぎょう》と契約《けいやく》する気があるなら、ウチの会社に連絡《れんらく》してみてくれ。悪いようにはしないから」

別《わか》れ際《ぎわ》に手渡された名刺《めいし》に書かれた企業名を見た時は度肝《どぎも》を抜かれたものだ。何故《なぜ》ってまさかそこに書かれていたのが探索者界隈どころか、それこそ一般でもかなり名の知られている社《やしろ》コーポレーションだとは誰が想像できようか。いやできるわけがない。

まだ探索を続けるという彼とはそこで別れたが、どうやらあの程度では疲《つか》れもしないらしい。反対に意味の分からない出来事の連続で疲労困憊《ひろうこんぱい》な俺達は帰還することにした。これは夢ではないかという思いを捨てられないまま。

そして戻ったところの監視員に、キングサハギンが突然《とつぜん》現れて襲《おそ》われ逃げてきたと報告する。彼の望み通り助けてもらい討伐済みなことは伏《ふ》せておいて。

「ボスがボス部屋の外に出てくるなんて異常事態だな。ここは転移ダンジョンだから氾濫《はんらん》の心配はないが、異常個体を放置していては他にも被害《ひがい》が出るだろうし、早めに討伐部隊を送っておこう」

「中にいる他の探索者にもすぐに警告を出さないと……て、残っているのは、さっき入っていった例の元C級の探索者だけですね」

「元C級ならキングサハギンくらい問題ないか。幸運だったな。いや、彼からしてみればG級ダンジョンで再出発した矢先だろうに、そういう意味では本当に運がないようだな」

（元C級だって？）

それならあの強さにも納得《なっとく》だ。でもどうして元なのだろう。探索者は昇格《しょうかく》することが困難な代わりに、降格することなど然《そ》う然うないはずなのに。

「確かに元C級ならLUCもそれなりに高そうなのに不思議ですね」

「もしくはリアルな運はLUCでもどうしようもないのかもしれないな。……ん、君。まだ何かあるのかい？」

そんな監視員たちの会話が聞こえてきて気になったせいで凝視《ぎょうし》してしまったのが不味かったらしい。そんな質問をされてしまう。

「いや、その……俺達以外にもまだ中に人がいるんだなって思って」

「ああ、心配してるのか。大丈夫、準備が出来たらすぐに警告しに行くから。それにその人物は腐《くさ》っても元C級だから、もしかしたら警告する必要もないかもしれないくらいだ」

「そうなんですか、安心しました」

この後、元C級という情報と受け取った名刺にあった名前からすぐに命の恩人が誰だったのかは調べられた。

そうして調べて出てきた八代夜一《やしろよいち》という男の人物像は、とあるG級ダンジョン消滅《しょうめつ》の原因となったとして協会から降格処分と多額の罰金《ばっきん》を負わされたというものだ。ネットでも噂《うわさ》になっていて、落ちぶれた錬成術師《れんせいし》なんて随分《ずいぶん》と酷い名前を付けられてもいた。

（いやいや、あのキングサハギンを瞬殺した人が？　どう考えても落ちぶれてないだろ）

そう感じた俺が帰ってまずやったことは、なけなしの貯金で社コーポレーションの株を買うことだった。現在でも業績は好調なようだし、あれだけの人が所属しているのなら、今後も順調に業績を伸《の》ばしていくのではないかと思ったからだ。

更《さら》に幸運なことにあの時助けた彼女、由佳里《ゆかり》とはその後も順調に交流を重ねて付き合うことになり、なんと最終的には結婚《けっこん》することになる。

（本当にあの人と社コーポレーションには足を向けて寝《ね》られないな）

あの日の幸運な出会いによって、最愛の妻と企業契約《きぎょうけいやく》を交わした探索者という安定して稼《かせ》げる立場も手に入れられた俺は、彼と自分のLUCばかり高かったステータスに感謝するのだった。

キングサハギン出現の裏事情

水銃のスキルを手に入れた後も俺はサハギンを狩《か》りまくっていた。残念なことに相変わらず魔物の血肉を解体して手に入るのは錬成砂や水ばかりだったので、新しい素材を手に入れることは出来なかったが、今回は経験値稼ぎが主目的なので問題ない。

波打《なみう》ち際《ぎわ》にいる粗方《あらかた》のサハギンを狩った後は海の中に潜ってみたりもした。水中戦用の装備は用意してこなかったから長時間は戦えないが、それでもステータスで強化された肉体なら十分や二十分くらい息をしないこともどうということはない。

水中戦なんて久しくやっていなかったことから、意外と楽しかった俺は調子に乗ってサハギンを狩り続けた。水中でも今のステータスならサハギンなど相手ではない。だからそれ自体は何も問題ないはずだった。だがまさかその行為《こうい》がボスの特殊《とくしゅ》行動を引き起こす条件だったとは。

（恐らくは手下のサハギンを一定数狩ると、その主であるキングサハギンが怒ってボス部屋から出てくるって仕様か？）

ダンジョンの中には様々な仕掛《しか》けが施《ほどこ》されており、時にこうした条件を満たすことでボスが通常とは異なる挙動を取ったり、あるいは強化や弱体化が入ったりすることがあるのだ。とは言えここのサハギンダンジョンでそんな条件があるなんて全く知られてなかったから、俺もボスが根城から外に飛び出たことに気付くのに遅《おく》れてしまった。気付いた時には転移陣《じん》近くのパーティに襲い掛《か》かった後である。

（やべえ、俺のせいで死人が出るのは不味《まず》すぎる）

受付に顔を見られているから彼らが戻ってこなかった場合、俺が殺した可能性があるとして調査される可能性がある。そうじゃなくても心情的にこっちがやらかしたことに巻き込んで見殺しにするのは寝覚《ねざ》めが悪過ぎだ。

そういう訳で俺は全力でそれを阻止《そし》した。その最中にカップルの彼氏《かれし》らしき人物が恋人を命懸けで逃がそうとするなどの男気がある行動を取る瞬間を目撃した訳である。そして怪我をしたのも元を辿《たど》れば雑魚《ざこ》狩りをしていた俺の責任なので回復薬《ポーション》で手を打っておいたという訳だ。勿論《もちろん》、素直にそれを言って反感を持たれたら黙《だま》ってもらえなくなると思って、それは黙っておいたけど。

（現状ではそれなりの値がする回復薬を無償《むしょう》で提供したし、スカウトしたことと合わせてチャラってことで）

装備や動きからしてあれは恐らくGかF級探索者。会社としては今すぐスカウトするほど優秀《ゆうしゅう》な人材とは言えないかもしれないが、根性はあるみたいだし鍛《きた》えれば使い物になりそうではある。縁《えん》があれば彼と共に仕事する日が来るかもしれないが、それは彼がどう決めるかに掛かっているだろう。

どうせ気になってこの後に俺のことを調べたら、どういう評判なのかは自《おの》ずと知るだろうし、その評判でこちらを信頼《しんらい》できないと名刺を捨てればそれまでの話だ。

（それにしてもボスの魔石でもダメとなると、空のスキルオーブに中身を込めるためには何が必要なんだ？）

大きな期待はしていなかったがボス個体であるキングサハギンの魔石でもスキルオーブはうんともすんとも言わない。これでもダメとなると他に何があるだろうか。

（……まあ錬金真眼《れんきんしんがん》のレベルが上がればいずれ分かるか）

思い付かなかったので棚上《たなあ》げすることにして、サハギン狩りを再開する。あの程度では疲れない上にまだランクは10まで上がっていないし、この程度で帰れない。

（それにもう一回、雑魚サハギンを狩りまくった場合にどうなるのかも気になるしな）

経緯《けいい》は特殊だったが、ボスを討伐したから多分ボス部屋ではダンジョンコアが出現しているはず。だがボスの魔石は俺が保持しているし、時間もほとんど経過していないからまだボスは再出現《リポップ》していないだろう。この状態でもう一度、手下を殲滅《せんめつ》するという特殊条件を満たせばどうなるのか。

それが気になった俺はこれまで以上の早さで雑魚を狩っていく。途中《とちゅう》で警告しにきた監《かん》視員《しいん》には知らないふりで適当に話を合わせて誤魔化《ごまか》して。だが残念なことに先ほど以上に雑魚を狩ってもキングサハギンやその他のボスとかが現れることはなかった。

（あーあ、ちょっとだけ更に強いボスが出るとか期待したのにな）

やはりダンジョンコアにボス魔石を返却《へんきゃく》しないと、新しいボスはすぐには現れてくれないようである。こんなことなら海の底にあるサハギン城に行くための装備を用意してくるのだったか。罰金で金がないという設定なので、あえてそういうのは持ってこなかったのだが、それは失敗だったらしい。

「まあいいや。それはまた今度の機会に試《ため》せばいいんだし」

元々雑魚サハギン狩りで経験値を稼ぐつもりだったので別に予定が変更になったとかではないのだ。ボスを倒せた分だけ、むしろお得だったと納得しておこう。

そうして丸一日ほどサハギン狩りをした結果また一つランクが上昇《じょうしょう》した。その際に手に入れたレシピは、なんとサハギンの仮面である。必要素材はサハギンから幾らでも手に入れられたのですぐに作ってみたのだが、

（これって倒した魔物《まもの》が手に入るレシピにも影響するってことなのか？）

ゴブリンを大量に倒した際にゴブリンの仮面だったことからして、これが単なる偶然《ぐうぜん》とは思えないし。また一つ調べるべきことが増えた俺は、面倒と言いながらも興味津々《きょうみしんしん》なのを隠《かく》せない笑《え》みを浮かべながら帰還するのだった。

幕間◆副本部長の焦りと誤算

「くそ！　一体何がどうなっている⁉」

怒りのままに机を叩《たた》きながらそう叫ぶがその答えを持つ奴《やつ》はこの場にはいない。普段《ふだん》は目の保養として傍《そば》に置いている見た目だけしか取り柄《え》のない女秘書が、思わずといった様子でビクリと体を震《ふる》わせている。だが今はそれさえ気に障《さわ》るくらいに苛立《いらだ》ちが抑《おさ》えきれない。何故《なぜ》なら先週、社《やしろ》コーポレーションから体力《ライフ》、魔力《マナ》、異常回復薬《キュアポーション》の三点セットが十本ずつ協会に売却《ばいきゃく》されたからだ。その時から嫌《いや》な予感はしていた。

だからこそスパイとして送《おく》り込んでいる中川原《なかがわら》や鳳《おおとり》などに調査をさせた。もしかしたら奴らが遂に回復薬の生成に成功してしまったのではないかと。だが二人からは今のところそういう話は聞いていないという報告しか返ってこなかった。

だから疑心暗鬼《ぎしんあんき》が過ぎたかと思って安心したのに、次の週にまた同じ物が協会に売却された。それもまた来週に同じことが起こるらしいという情報まで付随《ふずい》して。

「どいつもこいつも使えん奴ばかりだ！　探索者風情《ふぜい》はまともにスパイすらできんの

か！」

これだから魔物という化物退治で稼いでいる野蛮人《やばんじん》は信用ならず、私のような知恵《ちえ》のある賢《かしこ》き存在が奴らのような低能を管理しなければならないというのに。

（中川原と鳳が偽《にせ》の情報を掴《つか》まされているのか？　それともまさか最初からこれが狙いで偽情報を流していた？　いや、まさか探索者如《ごと》きにそんな真似ができる訳がない！）

これまで相手にしてきた探索者共はどいつもこいつも魔物退治やダンジョン攻略では優秀だったかもしれないが、それ以外ではてんで役に立たない奴ばかりだった。だからこそ賢い私が良いように利用して、甘言《かんげん》で搦《から》めとってこられたというもの。

（私がそんなバカな奴らにしてやられる？　ダンジョン協会の副本部長であるこの私が？）

そんなことは断じて認められない。これは偶然だ。そうだ、そうに決まっている。

（落ちつけ。仮に社コーポレーションが回復薬生成に成功したとしても、まだ私が失脚《しっきゃく》するほどの痛手にはならないはずだ）

ある程度のダメージを負うことは避《さ》けられないだろう。だがそれでも全てを失うほどではないはずだ。そう、いざとなれば前の時のように身代わりを用意してそいつに全ての責任を取らせればいいのだ。

（こうなっては致《いた》し方《かた》がない。業腹《ごうはら》だが社コーポレーションとの関係をどうにかして改善するしかないか？）

現状では御曹司《おんぞうし》である息子《むすこ》に対して下した罰《ばつ》のせいで良好な関係とは言い難《がた》い。だがもし奴らが回復薬生成に成功した可能性を考えれば、そのままでいるのは不味いだろう。良好とはいかなくても、せめて敵として見られない程度にはなっておきたい。

そのためには探索者である相手側の息子とやらに何らかの便宜《べんぎ》を図《はか》ればいいだろうか。今の奴はG級に降格させられて苦労しているはずだし、私が特例としてFかE級に戻してやると言えば、それこそ泣いて感謝するに違《ちが》いない。

（それでも修二《しゅうじ》と同じD級にはしないがな）

よく分からないが、修二としては奴より上の立場でいることは目的を果たすためには重要なようだからだ。少なくとも修二が気に入ったという女達《たち》を手に入れるまではそうしてやりたいところ。ならばそのことで奴がもっと上がいいなどと文句を言うのなら、早い内にD級に上がるように手配するとでも言って誤魔化せばいいだろう。

あるいは修二の方をC級に上げるように画策するか。そんな風に今後の身の振り方について考えていた時だった。懐《ふところ》のスマホが鳴ったのは。

「なんだ？　また回復薬生成の証拠《しょうこ》は掴めなかった、などという情けない報告だったら聞く気はないぞ」

「手厳しいですね。もっとも騙されてしまったらしい私や鳳君に反論の余地はないですが」

電話主はこちらがスパイとして送り込んでいる中川原勘九郎《かんくろう》だった。

「ふん、自分の今後を考えるのなら、もう少し役に立つところを見せるんだな」

「そう言われるだろうと思って、とっておきの情報を掴んできましたよ」

「何だと？」

このままこの能無しに苛立ちをぶつけてやろうと考えていたが、その言葉に思い止《とど》まる。

「証拠を掴みましたよ。しかもそれだけではなく、回復薬生成に使われていると思われるアイテムも確保しました」

「それは本当か⁉　でかしたぞ！」

だとしたら話は大きく変わってくる。そのアイテムを解析《かいせき》できれば、我々でも回復薬が作れるようになるかもしれないではないか。

「すぐにでもそれを持ってくるんだ！」

役に立たない秘書を外に押し出して誰もいない状況で通話を再開する。自分達で回復薬が作れるとなれば関係改善など考える必要もなくなる。それどころか更なる権力を得るための大きな足掛《あしが》かりを手に入れたに等しい。絶対にこのチャンスを逃《のが》してはならない。

「ええ、構いませんよ」

「よし、いいぞ。そうだ、この功績に免《めん》じてお前の細君についても、より一層の便宜を取り計らってやろう。どうだ、嬉しいだろう？」

そうやって奴にも褒美《ほうび》を与えようとしたのだが、

「いえ、それは結構です。もう妻は海外の病院に移動させていますから」

その返事は予想もしていない拒絶《きょぜつ》だった。

「妻のことを盾にすれば、私のことを好きに動かせると思っていたのでしょう？　ですが残念でしたね。生憎と私にその脅《おど》しはもう通用しませんよ」

そればかりか妻だけでなく、弱点となりえる親族などは既《すで》に日本の外に脱出させていると奴は語ってきた。それはつまり私が気付かない内に奴も動いていたということか。

「ですので実は私がそちらにこのアイテムを渡《わた》す義理はもう無くなっているのです」

「ま、待て。分かった、何が望みだ」

「話が早くて助かります。このアイテムを盗《ぬす》み出した以上は、私が裏切ったことはそう遠くない内に発覚するでしょう。その前に私も家族のいる海外に高飛びするつもりです。ですがそうなると生きてくために十分な資金が欲《ほ》しいところですね。それも足のつかないお金です。意味は分かりますよね？」

こいつの目的は金か。素材を売るだけでは足りなかったとはがめつい奴だ。だがそれならまだやりようはある。

「……裏金を用意しろということだな」

「ダンジョン協会の副本部長ともなれば、秘密裏《ひみつり》に貯《た》めこんでいる金も少なくはないでしょう。それで回復薬を作ることが可能なこの貴重なアイテムを幾らで買ってくれますか？」

探索者《たんさく》風情に良いようにされている現状は腹が立って仕方がない。だがここはその怒りを呑《の》みこんででも、そのアイテムとやらを手に入れなければならなかった。

「一億だ。一億円でそれを買い取ってやる」

「ははは、桁《けた》を間違えていませんか？」

「効果が分からないアイテムにそれ以上の金が出せる訳がないだろう！」

「ではこの話はなかったことに。私からすれば買い手は他に幾らでもいるのですよ」

本物だからこそ欲しがる勢力には困らないし、もっと高額で買い取ってくれるところも探せば見つかる。奴はそう言って通話を終えようとするが、慌ててそれは止めた。

「分かった！　十億だ。十億円を用意する。それで満足だろう！」

「もう一声欲しいですね。具体的には三十億円ほどはいただきたい」

「バカを言うな！　それは高過ぎる！　なによりそんな額はすぐに用意できない！」

「では特別に二十億なら売りましょうか。これ以上の値下げはしませんが、どうしますか？」

ふざけるな、この守銭奴《しゅせんど》め！　と言えたらどんなに良かっただろう。だがこの機会を逃す訳にはいかない。迷いに迷った私は最終的にその額で了承《りょうしょう》した。ただしそのアイテムで本当に回復薬が作れるのか確認《かくにん》することを条件として。

「では実演に関しては後日、私がそちらの目の前で行ないましょう」

その言葉でこいつが最初から私に協力するつもりなど全くなかったことに嫌でも気付かされた。むしろ奴は最初からこれを狙っていたのだろう。

こちらからも社コーポレーションからも金や貴重な情報を毟《むし》りとるこの状況《じょうきょう》を。そのために奴は二つの勢力の間をうまく渡り歩いてみせたのだ。

（くそ、バカにしおって！）

だがすぐに国外に高飛びする奴をどうにかする時間はないだろう。奴も報復は警戒《けいかい》しているはずだ。となればこの落とし前は社コーポレーションにつけさせる以外にない。

（八つ当たりだろうが何だろうが知ったことか！　それに回復薬を作れるようになるのなら奴らは競合他社となる。どちらにせよ敵なのだから潰《つぶ》すことに問題はない！）

半ばそうやって強引に納得して私は次なる手を打つために動き出した。

「修二。お前がやりたいと言っていた八代《やしろ》夜一《よいち》の襲撃《しゅうげき》の件だが、許可を出そう。これから奴らは完全な敵となるはずだからな。時機を見て適当に痛めつけて思い知らせてやれ」

「……任せてくれよ、父さん。俺《おれ》もそうしたいと思っていたんだ」

「ならばいい。私が指示を出すまで待って、その時がきたら盛大《せいだい》に奴らに痛手を負わせてやれ。ただしくれぐれも人目のないダンジョンなどでやって証拠を残すなよ」

「ああ、分かってるよ。絶対に殺してみせるから、期待しててくれ」

と言ってもその襲撃を行なうのは回復薬が作れるアイテムを受け取ってからでないといけないので、近い内に私が許可を出すまでは決して動かないように念押《ねんお》ししておく。修二はこれまで私の言うことには従ってきたからこれで問題ないだろう。

(そのアイテムとやらで回復薬が作れることが確認できたのなら、すぐにでも妨害《ぼうがい》工作を始めてやる)

それもこれまでとは比較《ひかく》にもならないほど徹底的《てっていてき》に。あるいはお世話になっている議員の先生方や帝命《ていめい》製薬にも協力を依頼《いらい》して圧力を掛ければ、より一層話が早くなるか。

(とりあえず関係各所に連絡だけはしておくか)

二十億という大金を自分だけですぐに用意するのは難しい以上、誰かに協力を求める以外に選択肢《せんたくし》はない。だがそれだけの大金を出す価値のあるアイテムが手に入るのだ。そのことを説得すればどうにかなるだろう。

そうやって今後の計画を練りながら、私はどうやって消費した裏金を補充《ほじゅう》するかの考えを巡《めぐ》らせていった。連絡をした息子の様子がどこかおかしかったことなど、まるで気が付きもせずに。

騒動の前兆

始まりは薫《かおる》からの謝罪の連絡だった。

「ごめーん。ちょっとやり過ぎたかも」

「お前、また何をしでかした？」

こいつがこう言っている時は碌《ろく》なことが起こった試しがない。案の定、詳細《しょうさい》を聞いたら勝手にやらかしていやがった。

「いやー普通《ふつう》なら暗示を掛けても、D級探索者くらいの相手ならあそこまで効くはずなかったんだよ。それこそちょっと思考誘導《ゆうどう》する程度で。でも何故か今回の相手には滅茶苦茶《めちゃくちゃ》効果があったみたいでさ」

「朱里《しゅり》達《たち》からの報告を聞いてないのかよ。あれはたぶん父親のコネだけでD級になってるけど実際にはF級くらいの実力だって」

「えーと、本格的に協力するのが遅《おそ》かったから、まだそこら辺のことは聞いてないや」

「嘘《うそ》だな。どうせそんな興味のないことは端《はな》から聞く気ないだろ、お前」

「あ、それは確かにそうかも」

そのせいで暗示の掛け具合《ぐあい》を誤った結果、森本修二《もりもとしゅうじ》は俺のことを何としてでも殺そうと躍起《やっき》になっているらしい。しかも周囲のこととか関係なく、手段も選ばない様子だとか。

幸いだったのは薫も暗示を掛けた手前、ヤバそうなら介入《かいにゅう》するべく監視《かんし》していたことだろう。その監視の目的の中に観客として楽しむとかもありそうだが、今は言及《げんきゅう》しないでやる。

「私としては襲撃する時期を少し早めるくらいのつもりだったのに、ここまでの事態になるとは予想外だったよ。いやー申し訳ない。早急《さっきゅう》に暗示は解いておくから許してよ。ね?」

「いや、別にこの件は怒ってないし、何なら別にそのままでいいぞ」

「あれ、いいのかい?」

その程度の奴に命を狙われるくらい何も問題ない。むしろこれからのことを考えれば丁度良い予行練習になるだろう。なにより罠《わな》に嵌《は》めるのにもってこいの状況だし。

「こっちも敵を潰す準備が調《ととの》ったからな。むしろこの方が早く済んで助かるくらいだよ」

「卑劣《ひれつ》な悪漢に命を狙われているのに、それ以外の効率面での話を重視するなんて、流石《さすが》は夜一《よいち》だね。良い具合にぶっ飛んでて常識が裸足《はだし》で逃《に》げ出している」

「言ってろ。てか、お前も口では謝《あやま》ってるけど、それほど悪いとは思ってないだろ」

「あ、やっぱりバレてた？」

この程度のことはこの変態と付き合っていく上で避けられないとずっと前から知っていたしバレバレだ。だからこれ以上の文句を言うつもりはない。ただこれ以上の余計な手出しはしないように釘《くぎ》をさしておく。

「ここからは何もせずに大人しく観戦してろ。その方がお前にとっても楽しいだろ」

「分かったよ、今回はそうしよう。その代わりに楽しい舞台《ぶたい》を期待しているよ」

そんなふざけた言葉を残して奴は通話を切った。

「ったく、本当に自分勝手な奴だ」

これまでの自分の行ないを思い返せば他人のことを言えた立場ではないかもしれないが、この場ではその事実は見ないふりをしておく。

「さてと、直に命を狙《ねら》われてると分かったなら、それも利用してやりますかね」

森本修二の狙いは暗示によって俺の命なのは間違いない。だけど残念。

その真実が必ずしも事実になるとは限らないのだ。

「あー社長《オヤジ》。早急に手配してほしいことがあるんだけど」

息子の命が狙われていると知っても、社長は欠片《かけら》も慌《あわ》てずにこちらの要求する物を揃《そろ》えてくれた。有難《ありがた》いけど父親としてはそれでいいのかと思わされる態度だ。

そのことを直接本人に言ってみたら、

「だったら少しは自制するということを覚えろ。このバカ息子が」

そう叱《しか》られて終わってしまった。

（気持ちは分かるが、できないことを要求されてもなあ）

そんなことを思ってしまう俺は、やはり父親の言う通りどうしようもないバカ息子なのだろう。こんな面倒な息子を持って苦労する父親には同情を禁じ得ない。

もっともそもそもの原因の俺が同情したところで癇《かん》に障るだけだろうけど。

◆

襲撃されると分かった俺は、あえてダンジョンに来ていた。理性を失った奴が仮に街中で襲撃してきたら関係ない一般人《いっぱんじん》などにまで被害が出る可能性を否定できないからだ。

「本当に仕掛けてくるんですかね？」

なお恒例《こうれい》と言うべきか愛華《あいか》も一緒《いっしょ》である。当初は襲われる危険がある上に、一般人からしたらショッキングな光景を量産することになるかもしれないので、当初は俺一人で行こうとしていたのだ。だがなんと話を聞いた愛華の方から付いていくと言い出して、しかもなんと付いてきたのは愛華一人だけではない。

「それでバカ息子。俺は一体いつになったら魔物を倒《たお》せるんだ？」

「まあまあ、社長も落ち着いて。楽しみなのは分かりますが焦っても仕方ないでしょう」

社《やしろ》コーポレーションの代表取締役《とりしまりやく》社長であり俺の実の父親でもある八代明石《やしろあかし》と同じく常務を務める三木慎吾《みきしんご》という、ウチの会社の中でもトップとその腹心と言える重要人物の二人が何故かダンジョンに来ていた。

しかも息子にステータスカードを取らせる手伝いをさせようとする始末。この人達、回復薬《ポーション》関連で今は死ぬほど忙《いそが》しいはずではなかっただろうか。

「違うぞ、バカ息子。死ぬほど忙しいからこそ来る必要があるんだ」

「この先のことを考えれば、ステータスカードだろうが回復薬だろうが、どんな手を使ってでも体力を増やすか回復する手段を確保しておかないといけないんですよ。でないと遠くない内にキャパオーバーを起こすか、最悪は過労死しますからね。あははは……はあ」

「ちなみに言っとくと、今日は来てない専務とか副社長とかも同じ状況だからな」

「あー……なんか、すみません」

どうやら俺のせいで会社のトップ連中が死ぬほど忙しくしているのは間違《まちが》いないみたいだ。もっともその苦労に見合うだけの功績と稼ぎは得られる見込《みこ》みだから、それは構わないとのこと。ただそれでも普通の人間がこなせる仕事の量を超《こ》えてきていることが問題であり、だからこそこうしてステータスカードを習得することで、少しでも働ける体力を増やそうとしているのだとか。

「それにこの方がお前にとっても都合がいいだろう?」

「確かにそれはそうだけどさ」

第三者の視点から考えた時、社コーポレーションの社長と常務という重要人物がいる場所に襲撃を仕掛けた奴が、いったいどういう思惑《おもわく》だったと見られるか。しかもそいつの陰《かげ》には帝命製薬などのライバル会社がいるとされているのだ。どんなバカでもその繋《つな》がりと関連性については考えない訳がない。その上で勘九郎《かんくろう》や英悟《えいご》によって着実に副本部長の悪事の証拠は集められており、襲撃の証拠も隠蔽《いんぺい》させはしない。これだけの状況不利を覆《くつがえ》せたら、むしろ副本部長を素直《すなお》に称賛《しょうさん》するほどだった。

「てか、なんで社長《オヤジ》はこれまでステータスカードを取ってなかったんだ? いくら忙しかったからって取る暇《ひま》くらいは作れただろうに」

「俺だって取りたかったさ。でも副社長や常務に禁止《こいっ》されてたんだ」

「会社が軌道《きどう》に乗る前ならともかく、周りから良くも悪くも注目されているのに社長である先輩《せんぱい》をダンジョンなんて危険な場所にそう簡単に行かせられる訳ないでしょう。これまではステータスカードを取得しても探索者として活動できなければ恩恵《おんけい》はそれほどではなかったですし、会社を乗っ取りたいと思っている相手に隙《すき》を見せるだけでしかなかったんですから」

先輩という言葉から分かる通り慎吾さんは親父《おやじ》の大学時代の後輩《こうはい》だったらしい。社コーポレーション設立の際に、オヤジが半ば強引《ごういん》に前に勤めていた別会社からスカウトしたのだとか。そのせいかプライベートではこうやって割と気安く話しているようだ。

「だがこれからはお前のおかげで良くも悪くもステータスを上げることが簡単になりそうだからな。そうなる前にステータスカードを取っておいて損はないって訳だ」

確かに将来的には試練の魔物のドロップアイテムを全て量産できるようにするつもりでいる。その中には各種ステータスを上昇させるＳＴＲアップポーションなども含《ふく》まれる。回復薬を含めたダンジョンアイテムの大半はダンジョン外では効果が半減することは知っているだろう。それ以外でもステータスカードを持っていない相手に使った場合はダンジョン内でも効果が半減してしまうという性質があるのだ。

だからそれを見越《みこ》して、早めに無駄《むだ》にならない準備を整えておこうという考えらしい。

「それにこの程度の襲撃なんて何の障害にもならないし、命の危機など欠片も存在しないとお前は言ってただろう。それともあれは嘘なのか？」

「いや、嘘ではないけどさ」

「ならいいだろ。ああ、安心しろ。襲撃者《しゅうげきしゃ》とその一派を潰すのには俺も会社も全面的に協力してやるから。こっちもそいつらにはこれまで散々、邪魔《じゃま》されてきたからな」

「この通り、邪魔者はこの機会に一網打尽《いちもうだじん》にしてやるって言って聞かないんですよ。本来なら社長の前に私と副社長が来るはずだったのに、強引に予定を捻《ね》じ込《こ》んだんですから」

今の俺のステータスなら並の探索者が襲《おそ》ってきても、十人だろうが百人だろうが問題ないのは本当だ。襲撃者の中に俺でも相手がきついような相手がいないことは英悟達《たち》が確認してくれているので間違いない。だから安全面では問題はないのだった。それ以外の点では何か納得し切れない気がするのだけど。

「一応、表向きの理由としては探索者活動を応援《おうえん》している企業《きぎょう》として社長自らステータスカードを習得するところを撮影《さつえい》して、世間へのPRとするってことになってはいます。それはそれで多少の宣伝効果はありそうですからね」

だから愛華と常務はカメラを持ってきているのか。しかもそれなりに高性能そうな奴を。

「ちなみに愛華さんには、この撮影の後に使用したカメラ一式などを差し上げることになっています。なんでもお父様がカメラ好きとのことなので」

「ありがとうございます、三木常務。父は借金の返済のために趣味《しゅみ》で集めていたカメラとかも全部売ったはずなので、良いお土産《みやげ》になります」

　君達さ、俺が言うのもなんだけどダンジョンに潜《もぐ》るのに楽観的過ぎやしないか。一応襲撃者以外にも魔物はいるんだぞ、ここには。

「てか愛華が付いてくるって言い出したのは、そのカメラ目当てじゃないだろうな？」

「いやいや、流石に違いますよ」

「そうか……そうだよな。いくらなんでもそのカメラだけでは動かないか」

　まさかと思ったが、幾《いく》ら愛華でも流石にそれはないか。

「そうですよ。何もなくても危険手当と特別手当が付けてもらえる上に、襲撃で怪我《けが》でもしたら見舞金《みまいきん》と治療《ちりょう》のための特別休暇《きゅうか》までいただけるって話じゃなければ流石に来ませんよ。それに怪我しても量産に成功した回復薬で治してもらえるって話ですからね」

　と思ったらある意味ではもっと酷《ひど》い理由だった。どうやら俺はこいつの金の対する執《しゅう》着《ちゃく》を少し甘《あま》く見ていたかもしれない。普通はそれで納得《なっとく》する方が少ないと思うのだが。もっとも探索者として上を目指すのなら、そのくらいの度胸があった方が良いのかもしれないが。

「それじゃあ行くとするか！」

　何故《なぜ》か一番非力なはずの社長《オヤジ》が先陣《せんじん》を切ってダンジョンに入っていた。それに追従している二人も決して強くないのに、どうしてそんなに恐怖《きょうふ》を感じないでいられるのだろうか。

（……信頼されてるってことにしておこうか）

絶対に違う気がするが、そう思っておいた方が精神衛生的に良い気がする。ここで真剣《しんけん》に悩《なや》んでもバカを見る気しかしない。そんなこんなで俺達《おれたち》四人は何故か襲撃される気満々で、魔物が蔓延《はびこ》るダンジョンへと勇ましく進んでいくのだった。

◆

今回やって来たのは前にも来たことのある霊園《れいえん》ダンジョンだ。ここなら浄化《じょうか》の短剣《たんけん》があれば魔物を倒すのは容易だし、錬成魂《れんせいこん》を入手できるようになったのでアンデッドに効果抜《ばっ》群《ぐん》の破魔《はま》の聖水も作れるようになっている。つまり出現する魔物は問題にならない。

それに襲撃があることを考えればこういった転移ダンジョンが望ましいのもあった。

ダンジョンには大きく分けて三つの種類がある。

最も多いのは転移陣などが入り口になっていて、現実世界とは別のどこかの空間にダンジョンが存在している転移型ダンジョンと呼ばれるタイプだ。これは氾濫《はんらん》や崩壊《ほうかい》が起こる心配はないので放置しても問題ない、比較的《ひかくてき》安全なダンジョンとなっている。

その次に多いのが、前のゴブリンダンジョンのように現実の建物や空間が変化してダンジョン化する変異型ダンジョン。こちらはダンジョンごとに決められた間隔《かんかく》で魔物が生成されるようで、放置し続けるとダンジョン内に魔物が溜《た》まり続ける。そしてそれが飽和《ほうわ》した時、氾濫と呼ばれるダンジョン外に魔物が溢《あふ》れ出る災害が発生する訳だ。

勘九郎の奥《おく》さんが被害《ひがい》を受けたのもこれのはずだ。ただ氾濫などの現象が解明されていない時期のことだったので致し方ない面もあるのだろう。実際ダンジョンが出現した初期はこの現象が世界各国でもそれなりに起こったと聞く。

この変異型ダンジョンの気を付けるべき点は、建物などがダンジョン化している場合はそれを外から破壊《はかい》しようとしてはいけない点だ。ダンジョンを消し去ろうとするならダンジョンコアを破壊しなければならない。でないと崩壊という氾濫とはまた少し違う現象が起きてしまうからだ。

仮にゴブリンダンジョンとなってしまったマンションを爆撃機《ばくげきき》でも使って爆破《ばくは》して強引に破壊した場合、そのダンジョンが崩壊して中に存在していた魔物が全て一気に外に出てくることになる。単に余剰分《よじようぶん》が溢れ出るよりもずっと大量の魔物が一気に外に溢れ出てくるのだから、脅威度《きようぃど》的にはこちらの方が断然上とされている。

もっともダンジョンやダンジョンコアなども崩壊した際に消え去るので、出てきた魔物は倒せば終わりとなる。それは言葉にするほど簡単ではないのだが、それでも次のものよりもずっとマシなのだ。

三つ目は侵食型《しんしょく》ダンジョンと呼ばれる現実世界がダンジョンに侵食される超絶《ちょうぜつ》最悪なケースだ。氾濫や崩壊との大きな相違《そうい》はダンジョン外でも魔物《まもの》が弱体化しない点である。

氾濫や崩壊の場合はあくまでダンジョンの外に魔物が溢れ出した形になるので、そうなった時点で魔物達《たち》もステータスなどが半減する。勿論それは探索者も同じだ。

だが侵食型ダンジョンは現実世界を侵食という言葉が指し示すように、その一帯がダンジョンへと変化するようなもの。だから侵食型ダンジョンの影響下《えいきょうか》にある空間内では魔物は一切《いっさい》の弱体化をしない。

逆に言えば探索者もその空間内では弱体化しないのだが、一般人からすれば魔物が強い方が脅威《きょうい》なのは明らかだろう。しかも侵食ダンジョンは時間経過でその範囲《はんい》を広げていく上に、範囲が広がれば広がるほど出現する魔物が強くなっていく。そしてその一帯はダンジョンとなっているから魔物は幾ら倒しても再出現《リポップ》するのだ。

つまりダンジョンを破壊しない限りは、延々と強化され続ける魔物の相手をしなければならなくなるのだ。しかも問題はそれだけではない。

侵食ダンジョンの最も厄介《やっかい》なところがダンジョンだからボスが存在するのに、その現実世界を侵食して広がり続ける性質のせいなのかボス部屋が存在しない点である。

ボス部屋がないので、まず領域内に存在するどの魔物がボスなのか簡単には判別がつかない。強力な個体が複数いれば、そのどれがボスなのか判別するのは簡単ではないのだ。

勿論《もちろん》ボス自体は絶対に領域内に存在しているから適当に倒していればいつかはダンジョンコアが出現する。ただしこれまたボス部屋がないせいなのか、ダンジョンコアが現れるのはボスの傍とは限らないのである。侵食ダンジョンの領域内のどこかには必ず現れるのだが、それがどこなのかは現れてみないことには分からない上に、何度か出現させた場合は全く別の場所に現れるケースがあることも確認されている。

だからボスが判明した上で倒しても、次はどこに現れるか分からないダンジョンコアを発見しなければ壊《こわ》せないという事態に陥《おちい》ることになる訳だ。

ここまででも侵食ダンジョンの質の悪さは嫌でも分かるだろう。だが本当に厄介なのはここからだ。他のダンジョンと同じようにそのどこかに現れたダンジョンコアを見つけて破壊することで、侵食型ダンジョンは消滅《しょうめつ》させられる。

だったら面倒《めんどう》な考えは全て放棄《ほうき》して、しらみ潰しでボスと思われる魔物を退治していけばいい。そうしていればそれなりに時間は掛《か》かるかもしれないが、いつかはどこかに現れるダンジョンコアを見つけられるだろう。

幸いなことに時間経過による魔物の強化は急激なものではないので一、二週間くらい経《た》たない限りはそう脅威になる奴が現れることはない。だから大丈夫《だいじょうぶ》。

そう考えた奴も過去にはいた。だがよく思い返してみてほしい。ボス部屋とそこに現れるダンジョンコアがどういう仕組みだったのかを。

ボスを倒せばダンジョンコアが出現する。そのダンジョンコアにボスの魔石《ませき》を返還《へんかん》すれば、ボスを作るエネルギーを充填《じゅうてん》できるのか即座《そくざ》に新たなボスが現れる。

ではそうしないで放置していた場合はどうなるのか？

その答えは、ダンジョンコアは出現から一時間ほど経過するとその場から姿を消してしまう、である。新たなダンジョンボスを生み出すためのエネルギーを溜めるためだと言われているが、その真偽《しんぎ》は分からない。重要なのはそれではダンジョンは破壊されないということだ。しかもボスの再出現《リポップ》には最低でも丸一日は掛かるというのに。

ここまで来れば分かるだろう。

仮に運良く早急にボスを倒せたとしても、そこから制限時間の一時間以内にダンジョンコアを発見して破壊できなければ、逆に次のボスが自然に再出現《リポップ》するまでの間はどう足掻《あが》いても侵食ダンジョンを消滅させることができなくなるのだ。

その間にも領域はどんどん広がって魔物も強化される。そして領域が広がれば広がるほど、どこかに現れるボスもダンジョンコアも見つけるのが困難になっていくという悪循環《あくじゅんかん》。

だからこそ侵食ダンジョンは発生初期の段階で適切な対応をしなければならないとされている。過去にはそれが出来なかったせいで、とある国が丸ごとその領域に呑みこまれたこともあるというのだから、その脅威の大きさも分かるというものだろう。

唯一《ゆいいつ》の救いはこの五年という期間でも侵食ダンジョンは数えるほどしか発生していない点だろう。それほどに滅多《めった》にない現象ではあるのだ。なお日本ではまだ一度も起きていない。

ちなみに国を一つ呑み込むほど広がった侵食ダンジョンを消滅させた、今では英雄《えいゆう》と呼ばれる探索者は今でも現役《げんえき》で、勿論そいつはその功績もあってA級探索者となっている。

と言っても侵食ダンジョンなんて滅多に現れるものではないから、気にし過ぎても仕方がないのかもしれないが。

（そういう訳もあって襲撃されるのは転移型ダンジョンじゃなきゃいけない。万が一、中で暴れ過ぎてダンジョンが崩壊するなんてことになったらヤバいからな）

変異型となったダンジョンは構造などが強化されてそう簡単に破壊できないようになるが、中には特定の条件を満たすと崩壊してしまうこともあるのだとか。その万が一を引かないためにも襲われる場は、そういう意味では安全な転移型ダンジョンでなければならない。

だからこその霊園ダンジョンという訳。ここなら不人気なおかげで人目も少ないし。

「おお、これがステータスカードか！」

「へえ、本当に何もない空間から現れるんですね」

そんなこちらの考えなんて気にしない様子で大人達が騒《さわ》いでいた。その様子をしっかりと愛華が撮影している。

（てかおい、常務も撮影する側だろ。どうして社長《オヤジ》と一緒にはしゃいでいるんだ）

いい歳したオッサン二人が楽しそうにしているのを、若い女子が撮影している。傍から見れば何をしているのかと言いたくなる光景なのは間違いない。

「おめでとうございます、社長！　流石ですね！」

愛華も愛華でちゃっかり社長《オヤジ》相手にゴマを擦《す》ろうとするな。

人が近付いてくるグールを徹底的に排除《はいじょ》しているからいいものを。本来ならそいつらだけじゃなくてレッサーゴーストの相手もしなきゃいけないんだからな。

「……まあいいや。こうなったら常務も早めにステータスカードを取得してもらえますか。どうやら本命もそろそろ到着《とうちゃく》するようですから」

待ち望んでいた襲撃者もこちらを追って遂《つい》にダンジョンに入ってきたみたいだ。朱里達に頼《たの》んで居場所を漏《も》らした甲斐《かい》があったというものだろう。しかも配下の探索者でも連れているのか一人ではない。

（どうやら、あちらさんも本気で俺のことを殺《や》る気のようだな）

無論、俺は襲われて黙《だま》っているようなタマではない。徹底的にやり返してやる。

（とは言え、いきなり撃退《げきたい》する訳にもいかないんだよな）

襲撃されたという事実を残すためにもう一芝居《ひとしばい》打つ必要があるのだ。

4K

幕間◆道化の選択

霊園ダンジョン。ここにターゲットはいる。

「修二《しゅうじ》さん、本当に副本部長に言わずに動いて大丈夫なんですか？」

「うるさい！　お前達は黙ってこの俺の指示に従ってればいいんだよ！」

「いやでも……」

まだ不満そうな手下の様子に苛立《いらだ》つ。どうして俺が正しいことをしようとしているのが分からないのか。そうだ、俺は何も間違っていない。奴《やつ》を排除することは何よりも優先されるのだから。

きっと指示があるまで動くなと言っていた父も、その成果を見れば考えを改めることだろう。そして優秀《ゆうしゅう》な息子を誇《ほこ》りに思うに違いない。だから何も問題などないのだ。

「別に来たくないのなら来なければいいんだよ。ただしその時は俺と父親を敵に回すってことを忘れるな」

こいつらは探索者としては二流どころか三流以下。探索者としてまともに稼《かせ》ぐ方法も碌に知らず、父や俺のような権力者に媚《こ》び諂《へつら》うことで、これまでどうにかしてきた奴らだ。そんな奴らが俺に逆らえるはずないし、逆らおうとすること自体が間違っているのである。

「ま、待ってください！　分かりました、従いますよ」

「ふん、最初からそう言ってればいいんだよ」

所詮《しょせん》こいつらは俺の腰巾着《こしぎんちゃく》であり、所持しているE級のライセンスなんて飾《かざ》り物でしかない。それでもこれまで良い思いが出来たのは、ダンジョン協会の副本部長という地位にいる父と、その優秀な息子《むすこ》である俺の役に立ってきたからだ。だからこそ俺の役に立たないのなら、そんな美味《おい》しい思いが続くことはないのも自然なことというもの。

それにこれまでにやって来た犯罪紛《まが》いの行為《こうい》を揉《も》み消してこられたのも、高い地位に就《つ》いている父の権力があったからなのだ。だったらその恩に対して報《むく》いるために余計な文句を言ってないで、黙ってその息子である俺の指示に従うべきである。

「いいか、狙いは八代夜一《やしろよいち》だ。なによりも最優先で奴を殺せ」

「本当に殺して良いんですね？　痛めつけるとかじゃなくて」

「問題ない。ここはダンジョン内だ。人と魔物《まもの》のどっちに殺されたのかなんて分かるもんか」

決定的な証拠《しょうこ》さえなければ父の権力でどうとでもなるのだ。これこそ権力者にのみ許された特権。選ばれし者だけが享受《きょうじゅ》できる恩恵である。

「そうだ、奴には何人か連れが居るそうだから、もしその中に女がいたら好きにしていいぞ」

「本当ですか⁉」

「ああ、今回は特別に俺が味見する前にお前達《たち》にくれてやる。だからまずは確実に八代夜一を仕留めるんだ、いいな？」

「分かりました。へへ、今日は気前が良いですね」

別に気前が良いとかではない。本来ならまずはこいつらの主である俺が先に遊ぶ権利があるのだろうが、今はそんな気分になれないだけだ。

今の俺の狙いは薫《かおる》なのだから。それ以外はどうでもいい。

まずはあの女を手に入れることが最優先。そのために俺はわざわざこんな人気の少ない辺鄙《へんぴ》なダンジョンにまで来ているのだから。しかもそのために必要と思われるアイテムを多数用意してまで。もっとも正規のルートで手に入れるなんてバカバカしいことはせず、父のコネを使って横流しさせたブツだが。

（そうだ、これらが有れば何も問題ない。確実に奴を仕留められる）

そしてそれによって俺は薫を手に入れるのだ。そうしてグール共、アンデッドが闊歩《かっぽ》するダンジョン内を捜索《そうさく》することしばらく、遂に獲物《えもの》を発見した。

バレないように遠くからなので詳細は分からないが、男が三で女が一のようだ。こちらが俺以外に五人いるので数でも勝っている。

（数は四人か）

「女が一人いますよ。ってことはあれを俺達にくれるんですよね？」

「ああ、好きにしろ」

観察を続ける内に女が前に会ったことのある生意気な口答えをしてきた奴であること気が付いた。確か父親に調べてもらった限りではまだG級の初心者だったはず。

その上、八代夜一は最近になってランク1に転落した相手だ。いくら無能な取り巻きでもそんな相手に負けるほどではない。しかも耳を澄ませれば他の奴らもステータスカードを習得しに来たことが会話から窺《うかが》える。つまり全員が雑魚《ざこ》であり格好の獲物でしかない。

（殺す……八代夜一は何としてでも殺す）

目標を視界に捉《とら》えたせいだろうか。自分でも抑《おさ》えきれない殺意がどんどん増して呼吸が荒《あら》くなる。だから俺はその衝動《しょうどう》に突《つ》き動かされるように、気付いた時には行動に移していた。

「死ねええええええええええ！」

懐《ふところ》からこの時のために用意していた爆裂玉を取り出して標的に向かって投擲《とうてき》する。取り巻きが女だけは殺さないようにしていることも忘れて、どうにかして一刻も早く奴を殺すことだけしか考えられない。その思いが込められた爆裂玉《ばくれつだま》は標的へと一直線に飛んでいき、こちらの思い描《えが》いた未来の通りに奴の背中に当たって爆発《ばくはつ》した。

「ひゃはははは！　やった、やったぞ！」

これで薫は俺の物となった。そうだ、誰《だれ》にも渡《わた》さない。俺は欲《ほ》しい物を全てこの手に収めるのだから。

「しゅ、修二さん!?　急に何を……」

突然《とつぜん》の俺の行動に取り巻きも驚《おどろ》いてしまったようだ。だが今の俺は非常に気分が良いのでそんな生意気な態度も鷹揚《おうよう》に許してやる。

「ああ、悪かった。あの生意気な女も巻き込んで殺しちまったみたいだな。だけど今度代わりを用意してやるから、それで許せよ」

「いや、それは有難いですけどそうじゃなくて……。ていうかあの危なっかしいアイテムは何なんですか？　凄え爆発してましたけど。それに本当にあれで仕留められたんですか？」

「ハッ！　バカなことを言うな。あの爆発に巻き込まれて雑魚が生きている訳がないだろう？　少しは考えて物を言えよ」

もう終わったことなのにいちいち煩《うるさ》い奴である。これだから無能は嫌《きら》いなのだ。

「……爆裂玉。一定の衝撃《しょうげき》を加えると爆発するダンジョン産のアイテムだよ。主にD級以上のダンジョンでドロップするから、お前らのようなライセンス詐欺《さぎ》している奴らなんかじゃ滅多にお目に掛かれない代物《しろもの》かもしれないけどな」

「だ、誰だ⁉」

こちらの使用したアイテムを解説してくる謎《なぞ》の声に対して俺は食《く》って掛かる、そう言いながらもこの声には聞き覚えがあった。

だがあり得ない。仮にランク1になってからこれまでの期間で努力しても戻《もど》せるランクなど高が知れている。その程度では爆裂玉のようなかなり上のダンジョンでドロップするアイテムの威力《いりょく》に耐《た》えられる訳がないのだから。

「てか、もしかしてだけど、それって俺が借金の形《カタ》として協会に預けている物じゃないのか？　お前如《ごと》きがそれを自分で手に入れられるとは思えない上に、他にも見覚えのある物が幾つかあるみたいだしな。……ったく、他人の物を勝手に使うなよな」

だが現実はそうでなかった。あの爆発を受けてもピンピンした様子で獲物であるはずの奴は、八代夜一はそんなことを言いながらこちらに無造作に近付いてきていた。

予想されていた襲撃とその愚かさ

いきなり爆裂玉《ばくれつだま》を使ってくるのは少し予想外だったが、その扱《あつか》いを熟知している俺《おれ》が不覚を取る訳もない。ましてや元々は俺の物だったアイテムで他三人に怪我させられるなんてあってはならないだろう。なのでしっかりと自分の体を盾《たて》にして守ってみせた。それでダメージを負っても回復薬《ポーション》で治せばいいし。もっとも奴の使用する爆裂玉ではほとんどダメージなどなかったので回復する必要もなかったが。

（ったく、お粗末《そまつ》にもほどがある）

本当にそれで隠《かく》れているつもりなのかと言いたくなるような、下手くそな隠密《おんみつ》行動を取る襲撃者たちに呆《あき》れたのが第一の感想。

その次に奇襲《きしゅう》を仕掛《しか》ける際にわざわざ「死ね」とか叫《さけ》ぶな、というのが第二の感想。

そして第三の感想が人の物を勝手に使うなよ、である。

（やっぱり爆裂玉以外でも俺の預けている装備らしき物がちらほら見当たるし）

どうせあの副本部長のことだ。本来なら倉庫にでも保管しておかなければならない罰金のカタとして預けているそれらを、秘密裏《ひみつり》に子飼いの奴らに横流ししたに違《ちが》いない。

（それならせめて有効活用して欲しいもんだ。使われているアイテムが可哀《かわい》そうになる）

襲撃された身でありながらそう思うのが止められない。そもそもこんな雑魚共には過ぎた装備やアイテムであり、浪費《ろうひ》させるにはあまりに惜《お》しいというもの。

「お前らこんな襲撃を企《くわだ》てて、しかも実行してしまう意味を分かってるんだよな？　バレたらライセンス剥奪《はくだつ》どころの罰《ばつ》じゃすまないぞ」

爆裂玉なんて明確な凶器《きょうき》を誤射ではなく人間に向けて使用したのだ。これだけ明確な殺意があれば、ダンジョン内だろうと殺人罪に問われるのには変わりはない。つまりこれが発覚すれば奴らは終わりだ。

「だ、黙れ！　お前達が死ねば目撃者《もくげきしゃ》もいない！　だからバレることはないんだよ！」

「そうだ！　元C級だったからって調子に乗ってるんじゃねえぞ！」

取り巻き連中がそう捲《ま》くし立ててきた。どうやらここで心を入れ替《か》えて反省するような殊勝《しゅしょう》な奴はいないらしい。それでこそ性根《しょうね》が腐《くさ》っているカス共だと安心する。

もっともここで反省した態度を見せても容赦《ようしゃ》などする気は更々《さらさら》ないが。爆裂玉を投げた時点でこいつらの運命は決しているのだ。それが何者かに誘導《ゆうどう》された結果だとしても。

「お前こそ強がっているが、この数相手にどうにかできると本気で思っているのか？」

取り巻き達の主《ぬし》である森本修二《もりもとしゅうじ》がそんな言葉を投げかけてきた。

「むしろ逆に聞きたいけど、どうしてできないと思うんだ？」

「はっ！　その強がりだけは立派だな。だがまだお前の秘密がバレてないとでも思っているのか！　既《すで》にこっちはお前がランク1に戻ったことなんて把握《はあく》済みなんだよ！」

残念。会社内でも噂《うわさ》になるくらい一部で有名な話なので秘密でもなんでもない。だからそんな重要な情報みたいな感じで言うと、むしろ今更《いまさら》過ぎて恥《は》ずかしいだけである。

「大方、今のは隠し持っていた身代わりの指輪辺りで、どうにか凌《しの》いだんだろう？　だが残念だったな。こっちが用意した爆裂玉はまだまだあるんだよ」

なるほど。どうしてあの爆発を受けて無傷なこちらを見ても、まだそんな余裕《よゆう》な態度でいられるのかと思ったが、そんな愚かな勘違《かんちが》いをしているのが原因か。

「それで身代わりの指輪はあと幾つある？　それがなくなった時が、お前の命運が尽《つ》きる時だぞ。ほら、本当は恐怖を押《お》し隠しているんだろう？　謝るなら今の内だ。もし今すぐ土下座して謝罪するなら苦しませずに殺してやるぞ」

「えーと……」

アホ過ぎて何から指摘《してき》していいのか分からない。ここまでバカだと薫《かおる》の暗示で頭が回転していないとか以前の問題である。まあでも殺すと明確に発言してくれたので、その点だけはヨシとしよう。これで証拠映像としてもバッチリだろうし。

「分かった、最後に確認《かくにん》だけさせてくれ。お前らは俺達を殺そうとしている。その上で謝《あやま》ろうが逃《に》がす気はない……ってことで間違いないな？」

「当たり前だろう！　お前達にはここで死んでもらうんだからな！」

「女だけは犯《おか》した後になるだろうけどなあ！」

「ヒヒ！　逃げられるだなんて思うんじゃねえぞ！」

取り巻き含めて全員がその気なようだ。分かり切っていたことだが、もう十分だろう。

「そうか、分かった」

だからもう遠慮《えんりょ》する必要はない。


「じゃあ死ね」


最も近くにいた奴の首を、アルケミーボックスから取り出した剣《けん》で刎《は》ねた。その首なし死体から血が噴《ふ》き出る前にアルケミーボックスに収納して、血で汚《よご》れるのは防止しながら。

「え？」

「お、おい。あいつはどこに行った？」

あまりに一瞬《いっしゅん》の出来事だったせいか、俺以外にはそいつが音もなく消えたようにしか思えなかったようだ。刎ねた首も愛華《あいか》が視認《しにん》する前に収納したので、分からないのも無理はないのかもしれない。

「お前、何をした!?」

「何をしたって見れば分かるだろう？　〝D級〟探索者《たんさく》さん」

かつてやられたように森本修二を煽《あお》りながら、またもう一人を仕留めてボックスに収納する。忽然《こつぜん》と仲間が消える事態にようやく奴らも焦《あせ》りが生まれてきたようだ。

「う、動くな！　動いたら殺すぞ！」

「どうぞ、ほら」

そんなことを言ってくる奴に向かって歩いて近付いていく。間合いに入ったら堪《た》えきれない様子で、持っていた槍《やり》をこちらの顔面目掛《めが》けて突き出してくる。だが、あまりにも遅《おそ》い。

余裕で回避《かいひ》することも可能だが、あえて攻撃《こうげき》をその身で受けてやった。

分かり切っていた通り、その槍の穂先《ほさき》は防御《ぼうぎょ》していないこちらの薄皮《うすかわ》一枚すら破ることが出来ずに止まってしまう。そのことに驚愕《きょうがく》の表情を浮《う》かべたそいつが、何かを言う前に首を刎ねて黄泉《よみ》の国へと送ってやる。これで残るは三人だけだ。

（あーなるほど。人間の死体が錬成肉《れんせい》になるのか）

こんな死体がボックス内にあっても邪魔なだけなので、処分も兼《か》ねて解体してみたら思わぬ素材が手に入ってしまった。動物などでは錬成肉にはならなかったのだが、人間でなければダメなのだろうか。

「うわあああああああ！」

戦闘《せんとう》中だというのにそんなことを呑気《のんき》に考えていたら一人が逃げ出そうとしている。そんなことを許す気はないので、アルケミーボックスから取り出した錬成水の蓋《ふた》を開けると、最近手に入れたスキルを使用した。

「水銃《すいじゅう》」

スキルに反応して錬成水が弾丸《だんがん》となって逃げ出そうとしている奴の足を撃《う》ち抜《ぬ》く。レベルⅠな上に威力を加減したこともあって足が吹《ふ》き飛ぶとかはなく、太もも辺りに穴が開いただけだ。

（水銃レベルⅠでも弾《たま》となる水さえあれば最小のＭＰで放てるからな。やっぱり錬成水を大量に抱《かか》えていられる俺とは相性《あいしょう》が良い）

足を負傷して転んでいる奴は放置して、最後の取り巻きへと向き直る。

「お前、スキルでの攻撃はできるか？」

「な、何を言ってやがる！」

「受けてやるからやってみろ。ないならこのまま殺すぞ」

「ひっ⁉」

どうやらいくら雑魚でも探索者であるならスキルは持っていたようだ。奴の右手にどこからともなく発生した炎《ほのお》が集まって、それを纏《まと》った拳《こぶし》をこちらに叩《たた》きつけてくる。

このスキルは、確か炎拳《ほのおこぶし》だったか。一般人《いっぱんじん》なら炎を纏った拳が当たった箇所《かしょ》は大火傷《おおやけど》な上に、殴《なぐ》られた箇所は骨が折れるくらいはしていただろう。

「う〜ん、人間のスキルでもダメか。まあ椎平《しいら》達に協力してもらった時もダメだったから分かっていたことではあるんだけどな」

だが俺には威力不足でまるで効いていなかった。

それどころか魔物のスキルでは駄目《だめ》でも人間ならまた別なのではと思って、スキルオーブを持った状態でその攻撃を受けてみたのだが、それでもダメだったらしい。ダンジョン内で敵対した相手なら違う、とかもないようで実に残念である。

「こ、このバケモノめ！」

そんな風に検証をしている俺に向かって、森本修二は容赦なく爆裂玉を投げつけてきていた。まだ近くに取り巻きがいるのに、そんなのは関係ないと言わんばかりに。

「ったく、酷い奴だな」

その爆発に巻き込まれて、最後の炎拳を使った取り巻きは全身大火傷を負って吹き飛ばされている。あの重傷では助からないかもしれない。返り討《う》ちにあうどころか、仲間の攻撃に巻き込まれて死ぬなんて何とも惨《みじ》めな最期《さいご》ではないだろうか。

「何故だ⁉　どうして、どうしてお前は生きている⁉」

「威力不足。それ以外にないだろ」

その爆発を受けてもピンピンしている俺を見て、ようやく奴も理解したようだ。自分が不用意に何に手を出してしまったのかを。

「バ、バカな⁉　このアイテムは試練の魔物にも痛手を与《あた》えた代物のはずだ！　仮にお前のランクが下がっていなかったとしても、その直撃《ちょくげき》を受けて無事で済む訳がない！」

確かに試練の魔物にダメージを与えた威力ならば、俺だって無傷では済まないだろう。

だが悲しいことに、同じアイテムでも使い手が違えば効果も大きく異なるのだ。

「生憎《あいにく》と爆裂玉の威力は使用者のステータス、具体的にはＳＴＲとＩＮＴの合計値に依存《いそん》する。まさかお前、そんなことも知らないで使ってたのか？」

しかも俺の場合は錬成術師の時はジョブ独自の特性での強化もあった。そういうのと比較《ひかく》すると森本修二は足りないものが多過ぎる。だからこの結果は当然の帰結でしかない。

「さてと、覚悟《かくご》はできてるだろうな」

人を殺そうと襲撃してきたのだ。返り討ちにされた時にどうなるかくらいは考えてきているだろう。あるいはアホだから負けた時のことなんて考えてなかったのかもしれないが、そんなことはこっちの知ったことではない。

だから俺はこの茶番を終わらせるべく奴に向かって歩を進め始めた。

このままさっさと終わりにしよう。そう思っていた俺だったが、森本修二がバッグから取り出したあるアイテムを見て足を止めた。

「お前、それまでパクってんのかよ」

「う、うるさい！　俺は、俺は特別なんだ！　お前如きに負ける訳がないんだ！」

喚《わめ》き散らすように叫びながら奴はその薬を口にする。奴が口にした物、ステータスブースト薬だ。かつて俺が試練の魔物と戦うために用意していた秘策の一つであり、どうやら奴は追い詰《つ》められたことでリスクのあるそれに頼《たよ》る決断を下したらしい。

「凄《すさ》まじい力が漲《みなぎ》るぞ！　これならお前にも負ける訳がない！」

飲んだのはＳＴＲブーストポーションのようだ。あれは飲んでから一定時間の間だけＳＴＲを30上昇《じょうしょう》させる代物である。いきなりそれだけステータスが上昇すれば、慣れてない奴がそれによって得られる万能感《ばんのう》は相当なものなのだろう。奴はどこか恍惚《こうこつ》とした表情を浮かべてさえいるではないか。

「だけど未《いま》だに戦闘中だぞ。呆《ほう》けてるなよ」

その隙《すき》だらけの身体に軽く蹴《け》りの一撃《いちげき》を叩き込《こ》んでやった。かなり加減してやって、これで終わりにならないように気を使いながら。

「ぐほ⁉」

「ほら、ボンヤリしてないでＶＩＴも強化した方がいいんじゃないのか？　じゃないと痛い思いが続くだけだぞ」

あえて追撃《ついげき》はしないで待ってやる。この分だと他にも薬を盗《ぬす》んできているだろうし。

「う、うるさい！　いいさ、やってやろうじゃねえか！」

やはりと言うべきか奴は各種ブースト薬も持ち出していたようだ。アイテムバッグというアイテムボックスと似たような効果を持っているダンジョン産アイテムから、次々とそれらの薬を取り出す。そして全てを飲み干したので全ステータスを30強化している訳だ。

これで一重強化。

「これでどうだ！」

「さっきよりは大分マシになったたな」

けどまだ足りない。これまでの感じからして元々のステータスはどれも20から30ないくらいだと思うから、30の強化ではまだまだ俺には届かない。相手はこれまた預けていたはずの他人《ひと》の剣を強化されたステータスで遠慮なく振《ふ》ってくるが、全てを見切って躱《かわ》し切る。その上で適当に反撃《はんげき》をしてその身に力の差を教え込《おし》んでやった。

「何故《なぜ》だ、何故まだ勝てない⁉」

「それを敵に聞くなよな。まあ答えてやるけど、単純にステータスが足りてないからだよ」

勝てない焦りで動きが雑になったところを見逃《みのが》さずに腹部に掌打を叩きこむ。その威力に踏《ふ》み止《とど》まれなかった奴は、周囲の墓を破壊しながら転がっていった。周りのグールなどはもはや巻き添《ぞ》えで死んでしまう置物でしかない。

「それで、もう終わりか？」

「まだだ……！」

その執念深《しゅうねんぶか》さだけは称賛《しょうさん》に値するというものだろう。何故なら奴は起き上がると、更《さら》にブーストアイテムを取り出したからだ。

「おいおい、二重強化は俺みたいに身体に後遺症《こういしょう》が残るかもしれないぞ？　でもそれをやれば俺のステータスとほぼ互角《ごかく》になれるだろうけどな」

「黙れ！　俺は何をしてでも勝利する！　そうだ、俺は選ばれた存在なんだよ！」

ブーストアイテムによってＭＮＤも上昇しているから薫が掛けた暗示も解けているはず

なのにこの態度。どうやら魅了《みりょう》など関係なく、初めからこういう性分《しょうぶん》だったようだ。

己《おのれ》の欲望や感情を抑えることができず、傍若無人《ぼうじゃくぶじん》に振る舞《ま》うことしかできないという。

そうして奴はかつての俺と同じように、副作用を恐《おそ》れずに二重強化へと舵《かじ》を切った。これでステータスの差はほとんどなくなったことだろう。これまでとは比べ物にならない速度で迫《せま》ってくる斬撃《ざんげき》は、当たればダメージを負うのは避《さ》けられないと思わせるものだった。

「そうだ、それでいい！」

ゴブリンやサハギンなど、必要があったから戦いにすらならない相手をこれまでは狩《か》ってきた。だがやはり闘争《とうそう》という意味では何も面白《おもしろ》くなかったし、退屈《たいくつ》していたと言ってい い。

だから自分の命を脅《おど》かす一撃を放つこの敵は、試練の魔物戦以来のまともな戦いと言っても良かった。それに心が躍《おど》る自分がいるのは、やはりどこかイカれているのだろうか。

（どうでもいいか。それが俺なんだから）

ステータスそのものでは互角くらいになっているので、そこでの差異はほとんど生じないはず。つまり差が出るのはそれ以外の面での話となる。

剣戟《けんげき》を交《か》わしながら、お互《たが》いに敵を仕留めようと動き続ける。

ステータス任せで乱暴に振り下ろす一撃を見て、半身になって最小限の動きで回避。その剣が勢い余って地面に突き立ったところを見逃さずに、剣を掴《つか》む手に蹴りを叩きこんだ。

「ぐう⁉」

「得物を手放して良いのか？」

その一撃を受けて奴は無手になったのでリーチはこちらが上となる。

奴もそれが不味《まず》いと分かっているのかすぐに剣を拾おうとするが、それはこちらが振う剣で牽制《けんせい》してやらせない。そうして剣を拾うことも出来ずに慌《あわ》てて下がったところに、あらかじめ準備していた水銃をその眼に向けて発射してやった。眼球という人体の急所への攻撃にギョッとした奴は大きく仰《の》け反《ぞ》ってその水の弾を回避してしまう。

今の強化されたステータスならこの程度の攻撃が眼球に当たったところで、恐らくは多少痛い程度で済むレベルの攻撃だというのに。それによって生まれた隙を逃《のが》さず、俺は水銃に続いて爆裂玉を投じていた。

「しまっ⁉」

仰け反った態勢で身体に迫る爆裂玉を躱そうとするが間に合わない。どうにか両腕《りょううで》を盾として爆発を防ごうとするが無傷とはいかなかった。だがそれでも奴は爆風《ばくふう》で後ろに吹き飛ばされて出来た時間でアイテムバッグから新たな武器である斧《おの》を取り出していた。

「くそ！　ちくしょうが！」

「動きが雑になってきてるぞ」

何度も斧を振り回し、振り下ろし、どうにかして俺に攻撃を当てようと躍起《やっき》になっている相手。だが痛みと焦りで単調になった攻撃など、どれだけ繰《く》り出されても当たる訳がない。

だから大きく振りかぶったタイミングで前蹴《まえげ》りをカウンター気味に腹に叩きこんでやる。

それによって背後にゴロゴロと転がる奴だったが、今度はすぐに起き上がらなかった。

「ちくしょう！　どうしてこっちの攻撃が当たらないんだ⁉」

蹴られても爆発に吹き飛ばされてもそれほどのダメージを負った訳ではないので、まだ動くのに支障はないはず。だが奴は膝《ひざ》をついたまま立ち上がろうとしなかった。

薬によって全能感を得るほど高まったステータスでも攻撃は掠《かす》りもせずにあしらわれる。その事実を前にして、この後にどうしたらいいのか分からないのだろう。これだからステータスだけの奴はダメなのだと再認識《さいにんしき》させられる光景だ。

（ＩＮＴやＭＮＤだって高まっているから頭の回転や精神力そのものは強化されているはず。それなのにこの体《てい》たらくだからな）

その上、こちらは段々と相手の動きの癖《くせ》なども掴めてきた。となればこのままでは、これまで以上に一方的な戦いになるのは避けられないというもの。

「どうする？　禁断のもう一重の強化に踏み込むか？　それをやったら俺のように全てを失うことになるかもしれないけどな」

「……煩い、ここで負けたらどうせ全てが終わりなんだよ！　俺は、俺は絶対に勝つんだ！」

こちらの挑発《ちょうはつ》に乗せられたのか、奴は禁じ手の三重強化に踏み込む決意を固めてくれる。

（本当にこいつは操《あやつ》り易《やす》いな）

薫の魅了が効き過ぎたのも納得《なっとく》の精神的未熟さというものだ。

そうしてそれこそが俺の思惑《おもわく》だと知らずに、奴は最後の踏み出してはいけないラインをあっさりと踏み越《こ》えるのだった。

瞬《またた》く間に襲撃者《しゆうげきしや》を撃退していく先輩の勇姿は、幸か不幸か私の眼ではまともに追い切れなかった。返り血も浴びることなく最初の三人を仕留めたと思われる先輩は、逃げようとした一人もすぐに戦闘不能に追い込んで、最後の取り巻きはあろうことか味方にやられる始末。あとはこの襲撃を企てた張本人である森本修二《もりもとしゆうじ》を捕《と》らえるだけ。

そのはずなのに先輩はそうしなかった。それどころか何故か相手が強化の薬を飲むのを待ち始める始末。

「あのバカ息子、計画のことを忘れて楽しみ始めてるな」

社長でもあり先輩の父親でもある八代明石《やしろあかし》さんがそう私の隣《となり》で呟《つぶや》いた。最初の爆発は先輩が盾になってくれたので私達に怪我《けが》はない。あっても回復薬《ポーション》で治療《ちりよう》しただろうけど。

だから私達は計画通り、邪魔《じやま》にならない場所からその光景を撮影《さつえい》していた。

「あの薬って確か先輩が試練の魔物に挑《いど》むために用意した奴ですよね。そんな強力そうな物を使われて先輩は大丈夫《だいじようぶ》なんでしょうか？」

「あのバカ息子は色々とやらかすけど、肝心《かんじん》なところでは間違《まちが》えない……はずだ。ましてやこんなところでやられるなんてバカなことはあいつも更々御免《さらさらごめん》だろうから、適当に楽しんだら終わりにするだろう……たぶん」

言葉の端々《はしばし》に不安な単語が付いているのが気になるが、それでも実の父親がそう言うのなら信じるしかないか。仮に間違っていても、私なんかがどうにかできるとは思えないし。

でもどれほどの効果を持つか詳細《しょうさい》は知らないが、あの先輩が用意した秘策なのだ。どう考えてもその効果が強烈《きょうれつ》であることは想像に難《かた》くない。

そしてそれが正しかったことが次の瞬間《しゅんかん》には証明された。

これまでとは全く違う速度と力強さで森本修二が先輩へと肉薄《にくはく》したからだ。驚くべきはそれでも先輩は歯牙《しが》にもかけない様子で撃退してみせたことだろう。

でも先輩はまだまだ楽しみ足りないのか二重強化をするように相手を煽っている。その上でまたしても相手を上回ってみせるのだから、もはや意味が分からないというものだ。

「同じくらいのステータスって言ってるのに、何故あそこまで差が出るのでしょうね？」

「先輩曰《いわ》く、ステータスを扱う技量を伴《ともな》わないと結局は宝の持ち腐《ぐさ》れらしいです」

しつこいくらいに何度も教えられてきたことだ。だけどそれが正しいことをこうして見せられた以上は納得するしかないだろう。だが先輩はまだ満足しない。自分が死にかけた禁じ手の三重強化をするかどうかを相手に尋《たず》ねる始末だ。

（この人、本当にヤバいって！）

呑気に相手が強化されるのを待っていないで、早く決着をつけてほしいのが正直なところだ。いくら私達には転移石を渡してあるからとは言え、必要のない危険な橋を渡らないでもらいたい。だがそんなこちらの心配と望みを先輩が察してくれるはずもなく、禁じ手は邪魔されることなく行なわれてしまった。

先ほどまでステータスはほぼ互角となったらしいから、今は敵が完全に上回っているだろう。敵もそれを確信したのか勝ち誇った高笑いをあげる。

「ふふ、ふははは！　凄まじい力だ！　これなら負ける訳がない！　今の俺は最強だ！」

「御託《ごたく》は聞き飽《あ》きたから早く来いよ。なにせその状態は長くは続かないぞ」

それでも余裕の態度を崩《くず》さない先輩は、もはや頼《たの》もしいやら恐ろしいやら。負ける気なんて更々ないのが、その顔を見れば嫌《いや》でも分かる。

「……良いだろう、そこまで死にたいというのなら死ぬといい！」

そうして決着の時は一瞬で訪《おとず》れた。

私の眼では完全に追い切れなかったから理解できたのは結果だけ。でもそれはこれ以上ないくらいに分かり易いものとして目の前に広がっていた。

「う、嘘《うそ》だろ……」

「幾《いく》ら速かろうと、動きの癖が分かってしまえば攻撃のタイミングや軌道《きどう》を読むことは難しくない。しかも今の俺にはこの眼があるからな。バカ正直に真正面から突っ込んでくるなんて丸見えだっての」

相手の斧は地面に叩きつけられていて先輩の剣は敵の腹部に突き刺《さ》さっている。それでもまだ相手が死にそうにないのは強化されたＨＰのおかげだろうか。

「ご苦労さん。やっぱりステータスだけの相手はダメだったな。肝心なところが欠けていて穴が分かり易《やす》過ぎる。それでも最近の雑魚よりは楽しめたけどな」

「ぐ、ぐおおおおおお！」

まだ終わっていないと言わんばかりに、腹に剣が刺さった状態でありながらで森本修二は何かしようとする。

「いや、もういいよ」

だけど先輩は無慈悲《むじひ》だった。

恐らく敵が何かする前にその顎《あご》を下から打ち抜くように蹴り上げたのだろう。先輩の足が一瞬ブレたように消えた気がする。その蹴りを受けて宙に浮いた相手の身体が落下を始める前に、敵の顔面を掴んだ先輩はそのまま地面へと後頭部から勢いよく叩きつける。

更には腹に突き刺さっていた剣を乱暴に引き抜くと、杭《くい》のように地面ごと胸に突き刺して動けないようにした。その上で地面にめり込んだその頭部でも見えるよう、ゆっくりと見せつけるように高く踵《かかと》を掲《かか》げる。

それが私には死神が死を告げる鎌《かま》の刃《やいば》を振り上げているかのように見えた。

「や、やめ……!?」

私の眼では捉え切れなかったが、制止の声を最後まで発することは許さずその一撃は振り下ろされたようだ。次の瞬間、轟音《ごうおん》と共にその凄まじい威力を物語る衝撃がこちらまで伝わってくる。見れば足が振り下ろされた相手の頭部周辺の地面が罅割《ひびわ》れているではないか。いったいどれだけの威力が込められた一撃なのやら。

「う、うう……」

「まだ動けるのか、流石《さすが》は三重強化だな。だけどもうそろそろタイムアップだろ」

そう言って先輩は敵に背を向ける。

「ああ、その剣は冥土《めいど》の土産《みやげ》にやるよ。安物だけど、お前にはピッタリだろうから地獄《じごく》まで持っていくといい」

最後にそれだけ告げて先輩は倒《たお》れた相手に視線を向けることはなくなった。

「ま、待て！　まだ俺は……」

腹部に突き刺さった剣を抜きながら立ち上がろうとした相手だったが、そこで急に力が抜けたように倒れてしまう。どうやら先輩が言っていた通り、薬による強化は限界を迎《むか》えたらしい。

「先輩、あれは大丈夫なんですか?」

まだ意識があるようだけど放置していて良いのか。そして薬の影響《えいきょう》とやらは終わっているのかなど複数の意味を込めた質問だったが、先輩は軽く手を振って答えてくる。

「あの状態じゃ四重強化は不可能だし、薬の副作用でまともに動けないのは俺の時に見てるだろう? つまり問題ないってこと。それより必要な映像は撮《と》れたよな?」

「いや、それは撮れましたけど……」

むしろ流せないショッキングな映像までバッチリ取れてしまった気がするくらいだ。

「なら良かった。ちょっと楽しくなって計画とは違うことしちまったからちょっと心配だったんだよ……って、どうやら想像を超《こ》えて往生際《おうじょうぎわ》の悪い奴《やつ》がいるみたいだな」

「え?」

苦い表情を浮かべながら振り返った先輩の視線の先。そこには薬による強化が終了《しゅうりょう》したのか、力なく倒れたまま動けない襲撃者の森本修二がいる。いや、正確には倒れたそいつが握《にぎ》っている鈴《すず》のような物に先輩の視線は向けられていた。

◆

「預けていた各種装備に始まり、かなりの数の爆裂玉《ばくれつだま》やステータスブースト薬だけに留《とど》まらず、まさか霊《れい》集めの鈴なんて物まで持ち出してるとはな。ったく、協会本部のアイテム管理は本当にどうなってやがる」

嘆《なげ》くように発せられたその言葉の中で気になる単語があった私はすぐに尋ねた。

「霊集めの鈴って何なんですか？」

「簡単に言えば、周囲のゴーストとかアンデッド系の魔物《まもの》を集める効果のあるアイテムだよ。試練の魔物がアンデッドに属する魔物だった情報があったから、誘《おび》き出すのに使えないかと思って念のために用意してたんだ」

先輩は試練の魔物との戦いのために聖水など色々なアイテムを用意しており、その大半を協会に罰金の形として差し押さえられているのだった。そして霊集めの鈴というアイテムもその内の一つとのこと。

「と言っても試練の魔物がいきなり現れたこともあって、使う機会はなかったけどな」

それに集まったアンデッドの魔物が試練の魔物にどう作用するか分からなかったのも使

わなかった理由らしい。最悪、集まったアンデッドを取り込んで強化される恐れがあったとかで。

「おい、ちょっと待て。ここはアンデッドの巣のようなダンジョンだよな？」

「そんなところでアンデッドを集めるアイテムを使用なんてしたら……」

「十中八九、辺り一帯に存在するアンデッドがあの鈴の音に集まってくるだろうな」

社長と常務の言葉の続きを述べた先輩の言葉は正しかったらしく、普段《ふだん》ならそんなに現れることのないレッサーゴーストが大量に周囲を埋《う》めつくすように飛んでいるではないか。

「邪魔になりそうなグールをあらかじめ片付けておいて良かったな。おかげで集まるのはレッサーゴーストだけで済みそうだぞ」

集まったレッサーゴーストの群れは私達《たち》だけでなく襲撃者を含《ふく》めたこの場にいる全ての人間を逃がさないかのよう、その周囲を縦横無尽《じゅうおうむじん》に飛び回っている。そしてその標的は霊集めの鈴を使用した本人も例外ではないらしい。

「……いいぞ、こうなったら道連れだ。俺が薫《かおる》を手に入れるのを邪魔する奴らは全員、ここで死んでしまえばいいんだ！」

「それで自分も巻き込んだら意味ないだろうに……って魅了されて暴走していた奴に理屈《りくつ》を説いても仕方ないか。ま、なんにしたって無駄《むだ》な足掻《あが》きだな」

そう言いながら先輩はどこからともなくフラスコのような物を取り出すと、その中に入っている液体を周囲に撒《ま》き散らす。あれは確か破魔《はま》の聖水という、霊園《れいえん》ダンジョンで錬成《れんせい》魂《こん》を手に入れることで作れるようになった錬金《れんきん》アイテムのはずだ。その効果は主にアンデッドの魔物に抜群《ばつぐん》というものだったはず。

（そっか、これがあればどれだけ大量のアンデッドが集まっても問題ないからこそ先輩はあれだけ余裕なんだ）

もっともあの先輩ならそうでなくても余裕を崩さないかもしれないが。そうでなくともレッサーゴーストが攻撃で奪《うば》えるのはMPだけなので、どれだけ攻撃を受けてもHPが減らないのだった。それは私が身を以《も》って経験していることである。だからこのままレッサーゴーストがどれだけ集まったとしても私達を直接的に害することはできないはず。

「皆《みな》、ここから動かないでくれ。どうやら喜ばしいことに大物が生まれたようだ」

そう思った私の考えを嘲笑《あざわら》うかのように、漂《ただよ》っていた大量のレッサーゴーストが一つに集まっていく。そして気付いた時には飛び回っていた大半のレッサーゴーストが一つの塊《かたまり》と化して、巨大《きょだい》な霊体《れいたい》を構成しているではないか。

「確かレギオンだったか。特殊《とくしゅ》な条件で大量のアンデッド系の魔物が集まった時のみ発生する魔物は。だとするとこいつはレッサーゴースト・レギオンってところか？」

「おい、バカ息子《むすこ》。御託はどうでも良い。倒せるのか？」

思わぬ魔物の出現に社長も厳しい声を先輩に投げかける。

レッサーゴースト・レギオン。半透明《はんとうめい》な巨人《きょじん》の幽霊《ゆうれい》とでも言うべき魔物が私達を宙に浮きながら睨《にら》んでいる。発する圧力などからして今までのレッサーゴーストとは比べ物にならなそうだし、このまま見逃してくれることはなさそうだ。

「うーん、倒せるは倒せるけど、流石に少し工夫《くふう》がいるかもな。これだけの数が集まればF級、下手をすればE級くらいの強さはありそうだし。それにほら、見ての通りどうやらこいつは多少のダメージは修復できるみたいだからさ」

レッサーゴースト・レギオンがその巨大な腕《うで》を伸《の》ばすようにして襲《おそ》い掛《か》かってきたのに対して、先輩は持っていた破魔の聖水をぶつけることで反撃する。

すると聖水が掛けられたレッサーゴースト・レギオンの手と腕の部分が、まるで蒸発するように消滅《しょうめつ》した。だがそれもつかの間のこと、消滅した部分に周囲の残っていたレッサーゴーストが集まったと思ったら、そいつらが穴を埋めるようにして元に戻《もど》ってしまったのだから。

「やっぱり生半可なダメージだと周囲の同族かアンデッドを取り込むことで回復する感じだな。だとすると修復するためのアンデッドが枯渇《こかつ》するまで攻撃するか、あるいは修復不可になるくらいの強力な攻撃をぶち込むしかないか」

その言葉からして私が先輩から預かっている短剣《たんけん》なんかでは倒せないことが容易に窺《うかが》えるというものだった。そんな突如《とつじょ》として現れた難敵に対して先輩は焦る様子一つ見せることはない。それどころか欠伸《あくび》交じりに大量の液体の入ったフラスコを周囲に出現させると、

「水銃、発動」

その言葉と同時にフラスコの中の液体が飛び出して一つに集まっていくではないか。

「破魔の聖水による水の弾丸。さしずめ聖水銃ってところか？」

その一つに集まったその巨大な聖水の塊を見たレッサーゴースト・レギオンは、まるで恐怖《きょうふ》するかのようにその身体を退く様子を見せている。

恐らくあの魔物も分かったのだろう。それが自分にとって特攻《とっこう》となるものであり、目の前の相手がそれを操る天敵のような存在だということが。

だけど理解したからと言ってどうにかなるものでもない。なにせ目の前の八代夜一《よいち》という人物は、どれだけ敵が怯《おび》えていようが関係なく、容赦なく叩き潰《つぶ》すことができる人なのだから。そうして片手をポケットに入れたまま、もう片方の手でピストルの形を作った先輩は敵である魔物に告げる。

「あまり見ない珍《めずら》しい魔物なんだし、折角《せっかく》だから貴重な素材を残してくれよ」

そんなあんまりな別れの言葉を告げながら、先輩は敵に一切《いっさい》の情けを掛けずにその聖水銃とやらを解き放った。スキルによって放たれた聖水の弾丸はレッサーゴースト・レギオンの胸に着弾《ちゃくだん》すると、同時に爆発《ばくはつ》するかのようにして周囲に撒き散らされる。

その撒き散らされた大量の水をどうすることも出来ず、私達と同じように浴びるしかなかったレッサーゴースト・レギオンになす術《すべ》などない。それこそ出現した時と同じくらい、あっという間に浄化《じょうか》されて消えていくしか奴にできることはなかったようだ。

「……復活も次の個体が現れる様子もないか。ま、あの鈴一つでは集められる量に限界があるってことだな」

完全にレッサーゴースト・レギオンが消滅したことを確認した先輩は意識を失っている襲撃者の手から霊集めの鈴を回収している。どうやら今度こそ本当に終わったみたいだ。

「って、しけてんな。レッサーゴースト・レギオンでも落とすのはレッサーゴーストの魔《ま》石《せき》と魂石片《こんせきへん》だけなのかよ。あれだけ大きい個体なら、それこそ欠片《かけら》じゃなくても良いだろうに」

残された魔石とアイテムも回収した先輩は不満を口にしているが、この状況《じょうきょう》でもそれを気にする余裕があるのは流石と言うべきなのだろうか。

少なくともあれだけ巨大な魔物を前にした私は緊張《きんちょう》しっぱなしだったというのに。

「ったく、このバカ息子。最後にあんな魔物の出現を許すなんて詰めが甘《あま》いぞ」

「いや、それについては悪かったたって」

「それ以外でも大体お前はいつもいつも……」

そこで社長が息子である先輩をクドクドと叱《しか》りだした。その様子からして、どうやらこれまでに積もり積もった不満があるらしい。

（そうそう、もっと言ってやってください！）

驚《おどろ》きの連続で何も言えなかった私はそう心の中で社長を応援《おうえん》していた……のだが私は分かっていなかった。

この八代明石という名の人物は、この先輩と血の繋《つな》がった実の父親なのだということを。

そう、だから散々叱った後に社長がやりだしたことが、先輩とよく似ていたのもある意味では必然だったのだろう。

「まあいい。説教はここまでにして、やることを済ませてしまおうか」

「やることですか？　ああ、外で警察とかに通報するんですね」

「それもあるがその前に……よっと」

そう言いながら社長は先輩から受け取った剣で自分の腕に傷を付け始める。

「ええ!?　い、いったい何をやってるんですか!?」

「いててて……。いや、襲撃《しゅうげき》されて全員無傷だと話が出来過ぎているからな。それに怪我《けが》人《にん》が出た方が、相手の責任を追及《ついきゅう》しやすくなる」

止めようとする常務を振り切って、病院で診断書《しんだんしょ》をとったら回復薬で治すから問題ないと言い切って社長は自傷をしてみせた。

「お、じゃあ俺《おれ》もやっておくか」

更には先輩まで同じことをする始末。

曰《いわ》く、怪我人が多い方が相手の責任を重くできるからと。

「よし、お疲《つか》れ！」

そんな軽い言葉で終わらせようとする自傷した社長と先輩を見て私は確信したのだった。

この親子は絶対に似た者同士だと。

幕間◆副本部長の取引

中川原《なかがわら》勘九郎《かんくろう》が取引場所に指定したのは人気のない廃《はい》ビルだった。人目に付かないのはこちらとしても好都合だったので場所に関して異存はない。

(子飼いの探索《たんさく》者の何人かと連絡《れんらく》が取れないな。使えない奴らめ。こんな時にいったいどこで油を売っているんだ?)

相手はC級探索者なので護衛という名の弾避《たまよ》けは幾らあってもいい。あるいは隙があれば相手の身柄《みがら》を拘束《こうそく》する上でも戦力はあるに越したことはない。数は力なのだから。

「お待ちしていましたよ」

廃ビルの一室でこちらを待っていたのは、取引相手である中川原と目深《まぶか》にフードを被《かぶ》って顔が見えない何者かの二人だった。

(この人数ならやれるか?)

この場に連れてきているのは五人で、外に待機させているのも五人。五倍の人数差があれば捕らえるのも不可能ではないように思える。だが相手もこちらの見えない場所に護衛を待機させている可能性があるので迂闊《うかつ》には動けない。

「分かっているとは思いますが、外の五人については不用意に動かさないでくださいね。勿論《もちろん》この場にいる五人も余計なことをするようなら取引は即座《そくざ》に中止させていただきますよ」

「……分かった。お前達、私の指示があるまで動くなよ」

そんなこちらの考えを見通したかのような発言で、この場で捕らえるのは無理そうだと判断した。ならば尚更《なおさら》この取引を絶対に成功させなければならない。

「時間がない。目的の物はどこにある？」

「その前に要求した物は持ってきているのか確認《かくにん》させてください」

「ちっ、この守銭奴《しゅせんど》め」

思わず暴言が口から飛び出るが従うしかない。私は護衛の一人に持たせていたアイテムバッグを奴に向けて放り投げる。

「中身を確認しろ。そこには私を支援してくれている先生方の協力によって掻《か》き集めた二十億円がそこには入っているだろう。もしこれを持ち逃《に》げした場合は彼《かれ》らが地の果てだろうと追いかけてくると思っておけよ」

「それは御免《ごめん》なので取引は誠実に行ないますよ。……確認ができました。それでは、これがその例の回復薬《ポーション》を作れるようになるアイテムの錬金釜《れんきんがま》です」

付き添《そ》いと思われる人物が渡《わた》してきたのは、見た目は特別そうに見えないただの大きな釜だった。これが本当に回復薬を作るためのアイテムなのだろうか。

「言葉で説明しても信用できないでしょうから、実際にやってみせましょう」

そう言って奴はその場にいた人物に指示を出す。するとまずそいつは私達にステータスカードを提示してきた。ただ全てが見える訳ではなく名前やステータス、スキルは隠《かく》されている。ただジョブが盗賊《とうぞく》であることだけは分かった。

「彼は私の協力者です。そして見ての通り錬成《れんせい》術師ではない。その彼が回復薬を作れるところを見てもらえば話は早いでしょう?」

「なるほど、転職したお前が作った場合は、その釜など関係なく錬成術師のスキルやジョブによるものとも考えられるからな。良いだろう」

そうして奴の協力者は釜に回復薬の素材と思われる物を入れていく。それらを目に焼き付けながらも怪《あや》しい動きをしないか警戒《けいかい》は怠《おこた》らない。入れた素材が消えていくのには少々驚かされたが、そういうものなのだと言われれば信じるしかない。

だがその心配を余所《よそ》に協力者はただ回復薬を作るだけだった。素材を入れた釜を触《さわ》りながらジッと中を見つめている様子から察するに、ある程度の集中が必要なのだろうか。

そうしてしばらく待つと釜に光が集まっていく。その光が何かの形を成していって、最後に強く光るとそれが釜の中に転がっていた。

「どうぞ。鑑定《かんてい》する用意はしてきているのでしょう？」

「ふん！」

そこまで読まれていることは腹立たしいが、これを断る理由はない。護衛の一人が簡易的な鑑定持ちなので調べさせたが、間違いなく回復薬だと断言した。

「確かに本物のようだな」

「勿論です。これは今のところ世界に一つしかない錬金釜なのですから。それと真実であることを補強するためにこれを使いましょうか」

そう言って奴が取り出したのは何かの宝石が埋め込まれた首飾《くびかざ》りだった。

「これは真実の首飾りというダンジョン産のアイテムです。これを装備している間、装備者が明確な偽《いつわ》りを述べた時は中心の白い宝石が黒に染まります」

これも鑑定させたが真実の首飾りというアイテムであることは間違いないようだ。ただ効果まではこいつの鑑定能力では見えなかったが。

奴はそれを協力者である人物に装備させると質問する。

「あなたはこの場で回復薬を作りましたか？」

「はい。確かにこの場で作りました」

「それはあなたのスキルやジョブを使用して作ったものですか？」

「いいえ。私はこの錬金釜を使えば誰《だれ》でも回復薬を作れるようになるとここに宣言します」

宝石は白いまま。つまりこの言葉は本当だということ。

無論、それをそのまま信じるほど愚《おろ》かではない。そのアイテムを護衛に装備させて効果が本当なのか確かめてみたが特に問題はなかった。

「おまけとしてその首飾りと回復薬を作る際に使用した材料の情報は差し上げますよ。教えた素材を釜に入れて魔力《まりよく》を込めれば回復薬は作れます。それにその首飾りがあれば今後の交渉《こうしょう》はそれを使えば色々とやり易くなるでしょう？」

協力者とやらが外した首飾りを渡してくるので受け取った。確かにこれがあれば交渉事で有利になりそうだったからだ。

「ふん、どうせ他にも同じような物を持っているくせに恩着せがましい奴だ」

「これは手厳しい」

そう言いながらも勘九郎は余裕《よゆう》の態度だった。金を受け取ってあとはこの場から去るだけだと思っているのだろう。この釜の効果が本物だと判明した以上は取引を中止されては困るので素直《すなお》に金は渡す。そうして取引を終えると、奴は協力者を連れて用はないと言わんばかりに、さっさとこの場を立ち去っていった。

「このまま逃がしていいんですかい？」

「ふん、奴に渡したアイテムバッグには発信機は付けているし、他でも追跡《ついせき》はさせる。それに奴が行くと思われる空港にも見張りは立てた。だがこれが手に入ったのなら仮に奴に逃げられたとしても許容範囲内《はんいない》だ」

「確かに俺のスキルでもあいつらがほとんど嘘を言ってないのは確認できましたからね」

護衛の一人は真偽看破《しんぎ》というスキル持ちだ。だからあんなアイテムがなくても奴らが嘘を吐《は》いているかは初めから筒抜《つつぬ》けだった訳だ。そうでなければ簡単に納得などしない。

「それよりもこの釜が一つではないという方が問題だ」

真偽看破持ちの奴が勘九郎の発言の中で数少ない嘘だと見抜《みぬ》いた点はそれだった。つまり他にもこのアイテムは存在しているのだ。

（だがダンジョン産のアイテムならそう数はないはずだ）

回復薬を作れるアイテムがあれば二十億円を取り返すことも十分に可能だ。そのためには私以外に回復薬を作れる存在は邪魔となる。

ならばその所有者には消えてもらうしかあるまい。幸いなことにその別の所有者は社《やしろ》コーポレーションだと当たりは付いているのだから。

「適当な探索者を雇《やと》って従業員を脅してもいい。何としてでも社コーポレーションが保有しているこのアイテムを手に入れるか破壊《はかい》するんだ。いいな、バレないように確実にだぞ」

「分かりましたよ」

これでいい。あとは社コーポレーションさえどうにかできれば私の立場は安泰《あんたい》だ。

そう胸を撫《な》で下ろしている時だった。スマホにここには連れて来ていない秘書から連絡が入ったのは。外見重視で仕事の連絡など任せていない女なのにいったい何だというか。

「なんだ？　今は忙《いそが》しいからどうでもいいことなら後にしてくれ」

「た、大変です！　ご子息の修二《しゅうじ》さんが⁉」

「修二がどうした？　またどうでもいい女に手を出して孕《はら》ませでもしたのか？」

その程度のことなら何度も揉《も》み消してきてやったから問題ない。そう言おうとしたが、その後に続く言葉で仰天《ぎょうてん》させられることとなった。

「違《ちが》います！　修二さんは社コーポレーションの社長を始めとした方々を襲撃して逮捕《たいほ》されました！　しかも相手方には負傷者が出たそうです！」

「な、なんだって⁉」

秘書の話では、修二は私の言いつけを守らず襲撃したばかりか、失敗してその蛮行《ばんこう》が既《すで》に明るみに出ているとのこと。そしてテレビのニュース速報でも報道されているのを確認して、もはや揉み消すのは不可能だということも理解するしかない。

「何故《なぜ》だ……どうしてこうなった⁉」

この時、私は破滅《はめつ》の足音が迫《せま》ってきているのが確かに聞こえた気がした。

記者会見と爆弾投下

社《やしろ》コーポレーションの社長が探索者集団によって襲撃されて重傷を負った。そのニュースは瞬く間《ま》に世間に広がっていった。俺がG級ダンジョンを消滅させた時などとは比にならないくらいに連日のテレビニュースでは取り上げられるし、ネットでも様々な憶測《おくそく》が飛び交《か》っていた。

しかもその騒動《そうどう》の火に油を注ぐような形で重傷を負ったはずの社長がことの経緯《けいい》の説明として記者会見を行なって、そこでとんでもない爆弾発言を投下したものだから関係各所はてんてこ舞《ま》いになっていることだろう。ネットではその記者会見の映像が凄《すさ》まじい勢いで再生数を伸ばして日本どころか世界中で話題になっているそうだし。

俺もある意味で痛快なその映像を見返していた。

「えー、それでは質問がある方は手を挙げてください」

「八代《やしろ》社長。探索者の襲撃によって傷を負ったとのことでしたが、それは本当でしょうか？」

「それは事実です。その襲撃によって私を含めた社員数人が怪我を負いました。ただ幸いにもこちらは死者を出さずに襲撃者の撃退《げきたい》には成功しており、捕《つか》まった容疑者達は警察の取り調べを受けていると聞いています」

わざとらしく腕にギプスを巻いて怪我していることをしっかりとアピールしている社長《オヤジ》は、そんな魂胆《こんたん》を感じさせないように淡々《たんたん》と答えている。

「襲撃者の何人かは死亡したとのことですが、それについてはどう思いますか？」

「殺さずに取り押《お》さえられれば最善だったと思いますが、状況は逼迫《ひっぱく》していましたので致《いた》し方《かた》ない面があったと考えています。また襲撃時の詳細な状況の説明は警察にも行なっており、こちらの正当防衛が認められるという見解もいただいております」

「探索者が非探索者を襲うという大きな事件となってしまいましたが、それについてはどう御考《おかんが》えでしょうか？」

「確かに私を襲ったのは探索者でしたが、守ってくれたのもまたその探索者です。ですので私個人としても、また会社としても探索者という括《くく》りで特に思うところはありません。あくまでその襲撃者に何らかの問題があったのではないかと考えております」

そのため今後も社コーポレーションが探索者支援《しえん》を行なっていくのは変わらないと表明して、ちゃっかり宣伝までしている辺りあの社長《オヤジ》は良い性格をしている。

「狙《ねら》われた動機について心当たりなどはありますか？」

「ありますね。なにせ取り押さえられた襲撃者が直々に口にしていましたので」

「それはいったい、どういったものでしょうか？　私怨《しえん》や個人的な恨《うら》みですか？」

「我《わ》が社《しゃ》が各種回復薬《ポーション》の生成に成功したことに対する妨害行為《ぼうがいこうい》。襲撃者の言葉が嘘でなければ、それが今回の襲撃に至った原因だったようです」

この社長《オヤジ》のいきなりの爆弾発言に、記者たちが水を打ったように静まり返った。何故《なぜ》ならこれはそれだけとんでもない発言だったからだ。

「ま、待ってください。……回復薬《ポーション》の生成に成功したとは、どういった意味ですか？」

「そのままの言葉通りの意味です。我が社では、つい最近のことではありますが、体力《ライフ》回復薬《ポーション》、魔力回復薬《マナポーション》及《およ》び異常回復薬《キュアポーション》の生成に成功しております。その事実は日本ダンジョン協会及びダンジョン庁には極秘《ごくひ》で報告済みであり、近い内に公表する準備を進めていたので、この場を借りて発表させていただきます」

ザワザワと記者たちが信じられないといった様子で騒《ざわ》めいている。まあ言葉だけで信じろというのも酷《こく》な話だ。これまで何年もの間、誰もそれを成《な》し遂《と》げられなかったのだから。

「そ、その話は本当なんですか？」

「事実です。実際にその証拠《しょうこ》をお見せしましょう」

そう言って社長《オヤジ》が指示を出すと用意していた実験用ラットと、何かが入った箱が記者会見場に運《はこ》び込《こ》まれてきた。箱の方は開けると、中には十本どころではない何かの薬が詰《つ》められている。そしてその大量にある薬の中から記者に選ばせたものを使って、傷つけたラットの身体が回復するのを実際にその眼で確認させた。

更《さら》には自分の怪我《けが》も記者たちの前で回復させる始末。このためにわざわざ治さないで記者会見に臨《のぞ》んだのだというのだから呆《あき》れる話だろう。

「これでもまだ疑う方もいるかもしれませんが、近い内に我が社では生成した回復薬を従来よりも安価で販売《はんばい》することを目指してダンジョン協会と協議を重ねています。また研究の結果、ダンジョンでドロップする物よりも効果や期限が長い特別品の開発にも成功しているので、それを見て、あるいは実際に使って信じてもらうしかないでしょう」

この言葉に記者会見場は阿鼻叫喚《あびきょうかん》という言葉が相応《ふさわ》しいくらいの騒《さわ》ぎになっていた。落ち着いているのは、最初からこうするつもりだった社長《オヤジ》達くらいである。

どういう形でどのくらい販売するのか、値段は幾らなのか、従来の物と特別品の違いはどれくらいなのか、どうやって生成するに至ったのか、数えきれない疑問が記者たちから殺到《さっとう》している。それを肝心《かんじん》なことは企業《きぎょう》秘密で誤魔化《ごまか》しながら社長《オヤジ》は捌《さば》いていく。既に襲撃事件のことなど誰も欠片も気にしていないのは明らかだった。

生憎《あいにく》と森本修二《もりもとしゅうじ》やその取り巻きの目的はここで話した内容とは違ったし、記者会見で話したようなことは一言も口にしていないのだが。可哀《かわい》そうに、これでその事実は永遠に闇《やみ》に葬《ほうむ》られることになってしまったのだから。

「この状況でそんなことは知らないと言って、果たして誰が信じてくれるだろうかね？」

残念ながら仮に生き残った森本修二と、その取り巻きが事実を語ってもそれが真実になりはしない。更にこの後に森本修二の親である森本恭吾《きょうご》ダンジョン協会副本部長が、今回の回復薬量産の情報を漏《も》らしたとされる形跡《けいせき》や襲撃計画を仄《ほの》めかす文書などが次々と発見される予定なのだ。たとえそれが英悟《えいご》によって偽造《ぎぞう》されたもので彼らが全く知らないものだとしても、そこまで証拠が揃《そろ》っていてはどうしようもないだろう。

それに森本修二に至ってはそれ以外の面でも手の施《ほどこ》しようがない。なにせ三重強化によって既に生命が限界を迎えているからだ。どうにか延命しようと副本部長が手を尽《つ》くしているらしいが、それも無駄に終わるのは分かり切っている。

（三重強化によって体に異常が起こると回復薬が効かなくなる上に最大ＨＰが徐々《じょじょ》に減っていくのが今回の件で確認できたのは収穫《しゅうかく》だったな。あれは俺でもどうしようもない）

それを治すのは高位の回復薬でも不可能なようだった。それこそ治療《ちりょう》にはアマデウスしか知らないような、御使《おつか》いという特別な存在の力や知識が必要なのだろう。

なお生き残った取り巻きは本来なら死亡していたはずなのを、戦いの終わった俺が低位体力回復薬《ローライフポーション》で助けてやったのだ。襲撃犯が全員死亡よりも法による罰《ばつ》を受ける奴が居た方がいいだろうという判断である。

もっとも生き残れても、これまでの罪なども英悟達《たち》によって暴露《ばくろ》されるから地獄を味わうのは確定的であり、余罪を考えれば相当な罰が下ることとなるだろうとのこと。

むしろあそこで死んでいた方が良かったまであるかもしれない。

「まあ俺には関係ない話だな」

これで俺の描《えが》いた仕返しの計画《プラン》は最後の仕上げを除いて完了《かんりょう》した訳だ。もっとも途中《とちゅう》で社長《オヤジ》の思惑《おもわく》などが関わってきたこともあって、全てが思い通りになった訳ではないが。

それでも大筋は俺の予定通りだったので一先《ひとま》ず満足ではある。だってこれでこれからの俺は煩《わずら》わしい邪魔者《じゃまもの》を気にすることなく、探索者としての活動に没頭《ぼっとう》できるだろうから。

そう、最強の探索者になるというずっと変わらぬ目標を叶《かな》えるために。

「俺が裏で糸を引いてたってことも隠し通せているしな」

後の世で、この一連の事件は霊薬騒動《れいやくそうどう》と呼ばれることになる。だがこの一連の騒動を裏で糸を引いた人物がいたことは、歴史の闇に埋もれて表に出ることは決してないのだった。

1：名無しの探索者
社《やしろ》コーポレーションの社長が襲撃された事件、闇が深そうで怖過ぎワロタ

2：名無しの探索者
そんなことよりも回復薬《ポーション》生成の件だろ。あれはマジなのかな？

3：名無しの探索者
俺は信じない、あれは加工された映像かなんかに決まってる

4：名無しの探索者
残念ながら本当です

5：名無しの探索者
どうしてそう言い切れるんだよ

6：名無しの探索者
たった今、ダンジョン庁とダンジョン協会から正式な声明が出たから読んでみ

7：名無しの探索者
役所どころか政府公認《こうにん》ですか、これはマジだな

8：名無しの探索者
こんな信じ難《がた》いことを政府だって確認しない訳がないだろうしな

9：名無しの探索者
しかも今後はダンジョン協会にも一定数を定期的に納品するってさ

10：名無しの探索者

それって回復薬の値段が下がるってことだよな？　探索者からしたらマジで助かるぞ

11：名無しの探索者
いやいや、それ以外の面でも影響力《えいきょうりょく》が大き過ぎだろ

12：名無しの探索者
でも社コーポレーションが売るなら協会に納品する必要なくね？
自分達で売るなら独占《どくせん》すればいいだろうに

13：名無しの探索者
だよな、その方が絶対に利益出るだろ

14：名無しの探索者
どうも社コーポレーションは、通常品と呼ばれる従来の回復薬の一般《いっぱん》向けの販売は協会に委任する形にするらしいぞ

15：名無しの探索者
は？　折角作れるようになったのに？

16：名無しの探索者
どれだけの利益が出るか分からん事業を手放すってのか？　何を考えてんだ？

17：名無しの探索者
どうも通常品は協会に任せる形にして、自分達《たち》では特別品の方を主に取り扱《あつか》うらしい

18：名無しの探索者
効果や期限が違うっていう例のあれか

19：名無しの探索者
なんでそんな面倒《めんどう》なことするんだ？

20：名無しの探索者

あくまで予想だけど、そうすることによって協会や政府の協力を得るためじゃないかな？

21：名無しの探索者
あーそれはあるかもな

22：名無しの探索者
確かに独占販売《どくせんはんばい》だと周りからの妬《ねた》みとかがとんでもないことになりそうだしな

23：名無しの探索者
海外でヒメリ草の培養《ばいよう》に成功した時も一騒動《ひとそうどう》があったみたいだからな
そういう面倒事を回避《かいひ》するための処世術的な奴《やつ》なんじゃゃね？　知らんけど

24：名無しの探索者
まあどこが売ろうと安くなってくれるのなら探索者としては助かるわ

25：名無しの探索者

上になればなるほどあれがないといざという時に怖《こわ》いし、かといって簡単に用意できるほど安くもなかったからな

26：名無しの探索者
期限もそんなに長くないから使わずに買い替《か》える度にもったいないって思うんだよな

27：名無しの探索者
分かるわー、それが重傷を負わずに済んだってことの証明でもあるんだけどな

28：名無しの探索者
探索者あるあるの一つだな

29：名無しの探索者
なんだよ、この掲示板、思った以上に本物の探索者いるんだな（笑）

30：名無しの探索者

そ、そうだな（何言っているのかわからねえ）

31：名無しの探索者
ま、まあ常識だよな（俺もだ、同志よ）

32：名無しの探索者
それにしてもどうやって回復薬を作れるようになったんだ？（さりげない話題変更《へんこう》）

33：名無しの探索者
それは俺も気になるわ（さりげない援護《えんご》）

34：名無しの探索者
身内ネタに入れなくて困ってるのは分かったから、ワザとらしい話題逸《そ》らしは止めれ（笑）

35：名無しの探索者
でも気になるのは分かるわ

そこは会見でも企業秘密の一点張りで全く情報ないからな

36：名無しの探索者
と言ってもそれをバカ正直に言う奴はいないわな
今後の事業の核心《かくしん》になるところだろうし

37：名無しの探索者
だからこそ、それを知りたい奴があんな襲撃事件を仕出かしたんだろうよ

38：名無しの探索者
そう考えると全ての発端《ほったん》は回復薬生成なのか

39：名無しの探索者
巷《ちまた》では一連の襲撃事件と合わせて霊薬騒動《ポーションライオット》なんて名前で有名になってるらしいぞ

40：名無しの探索者

確かにこれは歴史の教科書に載《の》りかねない事件だし、騒がれるのも当然だろう

41：名無しの探索者
おい、例の襲撃事件の続報が出たぞ！

42：名無しの探索者
ん？　まだ何かあったのかよ？

43：名無しの探索者
襲撃の実行犯の主格とされた森本修二《もりもとしゅうじ》が病院で死亡したってさ

44：名無しの探索者
知ってるか？　そいつ、ダンジョン協会の副本部長の息子《むすこ》だったたって話だぞ

45：名無しの探索者
は？　それヤバくね？

46：名無しの探索者
そう言えばどこから情報が漏れたのかって話があったよな
秘密《ひみつ》裏に進めてた話だったのに

47：名無しの探索者
それ、答え出てね？

48：名無し探索者
これでその副本部長とやらに何かあったらマジで確定だろうな

49：名無しの探索者
うわードラマみたいな展開だな、これ

50：名無しの探索者
俺《おれ》、ダンジョンの魔物《まもの》よりも人間の方が怖くなってきたかも

51：名無しの探索者《たんさく》
これだけの騒動だからな。陰謀《いんぼう》の一つや二つあるんだろ。知らんけど

52：名無しの探索者
なんにせよ、もうこういう襲撃《しゅうげき》事件が起きるのだけは勘弁《かんべん》してほしいよな

53：名無しの探索者
お願いだからこれまで通りの平和な日本でありますように

54：名無しの探索者
おい、今のでフラグ立ったぞ

55：名無しの探索者
ピコーン。第二、第三の騒動が起きることが確定しました

56：名無しの探索者
止めろって、今回ばかりはマジで起こりそうで怖いわ全てを失った。そう、全てを。

私の言うことを聞かずに襲撃を企《くわだ》てた息子は、ステータスを強化する薬とやらの過剰摂《かじょうせつ》取《しゅ》による副作用で衰弱《すいじゃく》して、最終的には死亡した。

どうにかできないかとありとあらゆる手を尽くしたがどうしようもなかったのだ。段々と息子の命の火が消えていく様が、今でもこの目に焼き付いていて離《はな》れない。

しかもそれだけではない。そこからは予定されていたかのように私の人生の転落が始まったのだ。まるで誰かに筋書きを書かれていたかのように。

身に覚えのない社《やしろ》コーポレーションの襲撃計画を仄めかす文書が見つかったことに始まり、過去に揉み消してきた悪事や企てが録音データなどの確固たる証拠付きで各方面で暴露される始末。

これまでうまく隠《かく》しきっていたダンジョン協会の活動資金などに手を出した横領の事実まで発覚しては、もはやどうしようもない。私はなす術《すべ》なく副本部長の職を追われることとなった。

しかもそれで終わりではない。このままでは身に覚えのない襲撃計画の首謀者《しゆぼうしや》として私は逮捕されて重い刑罰《けいばつ》を科されることになるだろう。

何者かは知らないが、ここまであからさまに私を嵌《は》めようとしてきているのだ。その追《つい》及《きゆう》がここで終わりだとは思えない。

「ああ、終わりだ。私の人生はもうどうしようもないところまで落ち切った」

もはや取り返しがつかないところまで来てしまった。警察が逮捕しに来る前に逃《に》げるだけで精一杯《せいいっぱい》であり、手持ちの資金も心許《こころもと》ない。

これまで私の言いなりだった妻や愛人、挙句の果てには橋立議員を始めとした後《うし》ろ盾《だて》だった人達とも一向に連絡《れんらく》が取れず、見捨てられたのが嫌《いや》でも理解できる。

残されたのは持ち出せた資金と錬金釜《れんきんがま》という貴重なアイテムだけ。これだけで起死回生の手を打てるほど世の中も敵も甘《あま》くないだろう。

(だったらせめて息子の復讐《ふくしゆう》だけは果たさせてもらう。今の私に出来ることなんてそれぐらいしかないんだ)

遅《おそ》かれ早《はや》かれ私は捕まるだろう。そして大方そのまま事故でも装《よそお》って消されるに違いない。ならばそうなる前に一人の子を持った父親として、最愛の息子を死なせた人物である八代夜一《やしろよいち》だけでも道連れにしてやろうではないか。

（今なら分かる。恐《おそ》らくはこいつが裏で糸を引いていたんだ）

そのために連絡を取った腕《うで》の良い殺し屋との取引が間もなく行なわれる。有り金全てとポーションが作れるようになるアイテムでそいつは仕事を引き受けたのだ。

寂《さび》れた街にある一軒《けん》のバー。指定された場所にはそいつ以外の客は誰《だれ》もいなかった。

「お前が例の殺し屋か」

「……ブツは？」

「ふん、これだ」

こちらの質問に答える気がないそのぶっきらぼうな態度はムカついたが、背に腹は代えられない。私は残る全ての財産をそいつに渡《わた》す。

「ターゲットは八代明石《あかし》や会社の幹部ではなく八代夜一でいいんだな？」

「そうだ。息子を殺した奴だけは絶対に許せない。勿論《もちろん》、それ以外の奴らもやれるならやってほしいものだがな」

知らぬ間に襲撃計画を企てた首謀者にしたて上げられたのだ。だったら本当になってやろうではないか。

（このままただ死んでたまるものか。奴らも道連れにしてやる！）

死なば諸共《もろとも》という残された復讐心《ふくしゅうしん》だけが私を突《つ》き動かす。これまで築き上げてきた地位や名誉《めいよ》、財産に至る全てを奪《うば》われて失うものがない私はもはや止まりはしない。

「いいだろう。ただしこれをやる前に請《う》け負った別の依頼《いらい》をこなしてからになるぞ」

「構わん、何でもいいさ。奴を殺してくれるのならな」

「そうか、それは良かった」

胸に軽い衝撃《しょうげき》が走った。見れば自分の左胸にナイフが突き立てられているではないか。

「え……？」

「その依頼内容は、これまで悪事の限りを尽くしておきながらその権力によって罪のない他人に罪を押し付けることで罰を逃《のが》れてきた、ダンジョン協会副本部長の森本恭吾《もりもときょうご》に報《むく》いを与《あた》えて始末すること。おっと、正確には元副本部長が正しいのか」

「き、貴様……」

刃物《はもの》が胸に突き刺《さ》さっていても痛みはない。だが体は痺《しび》れて指一本たりとも動かせない。

「要するにあんたはやり過ぎたんだよ。罪を擦《なす》り付けてきた人達から少なくない依頼が出てるぜ？　憎《にく》いあんたに罰を与えてくれってな。ま、そうするように俺が唆《そそのか》したんだけどな」

その筆頭はこの前、懲戒免職《ちょうかいめんしょく》に追い込んだ名前も憶《おぼ》えていない奴だと殺し屋は言う。

そんな奴らなど知ったことか。そう言いたいのに口が痺れてまともに話せない。

「なによりあんたは手を出す相手を間違《まちが》えた。その過《あやま》ちを地獄《じごく》で精々後悔《こうかい》するんだな。と言っても安心してくれ。ここでは殺さないし、ちゃんと夜一さんの予定通り、最後の仕上げをした上であんたには死んでもらうから」

「お、お前は、奴、の手先、か⁉」

「ちなみにあんたがスパイにしたと思っていた勘九郎《かんくろう》先生もそうだぞ。要するに最初からあんたは夜一さんによって良いように動かされていたのさ。ははは、良かったじゃないか。死ぬ前に真実が知れてさ」

「こ、殺して、やる！」

どうにかして目の前の男を殺そうとするが、どれだけ藻掻《もが》いても身体がまともに動いてくれない。それどころか意識が段々と薄《うす》れてくる。

その時になってようやく目の前の人物が誰だか分かってしまった。

顔は見ていないが間違いない。あの時、錬金釜を取引した場にいた、中川原《なかがわら》勘九郎とは別のもう一人の男だ。

つまり全てが仕組まれていた。私はそれを嫌でも理解するしかなかった。

「大丈夫《だいじょうぶ》だって、あんたには復讐を果たさせてやる。と言ってもその復讐相手は夜一さんじゃなくて、橋立とかいうこっちにとって邪魔《じゃま》な議員相手にだけどな。その後に人生に絶望したあんたは自殺するってのが今回の仕上げな訳よ」

誰がそんなことをするものか。そう思ったが意識が薄れてどうしようもない。

「そういう訳で薫《かおる》さん、暗示をお願いします」

「はいはい。……うん、燃《も》え盛《さか》る復讐心を向ける対象を変えるだけだから割と簡単だね。探索者でもないなら抵抗《ていこう》なんて無意味だし」

「そりゃよかった。それにしても親子共々、暗示によって身を滅《ほろ》ぼすことになるなんて面《おも》白《しろ》い話ですよ。あるいはこれまでの悪事の罰《バチ》が当たったんですかね？」

その言葉で息子までもがこいつらに何かされたことを知って愕然《がくぜん》とするしかなかった。

「何でもいいさ。こいつも修二《しゅうじ》とかいうあのピエロも、私からしたら玩具《おもちゃ》にすらならないガラクタだったからね。私が好きなのは美しいもので、使えないガラクタに興味はないよ」

そう言ってこちらを見ることなく笑い合う恐ろしい奴らの会話を聞いて戦慄《せんりつ》した。

（バカな、私は、いや私達は初めからこいつらの掌《てのひら》の上だったというのか……）

そんな最後の最後まで自分が操《あやつ》り人形《にんぎょう》だったという事実を思い知らされながら、私の意識は途《と》切《ぎ》れていった。

エピローグ◆霊薬騒動

社《やしろ》コーポレーションが回復薬《ポーション》の生成に成功したと記者会見で告げた少し後、とある議員を乗せた車がある人物によって襲撃される事件が起きた。

そのある人物の名前は森本恭吾《もりもときようご》。なんと少し前までダンジョン協会本部の副本部長を務めていた男だ。どうもこの森本恭吾という人物は社コーポレーションの社長であり俺の父親でもある八代明石《やしろあかし》を襲撃する計画を立案した……ということになったらしい。

それによって警察によって指名手配されていたのだが、確保される前に最後の行動を移すことに成功していた。その最後の行動とは、与党《よとう》の古株議員である橋立泰三《たいぞう》議員に対する復讐だった。幸いだったのは議員の命を奪うこと自体は失敗に終わったことだろう。しかしこの襲撃には幾《いく》つか謎《なぞ》が残っている。

まず森本恭吾は探索者ではないはずなのに、人間離《ばな》れした力で車の扉《とびら》を破壊《はかい》して議員を殺そうとしたことだ。護衛のＳＰだかが何発もの銃弾《じゅうだん》をその身体に撃《う》ち込んでも止まらなかったというのだから驚《おどろ》くしかない。

「薄情者《はくじょうもの》め！　ここまでお前に尽くしてきたというのに、あっさりと見捨ておって！」

そんな罵詈《ばり》雑言《ぞうごん》を浴びせながら議員に迫《せま》った森本恭吾だったが、あと一歩のところで急に静止すると、そのまま動かなくなった。まるで何かの薬の時間切れにでもなったかのように。しかもそのまま衰弱していき、最終的には誰かに対する恨み言を残しながら運ばれた病院で死亡してしまったというのだから、これまたおかしな話だろう。

(奇《く》しくも息子と同じ末路を迎《むか》えた訳だな)

それ以外でもこの森本恭吾はこの襲撃事件の前に多額の現金を自身の口座から引き出している痕跡《こんせき》が見つかったのだが、その現金は今もどこに行ったのか不明なのだとか。そういう奇妙《きみょう》な謎が残っていることもあって、この事件は世間では大きく報道されて注目を集めることとなったが、その真実が明らかになることはないだろう。

なにせその現金の行方《ゆくえ》など、全ての真実を知っている俺達《おれたち》がそうする気がないからだ。

「そんなことよりもこっちはやることが山盛りで忙《いそが》しいしな」

回復薬が量産できることを公表してからというもの、会社には引っ切り無しに電話が掛《か》かってきているし、取引して欲《ほ》しいという相手が次から次へと現れているのだ。更にはそういう正攻法《せいこうほう》以外で、こちらに接触《せっしょく》しようとしてきている連中の相手もしなくてはならない。

(狙《ねら》い通り一番の邪魔者を排除《はいじょ》したけど、この分だとまだまだ面倒事は舞《ま》い込んできそうだな)

それでも俺を狙い撃ちにしてきた奴がいなくなったことだし、少なくとも探索者資格が剥奪《はくだつ》されるとかの心配はいらなくなったことだろう。なにせ今の俺はダンジョン協会の本部長とも色々と仲良くさせてもらっているのだから。

だけど勘違《かんちが》いしてはならない。それらのことはあくまで本命を進めるためのものであり、俺の目的はいつでもたった一つなのだから。

「ここからだ。ここから俺は探索者の高みへと駆《か》け上がるぞ」

回復薬を量産することに成功したことによって、これからのダンジョン探索や探索者と魔物との戦い方には大きな変化が生まれることになるだろう。

たとえばダンジョン探索の際に、これまでは強力なスキル攻撃《こうげき》をする際に必要だったMPは、基本的には強敵相手まで節約するのが探索者の常識だった。何故《なぜ》ならMPが回復できる魔力回復薬《マナポーション》はドロップでしか入手できず、個人ならともかくパーティ全体に行き渡るよう十分な数を揃えるのは結構難しかったからだ。

そして他の回復薬だって似たようなものだ。そう簡単に手に入る物ではないからこそ、使うタイミングは慎重《しんちょう》にならざるを得なかった。

（仮に時間を掛けて自分達で大量に集めたとしても、回復薬には使用期限があるからな）

期限が過ぎた物は回復効果を失うので廃棄《はいき》するしかない。つまり消費したＨＰやＭＰを回復できる回数は、上級探索者であってもこれまではある程度は限られていたのだ。

だがそんなこれまでの常識は量産に成功した回復薬によって劇的に変わる。だってウチの会社が販売《はんばい》する物を買えば、わざわざ自分達で集める手間なども要《い》らなくなるのだから。

それだけでも劇的な変化を生むが、俺に至ってはそれどころでは済まない。なにせ俺は自分で、しかも場所を選ばず瞬時《しゅんじ》に回復薬を作れるようになっているのだから。

（そうじゃなくてもアルケミーボックスがあるから大量の回復薬を前もって保存しておくことも可能だし、探索するのに何日も必要な広大なダンジョンであろうとも、今の俺に物資不足という面では恐れる点はないってことだな）

これまではそういった生息する魔物の強さとは別で攻略《こうりゃく》が困難とされているダンジョンでも、俺の錬金《れんきん》の力と様々な効果を持つ錬金アイテムが揃えば恐れることはなくなるかもしれない。

いや、そうしてみせようではないか。その上でそういった誰もクリアしたことのないダンジョンも、俺が最初に踏破《とうは》してやろう。

「さあ、楽しくなってきたぞ」

霊薬騒動《れいやくそうどう》という名で呼ばれることになった一連の出来事。だが多くの人は知る由もないのだった。

これから引き起こされる俺を中心とした騒動《そうどう》の序章でしかなかったことを。

あとがき

皆さん、こんにちは。「隻眼錬金剣士のやり直し奇譚」の著者の黒頭白尾《こくとうはくび》です。

まず初めに、「隻眼錬金剣士のやり直し奇譚」の第二巻を手に取っていただきありがとうございます。

第一巻では目的としていたリベンジを果たし、新たな力を手に入れた主人公。この第二巻ではそんな主人公が手に入れたその力を理解し、活用していく展開となっています。

なお、大まかな流れとしてはｗｅｂ版から変えていませんが追加した場面がちらほらございます。色々と書き下ろしたところもあるので、その辺りのｗｅｂ版との違いも楽しんでいただけたら嬉しいですね。

ちなみにそういう感想とかＳＮＳで呟いてくれたら、こっそり見に行かせていただくと思います。（笑）

ですので良かったら作者への応援も込めて、感想など頂けると嬉しいです。

さて、ここでお知らせなのですが、第二巻が発売している頃にはＨＪ小説大賞の最優秀賞受賞記念の特設ページが公開されているはずです。
更になんとその特設ページではＰＶが公開されてます！（たぶん）
作者的にも大変楽しみであり、良かったら皆さんも色々見て楽しんでいただけたらと思います。

また今作のコミカライズも始まっております。

漫画を担当していただいているのは桐嶋たける先生で、とても迫力のある絵で主人公達の戦闘シーンなどを描いていただいております。

是非とも小説と一緒に（ここ重要！笑）手に取ってください。よろしくお願い致します。


最後に謝辞と致しまして、ＨＪノベルス様、担当編集のＳ様、今作でも大変素敵なイラストを担当してくださった桑島黎音様、そして何より応援していただいている読者の皆様に感謝を申し上げます。

それではまた次巻で会えることを願って……また会いましょう、さようなら！

次巻予告

試霊薬騒動が一段落した後、
夜一は愛華を巻き込んで
大量の回復薬づくりに追われていた。
そんな忙しさの中でも、
ダンジョンに潜ることはやめない夜一は
ぐんぐんとそのランクを上げていく。
そして、ついに愛華と共に
F級昇級試験を受けることにするが――
高みを目指し続ける
隻眼錬金剣士の逆転劇はまだまだ続く！
隻眼錬金剣士のやり直し奇譚
片目を奪われて廃業間際だと
思われた奇人が全てを凌駕するまで
3
発売予定！ 続報を待て！

HJ NOVELS
HJN92-02

**隻眼錬金剣士のやり直し奇譚2 片目を奪われて
廃業間際だと思われた奇人が全てを凌駕するまで**

2025年4月19日　初版発行

著者――黒頭白尾

発行者―松下大介
発行所―株式会社ホビージャパン

〒151-0053
東京都渋谷区代々木2-15-8
電話　03(5304)7604（編集）
　　　03(5304)9112（営業）

印刷所――大日本印刷株式会社

装丁――BELL'S GRAPHICS／株式会社エストール

ISBN978-4-7986-3783-9　C0076

ファンレター、作品のご感想お待ちしております

〒151－0053　東京都渋谷区代々木2－15－8
(株)ホビージャパン HJノベルス編集部 気付
黒頭白尾 先生／桑島黎音 先生